U0916199

万榕书业

匠心|品质|经典|阅读

秘密花园

[美]弗朗西丝·霍吉森·伯内特 著
柔之 译

北方联合出版传媒（集团）股份有限公司
万卷出版公司

关于作者

在电影、戏剧，甚至在儿童读物中，《秘密花园》《小公主》这些故事，因它们纯真浪漫又充满戏剧性变化的情节而备受青睐、家喻户晓。这些为儿童量身定做的小说，洋溢着童话般的色彩和正面的人生观。作者弗朗西丝·霍吉森·伯内特，置身于十九世纪工业文明起飞的时期，她用无穷的想象力，为人们贫乏刻板的现实生活增添了梦想与温暖。有趣的是，她的作品也往往反映了她的经历与心路历程。自诩为“摇笔杆机器”的她，是一位受到广大读者欢迎的儿童文学及通俗小说作家。过于平顺的写作历程，或许使她的作品略显单薄，不够深刻。但在书中流露出的正直、纯美的人生观以及故事本身的魅力，已足以使她的作品深植人心了。

弗朗西丝出生于英国曼彻斯特，父亲是一位铁匠，全家过着优渥而单纯的生活，弗朗西丝和弟弟妹妹均在英国的托儿所长大。她在很小的时候就显现了作家的特质，嗜读若渴，喜好想象与角色扮演，也喜欢编故事给同学们听，八岁起就尝试写作。具有同情心的她也不吝与养猪女孩儿艾玛一起玩耍。看到这里，读者是不是有着似曾相识的感觉？没错，这和《小公主》的一些情节颇为接近。这些经历简直成了弗朗西丝的创作灵感泉源，但如果没有弗朗西丝的慧心与敏锐，又怎会有俯拾皆是的创作题材。

弗朗西丝的父亲在她五岁时过世，从此家境陷入困窘，这种状况一直持续到她成年后因写作而致富前。据她形容，那段日子是“可怕的挨饿日子”，“没有食物、衣服，甚至没有暖炉”。十六岁时全家移居美国投靠母亲的亲戚，寄人篱下的日子显然无助于改善家境。弗朗西丝并不向清苦的环境低头，她和弟弟妹妹设法工作赚钱。另一方面，她在十九岁那年大胆地投稿给当时的热门杂志《古德仕女书》，并向该杂志的编辑坦陈是自己为了稿酬而投稿，终获采用。她的勇敢以及创作天赋已预示了日后的成功在望。

写作之门既已开启，从此弗朗西丝在写作上的成就令人称羡，不仅在几家杂志上均有作品刊载，出版的剧作与小说也都很畅销，一生中共出版了四十多部作品，使她名利双收。她喜爱并且擅长的题材是通俗的浪漫小说以及为孩子们所写的故事。《小公子方特洛伊》是她最畅销、最受欢迎的作品，是她以小儿子纬安为模特儿写成的。《小公主》中的莎拉则无疑是作者心境的写照，她们同样来自良好的家庭，喜欢享受生活，爱好幻想，又往往被认为偏离现实；她们都父亲早逝、日子难过，却不向环境低头，凭着想象力将现实装点得情趣盎然……尽管现实生活不尽美好，弗朗西丝历经两次婚姻，长子早夭，名作家的荣衔使她经年累月奔波于美欧等地，这使她的作品常常流露出感伤与不幸的气氛，但结局大多是以圆满收场，或许这就是弗朗西丝所希望的。快乐与幸福，是人生最好的礼物，它就存在于人的心中，“只要努力想象，你就会看见”。

关于本书

一个充满神秘欢悦的魔法花园，它带来满园的花香和早春的旖旎风光，也带来了欢乐和希望，这是一个开启幸福之门的秘密花园。

本书里有四个主要角色。玛莉·伦南克丝是小说前几章里的焦点人物，也是全书的灵魂人物。她是一个十岁大的孤儿，她的父母在印度爆发的一次霍乱中去世，然后被送到英国约克郡密塞威特庄园，与姑父阿齐保·克雷文同住。玛莉从小就是一个被宠坏的任性小孩儿，长得一点儿也不讨人喜欢，而且从小到大只会替自己着想，她不喜欢任何人，人们也不喜欢她。直到发现了秘密花园后，她不再那么以自我为中心，开始变得和其他孩子一样可爱了。她一心一意想着如何使花园苏醒过来，这个向来对什么事都不感兴趣的女孩儿，忽然间变得兴致勃勃，也让她发现到爱人和被爱是多么幸福的一件事！

柯林·克雷文是阿齐保十岁大的儿子。由于被一个奇怪的哭声吸引，玛莉发现了藏居在庄园一个偏僻的厢房里的柯林。他长年卧病在床，担心自己早死，心理上的恐惧使他经常歇斯底里。他和玛莉一样被娇宠坏了，生气时就大发雷霆，除了几个仆人、他的医生和爸爸之外，他不许任何人见到自己。

迪肯·索尔比是女仆玛莎的弟弟，他是一个约克郡男孩儿。在玛莉眼中，“他和别的男孩儿都不一样，他会吸引狐狸、松鼠和鸟儿……他比世界上任何男孩儿都要好！他——他就像个天使！”他是荒野上的阳光男孩儿，也是柯林和玛莉口中的魔法男孩儿。

第四个主角就是秘密花园本身。它已经关闭十年了，它的门隐藏在一片浓密生长的常春藤后面。克雷文先生在柯林早产及太太因花园意外事件去世后，就将钥匙埋了起来。玛莉找到了进入花园的途径，便和迪肯开始进行唤醒花园的工作。接着是柯林，他被邀请加入玛莉和迪肯的魔法团队后，也和玛莉一样开始对生命感到兴致盎然。他们一起在花园里工作、挖土和跑跳；一起察觉到花园的魔法力量；一起迎接春天到来；一起发现他们自身的改变，变强壮、变健康、变得很爱笑、变得对未来充满希望。

作者以其丰富的想象力及动人的文采，将花园描绘得如此缤纷灿烂、立体完美，让读过本书的人莫不心向往之。

目　录

第一章　没有人留下来

玛莉·伦南克丝被送到密塞威特庄园和她姑父同住时，人人都说她是他们所见过的小孩儿中最不讨人喜欢的一个。事实上确实如此。瘦瘦小小的脸，单薄的身体，稀疏浅淡的头发，乖戾的表情。她的头发黄黄的，因为在印度出生而且又老是生病的缘故，连脸色也是蜡黄的。她的爸爸在英国政府机关里担任官职，工作忙碌，自己也常生病；她的妈妈是个大美人，喜欢参加宴会，跟那些年轻小伙子们嬉笑玩乐。她一点儿都不想要这个小女孩儿，所以玛莉一出生，她就将孩子交给奶妈照顾，并且要奶妈明白，如果想讨女主人的欢心，就尽可能将小孩儿带离她的视线。所以，当玛莉还是个病弱、哭闹不宁的婴儿时，就被掖着藏着的；当体弱多病、爱哭闹的她蹒跚学步时，仍然过着和她妈妈隔离的生活。除了奶妈的黑脸和其他几个印度仆人外，她记不得任何熟悉的事物；他们总是顺着她，任她予取予求，因为，如果夫人听到她的哭闹声，便会很生气。到了六岁的时候，她已经被纵容得像一只蛮横自私的小野猪了。

教她读书写字的英国家庭教师很不喜欢她，三个月内就放弃了教职；其他教师先后填补这个缺位，待的时间总是一位比一位短。所以，若不是玛莉自己真正想求学，恐怕连一个字母也不认得。

玛莉九岁那年，一个酷热的早晨，她一脸怒气地醒来，发现站在床边的仆人不是她的奶妈，便大发雷霆。

“为什么是你?”她对陌生的女仆说，“我不要你待在这里，去把我的奶妈找来。”

女仆受到了惊吓，结结巴巴地说奶妈不能来。玛莉气得对她拳打脚踢，她更加害怕，一直重复解释自己无法替小姐把奶妈找来。

那个早上，空气中就莫名其妙地有种神秘的气氛。日常的作息都不像平时那样，几个印度仆人似乎不见了，能看到的几个仆人都带着苍白惊慌的面孔，匆匆忙忙地奔走着。但是，没有人告诉玛莉发生了什么事，也没有人告诉她奶妈为什么没有来。她只好孤孤单单地待着，最后，她漫游到花园里，在凉亭附近的树下，自己玩了起来。她佯装在布置花床，将一朵大的红色芙蓉花插在小土堆上。回屋里之后，她却变得越来越生气，喃喃骂着。

“猪！猪！猪生的!”她狠狠地骂道，因为叫当地的印度人猪是最严重的侮辱。

她咬牙切齿一遍又一遍地骂着，这时她看到妈妈和一个人出现在凉亭上。她和那个好看的年轻人站着谈话，声音低沉奇怪。

玛莉认得那个好看的年轻男孩儿，他是刚从英国来的军官。她看着他，也看着妈妈，但是，她还是最喜欢看妈妈。玛莉一有机会看到妈妈，总是这样注视着她，因为“夫人”——玛莉经常这样称呼她——是那么美，修长又苗条，穿的衣服又是那么漂亮。她的头发曲曲卷卷像丝一样，鼻子小巧精致似乎不屑于一切，大大的眼睛笑盈盈的。她的衣服都轻飘飘的，玛莉说它们“全是蕾丝”。今天早上，她衣服上的蕾丝看起来比以前更多，但是她的眼里却丝毫没有笑意，反而因受到惊吓而瞪得大大的，哀求地看着年轻军官俊朗的面庞。

“情况很糟吗？真的那么糟吗？”玛莉听到妈妈这样说道。

“糟糕透了，”年轻军官用颤抖的声音回答，“糟透了，伦南克丝夫人，你早该在两个星期前就到山区的。”

夫人扭绞着双手。

“我知道应该这样！”她哭着说，“都是为了那个晚宴才留下来，我真蠢！”

就在这时，一阵号啕痛哭声从仆人房里传出来，她紧紧抓住年轻军官的胳臂。玛莉吓得全身发抖。哭号声越来越大。

“怎么回事？怎么回事？”伦南克丝夫人喘着气。

“有人死了，”年轻军官回答，“可能已经传到你家仆人当中来了。”

“我没听说啊！”夫人哭了起来，“跟我来，快跟我来！”她转身跑进屋里。

之后，更可怕的事情发生了，也为玛莉解开了早上神秘的谜团。

原来是致命的霍乱严重蔓延，人像苍蝇一样快速地死去。昨晚奶妈也受到感染了，刚才仆人在小屋里号哭，就是因为奶妈去世。还不到两天，就已经死了三个仆人，其他的都害怕得逃走了。惊慌四起，屋子里到处都是濒死的病人。

第二天，玛莉感到很害怕，于是将自己藏在儿童室里，结果大家都把她遗忘了。没有人想到她，没有人需要她，她对于发生的怪事一无所知。玛莉哭哭睡睡度过了许多时间。她只知道人们病了，并且听到神秘吓人的声音。有一次她悄悄走进餐室，发现里面空无一人，餐桌上留有没吃完的食物，椅子和碟盘的摆置看起来就像用餐者突然因为某种缘故离开，没吃完就匆匆忙忙推至一旁的样子。玛莉吃了一些水果和饼干，又喝了一瓶几乎满满的酒解渴。酒是甜的，她不知道那是烈酒。很快地她就感到一股浓浓的睡意，于是又回到儿童室将自己关起来，她听到小屋里的那些哭声以及急促的脚步声，感到非常害怕。酒使得她昏昏欲睡，几乎无法睁开眼睛，于是她倒在床上睡了很长一段时间。

她沉睡期间发生了许多事情，但是哭声和进进出出屋子的杂声并没有惊扰到她。

醒来后，她躺在床上看着墙壁。屋里出奇地安静，她不知道为什么会这么安静。没有人声，也没有脚步声，她不知道大家是否安然度过霍乱的蔓延，灾难是不是已经结束了。她也不知道奶妈死后谁会来照顾她。当然会有一位新奶妈，或许她会知道一些新的故事。玛莉早已厌倦老仆人了，她并没有为奶妈的死哭泣。再说，她也不是讨人喜欢的小孩儿，所以向来也不太在乎别人。霍乱期间的吵闹忙乱和号哭使她受到惊吓，她非常生气，因为似乎没有人记得她还活着。大家都太惊慌了，以致没注意到一个不讨人喜欢的小孩儿。发生霍乱时，人们似乎什么都顾及不到，只想到他们自己。不过，如果不再害病了，一定会有人记起她，并且来找她的吧。

但是没有人来找她，她躺在床上等待着，屋子似乎越来越寂静。忽然听到床垫上有一阵沙沙声，她低头一看，原来是一条小蛇在爬行，它正用宝石般的眼睛看着她。她没被吓到，因为它不像是会伤她的小东西，似乎只是急着在找屋子的出口。玛莉看着它从门底下钻了出去。

“多古怪的安静啊！”她说，“听起来仿佛整栋屋子里只剩下我和这条小蛇了。”

这时，她先是听见有脚步声进到花园里，然后到了凉亭上。那是男人的脚步声，他们走进屋子，低声说话。他们似乎在开门，一个个查看房间。

“好荒凉啊！”她听到有声音说，“不是有个漂亮的女人吗？好像还有个小孩儿的。我听说有个小姑娘，虽然没人见过她。”

几分钟后他们打开儿童室的门，玛莉就站在房间的中央。

她看起来像个正在闹脾气的小东西，皱着眉，因为她此刻觉得肚子饿了，却没人理睬她，正在生气。第一个走进来的人是个魁梧的军官，她见过他和爸爸说话。他看起来很疲惫很沮丧，看到她时，竟吓了一大跳。

“巴内！”他喊出来，“这里有个小孩儿！一个孤零零的小孩儿！待在这样的地方！天哪！她是谁呢？”

“我是玛莉·伦南克丝。”小女孩儿倔强地说，她认为那个人称爸爸的屋子为“这样的地方”是很无礼的，“大家得霍乱的时候，我睡着了，我刚刚醒过来，为什么没有人来?”

“就是那个没人见过的小孩儿!”那个人转向他的同伴说，“她确实被遗忘了!”

“为什么忘记我?”玛莉顿着脚说，“为什么没人来?”

叫巴内的那个人难过地看着她，玛莉看见他眨了眨眼睛，好像在抑住泪水流下来。

“可怜的小孩儿!”他说，“因为一个人都没剩下，没有人能来啊。”

在这样奇怪的情况下，玛莉才知道爸爸和妈妈都去世了，夜里即被送走；几个没死的印度仆人也匆匆逃离了这栋屋子，没有人记得屋里还有一位小姐。这就是为什么屋子会这样安静。果然，整栋屋子就只剩下她和那条小蛇了。

第二章　玛莉小姐真别扭

玛莉喜欢远远看着她的妈妈，认为她非常美丽，但对她所知不多，因此说不上对她有多爱，她死后，也没有非常思念她。其实，可以说她一点儿都没有思念妈妈，因为她是个自私的小孩儿，一向只想到自己。要是她年纪再大些，无疑，她就会对自己孤零零留在世界上非常担忧了。但是，她年纪还这么小，她认为和以往一样，总会有人来照顾她。她只想到自己会不会遇到好人，像奶妈和其他印度仆人那样对她百依百顺，任她予取予求。

她知道自己不会永远待在一开始被送去的英国牧师家里。她不喜欢住在那里，因为牧师很穷，他有五个年纪相近的小孩儿，个个衣衫褴褛，经常为了争夺玩具而吵个不停。玛莉讨厌他们乱糟糟的小屋，常对他们发脾气，以致住了不到两天，就没有人愿意和她玩耍了。第二天，他们给她取了个绰号，这令她更为生气了。

这件事是巴瑟首先想到的。巴瑟是一个小男孩儿，有一双蓝眼睛，行为很不规矩，鼻子向上翘，玛莉很讨厌他。她正在一棵树下自己玩，就像霍乱发生那天一样。她堆了一堆土，辟开一条花径，想要造出一座花园，巴瑟站在旁边观看。不一会儿，他产生了兴趣，提议说：

“你为什么不摆一堆石头，当作假山呢？”他说，“喏，就摆在中央。”他倾身指点。

“走开！”玛莉大叫，“我不喜欢你们男生，走开！”

起初，巴瑟很生气，然后便开始嘲笑她。他经常嘲笑他的姐妹们。他绕着玛莉手舞足蹈，扮鬼脸，又唱又笑：

玛莉小姐真别扭，
花园如何造出来？
银铃铛、海贝壳，
金盏花儿插起来。

他一直唱，其他小孩儿听到了，也跟着笑起来。玛莉越生气，他们越大声唱着“玛莉小姐真别扭”。从此以后，只要她和他们在一起，他们提到她、和她说话时，都叫她“别扭的玛莉小姐”。

“你就要被送回家了，”巴瑟对她说，“就在这星期结束后，我们都很高兴。”

“我也很高兴，”玛莉回答，“不过，家在哪里？”

“她竟不知道家在哪里！”巴瑟用七岁小孩儿的不屑语气说道，“当然是在英国啰！我们的奶奶住在那里，去年我们的姐姐玛蓓才被送去与她同住。你不是要去你奶奶那儿，你没有奶奶。你要被送去你姑父那里。他叫阿齐保·克雷文先生。”

“我不认识他。”玛莉高声说。

“我知道你不认识，”巴瑟回答道，“你什么也不知道，女生都这样。我听过爸妈谈起他。他住在乡下一栋很大、很荒凉的老房子里，没有人敢接近他。他的脾气很坏，没有经过他的允许，任何人都无法亲近他。他是个驼背，很可怕。”

“我不相信。”玛莉说着，转过身去，用手指堵住耳朵，她不想再听了。

事后，她想了很久。那晚，克劳弗太太告诉她，几天内她就要搭船前往英国，到姑父克雷文先生的密塞威特庄园时，她一副漠不关心的表情，大人们不知道要说什么才好。他们想对她好，克劳弗太太要亲吻她时，她立刻把脸转开，克劳弗先生拍她肩膀时，她也不理睬。

“这孩子真不可爱。”克劳弗太太事后怜惜地说，“她妈妈是一个漂亮的女人，举止态度也很优雅，玛莉的态度是我见过的小孩儿中最不讨人喜欢的。孩子们都叫她‘别扭的玛莉小姐’，虽是顽皮了些，但也不得不承认玛莉的态度的确不讨人喜欢。”

“如果当初，她妈妈常将漂亮的脸和优雅的举止带进儿童室，玛莉就会学到一些。现在可怜的美丽女人已经死了，许多人都不知道她还有个孩子，真令人悲伤。”

“我想她很少注意玛莉，”克劳弗太太叹息说，“她的印度奶妈死后，就没有人想到这个小孩儿了。想想，仆人一个个逃走了，把她单独留在荒废的屋子里。麦克格鲁上校说他打开门，发现她一个人站在房间中央时，他几乎吓了一跳。”

玛莉在一位军官太太的照顾下，踏上前往英国的长途旅程。这位太太带着两个小孩儿去就读寄宿学校。她非常专心地照顾自己的一男一女，也乐意受托将这个小孩儿带给阿齐保·克雷文先生差来与她在伦敦会面的妇人。这个妇人是密塞威特庄园的女管家，她叫梅拉克太太，是一个壮硕的妇人，脸颊红扑扑的，一双眼睛非常锐利。她穿着深紫色的衣服，披着一件镶穗边的黑丝绸斗篷，黑软帽上插有几朵紫绒花，她的头一动，花就颤动。玛莉一点儿都不喜欢她，但是她本来就很少喜欢人，所以也无足为奇。此外，很显然的，梅拉克太太对她也没太大好感。

“哎呀！这小孩儿看起来还真不起眼！”她说，“我们听说她妈妈是个美人。怎么一点儿都没有遗传给她，是不是，夫人？”

“也许长大会好看些，”军官太太和善地说，“要是她不那么面黄肌瘦，态度好一点儿……她的五官其实长得相当好。小孩儿的改变都很大。”

“她可是要大大蜕变才行，”梅拉克太太回答，“在密塞威特是无法使小孩儿变好看的——天晓得！”

她们以为玛莉听不到她们的谈话，因为她站在离她们远一些的窗边。

玛莉正在看过往的汽车和人们，但是她们的谈话她听得很清楚，她对姑父和他所住的庄园感到很好奇。那是什么样的地方呢？他会是个什么样的人呢？驼背是什么样子呢？她从没见过，也许是因为印度并没有驼背的人吧！

由于寄居在别人家里，一直没有奶妈照顾，玛莉开始觉得孤单起来，也开始感到奇怪，为何自己从不属于任何人，即使爸妈还活着时也是如此。别的小孩儿似乎都属于他们的爸爸妈妈，她却是个从不属于任何人的小女孩儿。她有仆人，有食物，有衣服，但是没有人特别注意到她。她不知道这一切全因她不讨人喜爱。当然，那时她并不明白。她经常认为是别人不讨她喜欢，却不知道其实是自己的问题。

梅拉克太太有着一张俗气的红色面庞，戴着一顶俗气的饰花软帽，玛莉认为梅拉克太太是她所见过最讨厌的人。第二天，她们起程前往约克郡，走过车站要到火车厢时，玛莉把头抬得高高的，尽可能和她保持远远的距离，她不想让人以为自己属于她。想到人们会以为她是梅拉克太太的小孩儿，她就非常生气。

但是梅拉克太太一点儿都没有受到她的行为和想法的影响。她是那种“绝不听任小孩子胡来”的妇人。至少，那是被问起时，她会说的话。她姐姐玛莉亚的女儿要结婚，她原本不想去伦敦的。但是，她在密塞威特庄园有一个安适的女管家职位，报酬优渥，若要保持住这个职位，唯一的方法就是立刻照克雷文先生的话去做。她甚至不敢多问一句。

“伦南克丝上校和他夫人都死于霍乱，”克雷文先生简短淡漠地说，“伦南克丝上校是我太太的兄弟，我理当是他们孩子的监护人。这孩子要到这里住，你得前往伦敦亲自将她带回来。”

于是，她打点好小皮箱就上路了。

玛莉别扭烦闷地坐在火车厢一角。她既不读书也不看风景，戴着黑手套的瘦小双手叠摆在膝盖上，黑衣服使她显得更加面黄肌瘦，柔软浅淡的头发在黑绸帽底下纠结着。

“我从没见过性情这么别扭的小孩儿。”梅拉克太太想着。她从没见过哪个小孩儿一动也不动就这么僵硬地坐着。她终于厌烦了，开始用急促生硬的声音和她说话。

“我想我也该给你介绍介绍你要去的地方了。”她说，“你和你姑父熟不熟悉？”

“不熟悉。”玛莉说。

“没听过你爸妈提过他吗？”

“没有。”玛莉皱眉说。她记得爸妈从没特别对她提过什么事。什么事也没提过。

“哼，”梅拉克太太望着她古怪冷淡的小脸喃喃嘟囔着，有好一会儿她一言不发，接着又说了起来。

“我想你也该知道一点儿——你要有心理准备。你要去的是一个古怪的地方。”

玛莉什么也没说。梅拉克太太对她的漠不关心感到困窘，但是，她吸了一口气，又继续说下去。

“那是一个大而阴沉的地方，克雷文先生还引以为傲，够令人失望了吧！那栋豪宅矗立在荒野上已有六百年了，里面有将近一百间的房间，但大部分都锁着。所有的画和精致的家具以及古董都有几百年历史了，周围有一个大庭院，那里有花园，有树，树藤在地上四处蔓延。”她停了一下，又吸了一口气，“别的什么都没有了。”她突然间收住了话头。

玛莉开始专注地听。一切听起来那么不同于印度，她被新的事物吸引了。但是她不想表现出很有兴趣的样子。这正是她不讨人喜欢的地方。她一动也不动地坐着。

“好了，”梅拉克太太说，“你觉得怎样？”

“没有什么感觉。”她回答，“我对那地方不了解。”

梅拉克太太觉得很好笑。

“啊！”她说，“你看起来像个老太太，难道你不关心？”

“关不关心都不重要。”玛莉说。

“你说得对极了，”梅拉克太太说，“这并不重要。为什么让你住进密塞威特庄园，我不清楚，除非那是最轻易之途。他不会替你操心，那是千真万确的。他从不替任何人操心。”

她忽然想到什么似的停了一下。

“他是个驼背，”她说，“那是他的缺陷。结婚之前，他是个尖酸吝啬的年轻人；结婚后，金钱和产业对他才有了意义。”

玛莉的眼睛转向她，虽然她并不是真的关心。

她没想到驼背也会结婚，因此有些惊讶。梅拉克太太了解这点，她本来就是个多话的妇人，因此兴致勃勃地说了下去。无论如何，这也算是打发时间的一个方式。

“新娘是个甜美漂亮的女人。哪怕她想要的只是一片草叶，他也会去天涯海角为她弄到。没有人想到她会嫁给他，但是她真的嫁了，大家都说她是为了他的钱才嫁的。但是她不是，她不是。”她很肯定地说，“她死的时候……”

玛莉不经意地吓了一跳。

“啊！她死了！”她脱口而出。她记起一则读过的法国童话故事《扎辫子的莉凯》，那是一个穷驼背和美丽公主的故事。突然间，她对阿齐保·克雷文先生感到难过起来。

“是啊，她死了。”梅拉克太太回答，“这使得他变得更加古怪。

他不关心任何人，不见任何人，多半时候他都不在家。他一回到密塞威特庄园就把自己关在西厢房里，只让老皮彻照顾他。老皮彻是个老头子，克雷文先生从小就由皮彻照顾，知道他的生活方式。”

听起来像是书中的情节，但是玛莉并不感到雀跃。有一百间房间的大宅，几乎都紧闭而且上了锁——矗立在荒野上的一栋房子——不管荒野是个什么样的地方，总之，听起来怪吓人的。一个驼背的人，又把自己关起来！她抿着嘴，望向窗外，大雨似乎就要倾盆而下。灰白的斜雨，溅打着窗子，在窗玻璃上缓缓流下。要是这个美丽的太太还活着，可能会像她的妈妈一样制造些欢乐，或者忙进忙出，穿着全是蕾丝的法兰绒风风火火地去参加盛大的宴会。但可惜她已不在人世了。

“你别指望能见到他，因为十次有九次见不到，”梅拉克太太说，“你也不要期待有谁会跟你说话。你只能自己玩，自己照顾自己。人们会告诉你哪些房间你可以进去，哪些不可以。可以去花园玩。但是进了宅子就不能到处游逛了。克雷文先生不准许这样。”

“我才不会到处探看。”坏脾气的小玛莉说道。刚刚才为阿齐保·克雷文先生难过的她，现在又不难过了，只觉得他令人不悦，一切的不幸都是罪有应得。

她将脸转向车厢雨水淅淅沥沥的玻璃窗上，凝望着窗外像是永无休止的灰蒙蒙的大雨。她久久地望着，眼前灰蒙蒙的雨幕越加浓重。终于，她睡着了。

第三章　越过荒野

她睡了很久，醒来时，梅拉克太太已经在车站买了午餐，她们吃了些鸡肉、冷牛肉、面包和奶油，还有热茶。雨似乎下得更大了，车站上的人都穿着湿淋淋的雨衣，上面闪着水光。列车员也点亮了车厢里的灯。梅拉克太太享用完她的茶、鸡肉和牛肉，情绪好多了。饱餐一顿之后，她便沉沉入睡了，玛莉坐着凝视着她，看着她的花饰软帽往一边溜下来，就这样伴着雨打在玻璃窗上的啪啪声，玛莉不觉又靠在车厢的一角睡着了。再度醒来时，天色已暗。火车已经靠站停下来了，梅拉克太太正用力摇她。

“睡够了！”她说，“醒醒，威特站到了，我们还有很长的一段路要赶呢！”

玛莉站起来，努力睁开眼睛，梅拉克太太则收拾着行李。小女孩儿并没有帮她，因为在印度时，仆人们总是替她收拾或提东西，别人侍候她是理所当然的。

车站很小，似乎只有她们两人下车。站长和气地与梅拉克太太说话，他的发音方式很古怪粗野，后来玛莉才知道他们说的是约克郡方言。

“回来啦！”他说，“还带回这小不点儿哪。”

“可不，就是这丫头。”梅拉克太太转过头看着玛莉用约克郡腔调回答，“你那口子可好？”

“托您的福，她好着哩。马车就在外面等着哪。”

玛莉看见一辆四轮小马车停在外面小月台前的路旁，那是一辆漂亮的马车，一个漂亮的随从扶她进入车内。他的雨衣雨帽被雨淋得湿漉漉的，全闪着水光。每一样东西都水汪汪的，包括魁梧的站长在内。

随从关上了门，和车夫登上御车座，驱车离去。小女孩儿发现自己坐在车厢舒适的椅垫上，这次她不再想睡了，她看着窗外，好奇地想看看梅拉克太太所说的古怪的地方，以及一路上所经过的景物。她丝毫不胆怯，也没有被吓到，对于一栋拥有一百间几乎都紧闭的房间的大宅，里面可能发生什么事她一无所知——一栋矗立在荒野上的房子。

“荒野是什么？”她突然问梅拉克太太。

“注意看窗外，大概十分钟后就可看到了，”妇人回答，“抵达庄园前我们必须越过五英里长的密塞荒野。天黑了，你可能看不太清楚，不过多少总可以看到一点儿。”

玛莉不再发问，眼睛盯着窗户，在黑暗的车厢一角等候。车灯在前方投照出短短一道亮光，借着灯光她可以隐隐瞥见路过的事物。离开车站后，他们经过一个小村庄，她看到刷得粉白的小屋和旅店里的灯光；又经过一间教堂、一个教区，还有一家小橱窗商店，摆着待售的玩具、糖果和稀奇古怪的东西。之后，有很长一段时间，似乎都没看到什么不同的事物——至少，对她来说是很长的一段时间。

终于，马儿渐渐慢了下来，好像在爬坡似的。不一会儿，再也看不到树篱、树林了。事实上，除了两旁浓浓的黑暗，她什么也看不见。就在这时，车子猛烈颠簸了一下，她的身子向前倾靠，脸贴到了车窗上。

“啊！我们现在已经来到荒野了。”梅拉克太太说。

车灯在粗砺的路上投照出昏黄的光晕，路面似乎是穿过灌木丛和低矮植物蜿蜒出来的，这些植物一直延伸到广大无边的黑暗尽头。风刮了起来，发出奇特、低沉、狂野的急促声。

“那——那是不是海呢？”玛莉转头望着旁边的梅拉克太太说。

“不是，”她回答，“那不是原野田畴，也不是山峦，那是一望无际的荒凉地，除了石南、荆豆、金雀花，什么也不长，除了野马和绵羊，什么动物也没有。”

“我以为是大海，上面的海浪在作响，”玛莉说，“因为听起来就像海在呼啸。”

“那是风吹过灌木丛发出的声音，”梅拉克太太说，“对我来说，这真是最荒凉阴沉的地方了，不过也有许多人喜欢它——特别是石南花开的时候。”

他们驱车在绵延不断的黑暗中前进，雨虽然停了，风还在呼啸着，发出奇怪的咻咻声。时而上坡，时而下坡，马车颠簸不已，有好几次还经过小桥，桥下湍急的流水发出很大的声响。玛莉觉得路好像没有尽头似的，广阔阴沉的荒野就像汪洋无边的大海，马车正载着她通过大海中一块窄长的陆地。

“我不喜欢，”她自言自语说，“我不喜欢。”说着，薄唇抿得更紧。

马车爬上一段陡峭的路面时，她终于看到了灯光。梅拉克太太也看到了，于是便大大松了一口气。

“啊！看到那一点光在闪烁，我真高兴啊！”她叫了起来，“那是门房窗子里的灯光。待会儿到达后，无论如何我们都要喝杯好茶。”

其实并非她所说的“待会儿”，因为马车抵达庭院大门前，足足又走了两英里长的林道，林道上空密布着几乎纠缠在一起的树枝，使他们仿佛在穿越一个长长的阴暗穹穴。

他们驶出穹穴，来到一处明亮的空地，在一栋矮楼房前停下来。这栋矮楼房似乎是绕着石头铺成的庭院建造的。起初玛莉以为窗里没有任何灯光，下了马车才看到楼上一角的房间透出朦胧的光线。

入口大门是由大而厚的橡木镶板做成的，形状奇怪，上面装饰着粗大的铁钉和铁门把。大门开向一间大厅，里面的灯光非常暗淡，使得玛莉不想观看挂在墙壁上画像的脸和穿着胄甲的人物像。她站在石头地板上看一尊奇怪的小小黑色雕像，觉得自己也像它一样小，一样失落和奇怪。

一个整洁瘦小的老人站在男仆旁边，男仆替她们开门。

“你带她到她的房间去，”老人沙哑地说道，“他不想见她，明早他就要去伦敦。”

“好的，皮彻先生，”梅拉克太太回答，“只要交代我该做的事，我都会去处理。”

“梅拉克太太，你该做的事，”皮彻先生说，“就是确保不要打扰到他，他不接见他不想看到的人。”

然后，玛莉·伦南克丝被领上一个宽楼梯，从楼梯下到一处回廊，再爬上一小段阶梯，穿过一个又一个回廊，直到一扇门在前方墙上打开。她走进房间，里面生着火，桌上摆着晚餐。

梅拉克太太说：

“喏！这就是你的房间，这间房间和隔壁那间是你以后要住的——你要待在这两间房间里，不可到处乱跑，千万不要忘记！”

玛莉小姐就这样来到了密塞威特庄园，或许她一辈子也没有过这么别扭的经验。

第四章 玛 莎

早晨她被一个声音吵醒了，因为有一个年轻的女仆进房间来生火，她跪在壁炉前的地毯上，将残烬耙清，发出了响声。玛莉躺在床上看了她好一会儿，然后就开始环顾房间。她从没见过像这样的房间，古怪而阴森。墙上装饰着绣有森林风景的挂毯，画毯里的树下，人们穿着华美的服装，远远地可以瞥见城堡的尖塔，还有许多猎人、马儿、猎狗和侍女。玛莉觉得自己仿佛也置身于森林中，同他们在一起。从深深的窗子望出去，她可以看到一大片高垄的土地，上面一棵树也没有，看起来像极了一片无边的暗紫色海洋。

“那是什么？”她指向窗外问道。

那个年轻女仆玛莎刚刚站起来，看了看之后，也指着窗外。

“那边吗？”她说。

“是的。”

“那是荒野，”她和气地露齿笑着，“你喜欢吗？”

“不，”玛莉回答，“我不喜欢。”

“那是因为你还不习惯，”她边说边走回壁炉，“你现在肯定觉得那里太大又光秃秃的，但是，将来你会喜欢它的。”

“你喜欢吗？”玛莉问。

“是啊！我喜欢。”玛莎回答，并且轻快地擦拭着壁炉。“我就是喜欢，那里一点儿都不秃，上面长了许多芳香的植物。春夏时节，金雀花和石南花开的时候，美极了。还闻得到蜂蜜香，空气清新得很——蓝天高高的，蜜蜂嗡嗡哼着，云雀唱着好听的歌。啊！无论如何我都不会离开这片荒野。”

玛莉带着凝重困惑的表情听着。以前印度的仆人和她一点儿都不一样。他们极其谦卑奉承，不敢和主人以平等的地位说话，总是行额手礼[1]，深深鞠躬喊他们为“穷人的保护者”，诸如此类的称呼。印度仆人只能听命行事，不能有所要求。习惯上主人也从不说“请”或“谢谢”，玛莉生气时，还会打奶妈的耳光。她好奇地想，如果打这小姑娘耳光，她会有什么反应。她的脸圆圆的，面颊绯红，性情很好，不过她的动作透露出干练坚定的态度，玛莉小姐猜想她会不会回手——如果打她耳光的人只是一个小女孩儿。

“你是一个奇怪的仆人。”她枕着枕头相当傲慢地说。

玛莎坐直在脚跟上，手里拿着黑蜡刷子，大笑起来，似乎一点儿都不生气。

“啊！我知道，”她说，“如果密塞威特有个威严的女主人，我

1 额手礼：在深鞠躬的同时把右手举到前额上的礼节，常见于伊斯兰国家。

可能当不了打杂女仆，可能只能在厨房里洗碗盘，他们不会让我上楼，我太粗鲁了，而且约克郡口音太重。不过这栋房子虽然大却很奇怪，除了皮彻先生和梅拉克太太外，似乎不像有男女主人的样子。克雷文先生在时，也不管任何事，而他几乎都不在这里。梅拉克太太出于好心给了我这个工作，她告诉我，要是密塞威特像别的大宅一样，她是不可能这么做的。”

“你是不是我的仆人呢？”玛莉问，态度仍像在印度当小主人一样专横。

玛莎又开始擦起她的壁炉。

“我是梅拉克太太的仆人，”玛莎顽强地说，“她又是克雷文先生的仆人——不过我会上楼打杂做事，顺便也服侍你就是了。不过，你也不太需要人服侍吧！”

“谁来帮我穿衣服呢？”玛莉问道。

玛莎又在脚跟上坐直身子，瞪大双眼看着她，惊讶得用很重的约克郡口音说：

“这丫头咋连衣裳都不会自个儿穿哪！”

“你说什么啊？我听不懂你的话。”玛莉说。

“啊！我忘了，”玛莎说，“梅拉克太太告诉我要我注意，你可能会听不懂我的话，我是说难道你不会自己穿衣服吗？”

“不会，”玛莉相当生气地说，“我从没自己穿过衣服，当然都是奶妈帮我穿的。”

“好吧！”玛莎说，显然一点儿都不知道自己的无所顾忌，“你该学着点儿了，你也不小了，稍微学着照顾自己对你有好处。我妈总是说她不明白大户人家的小孩儿怎么会变成呆子——总要保姆帮他们洗澡、穿衣服、带出去散步，好像小狗一样。”

“在印度就不一样。”玛莉小姐瞧不起地说道。她几乎无法忍受这些话。

玛莎也不甘示弱。

“是啊！我知道情况不一样，”她同情地回答说，“我敢说是因为那里的黑人多，有身份的白人少的关系。当我听说你是从印度来的，我以为你也是个黑人呢！”

玛莉气得坐直了身子。

“什么！”她说，“什么！你以为我是个印度人。你——你这个猪崽子！”

玛莎瞪着眼睛，激动地看着她。

“你骂谁呢？”她说，“你用不着生这么大气。淑女不应该说那种话。我对黑人并不反感。你如果读过一些宗教小册子，就知道他们都很虔诚，上面总是说他们是我们的兄弟。我没见过黑人，因此很高兴以为就要看到一个了。今天早上我进来生火时，趴到你的床上，小心拉下被子瞧瞧你，而被子下的你——”她失望地说，“没我长得黑——只是比较黄罢了。”

玛莉再也不想克制自己的愤怒。

“你以为我是印度人！你好大的胆子！你一点儿都不了解印度人！他们不是人——他们是必须向你行额手礼的仆佣。你对印度一无所知。你什么都不知道！”

她是如此气愤，在这个年轻女仆单纯的瞪视下，她感到如此无助。不知道为什么，她突然觉得非常孤单，远离了她所了解以及了解她的事物。她把脸埋在枕头里，激动地啜泣起来。和善的约克郡女孩儿玛莎不禁惊慌起来，同时也为她感到难过。她走到床边，俯在她身上说道：

“啊，你不要哭成这样嘛！”她央求说，“真的用不着这样啊。我不知道你会这么不爱听。我啥都不知道——就像你说的那样。请你原谅我。请不要再哭了。”

她奇怪的约克郡口音和坦诚的态度充满安慰和友好的善意，使玛莉好受了些。她渐渐停止啜泣，安静下来。玛莎这才松了一口气。

“你该起床了，”她说，“梅拉克太太说，我还得去把早餐、茶和晚餐带到隔壁的房间。那里是为你准备的儿童室。要是你下床的话，我就帮你把衣服穿上，背后的扣子你自己扣不到，我会帮你。”

玛莉终于下床了。玛莎从衣柜里拿出的衣服却不是昨晚玛莉和梅拉克太太抵达时所穿的。

“那不是我的衣服，”她说，“我的是黑色的。”

她看了看那件厚绒绒的白色羊毛外套和连衣裙，冷淡地加了一句赞同的话：

“这些衣服比我的好。”

“你要穿上这些衣服，”玛莎回答，“这是克雷文先生吩咐梅拉克太太从伦敦买回来的。他说，‘我不要一个小孩儿穿着黑衣服四处乱跑，像游魂一样’。又说，‘那会使得庄园显得更悲伤凄凉。把她打扮得靓丽一点儿’。我妈说她懂得他的意思。她一向懂得别人的意思。她自己也不赞同穿黑衣服。”

“我讨厌黑色的东西。”玛莉说。

穿衣服的过程都教了她俩一些事情。玛莎曾帮过她的弟妹“扣扣子”，但她从没见过一个小孩儿站着动也不动，等着别人替她穿上衣服，好像自己没长手脚似的。

“你为什么不自己穿上鞋子?”玛莉静静地伸出脚丫时，她说道。

“都是奶妈帮我穿的，”玛莉瞪眼回答说，“习惯上都是这样。”

她经常这样说——“习惯上都是这样。”印度仆人总是这么说。如果有人要他们做出千年来祖先从来不曾做过的事，他们总会温和地看着你，然后说，“习惯上不这么做”，那么，对方就知道坚持该到此为止了。要玛莉小姐自己穿衣穿鞋，并不是习惯上做的事，她只要像洋娃娃一样站着，别人就会替她穿戴打扮。准备用早餐之前，她想到以往的生活习惯恐怕都要在密塞威特庄园里结束了，因为她学到了许多新的事情——像自己穿鞋穿袜，捡起自己弄掉的东西。如果玛莎是个训练有素的小淑女的女仆，她会更谦恭有礼些，也该知道梳头、扣鞋扣、捡起东西并将它们摆好都是她分内的事。然而，偏偏她是没受过训练的约克郡乡下女孩儿，与一群年幼的弟妹在荒野的小屋舍长大，他们只知道自己照顾自己，还要照顾更小的襁褓或刚蹒跚学步的小孩儿，他们老是会被东西绊倒。

如果玛莉是个可以轻易逗笑的小孩儿，或许她会取笑玛莎的爱说话，但是，她只是冷淡地听着，对于她不受拘束的态度感到奇怪。起初她一点儿都不觉得有趣，但渐渐地，当这位好脾气的女孩儿滔滔不绝地话家常时，玛莉开始注意倾听她所说的话。

“啊！你真应该看看他们，”她说，“我们兄弟姐妹共有十二个，我的爸爸一星期只赚十六先令。我妈妈光是买麦片粥给他们都不够。他们整天在荒野上翻筋斗、玩耍，我妈说他们是给荒野上的空气养胖的，她相信他们和小野马一样是吃草长大的。我们的迪肯今年十二岁，他就驯养了一匹小野马，他说那是他的马。"

"他在哪里得到那匹马的?"玛莉问。

"他在荒野上发现它和母马在一起，那时它还很小。他开始对它很友善，给它一些面包吃，拔一点儿嫩草喂它。小野马开始喜欢迪肯，到处跟着他，让他骑在它背上。迪肯是会让动物喜欢的善良的小孩儿。"

玛莉从来没有自己养过宠物，总是渴望也能养一只，所以开始对迪肯稍微有点儿兴趣。以前她只对自己感兴趣，所以这是健康感情的开始。当她走进为她准备的儿童室，她发现跟她睡的那个房间很像。这不像是儿童室，而是大人的房间，墙上挂着阴森的古董画，还有几张沉重的古董橡木椅。中央的桌上摆好了丰盛的早餐。她一向胃口小，对玛莎端到她眼前的第一道菜，反应更是冷淡。

"我不想吃。"她说。

"你不想吃麦片粥!"玛莎不可思议地叫起来。

"不想。"

"你不知道这有多好吃。在上面加一点儿蜂蜜或糖。"

"我不想吃。"玛莉又说。

"哎呀!"玛莎说，"我不能忍受好食物被这样糟蹋。要是我们家小孩儿，五分钟内就可以吃光光。"

"为什么?"玛莉淡淡地说。

“为什么！”玛莎重复她的话，“因为他们一辈子也没填饱过肚子，他们饿得就像小鹰和小狐狸一样。”

“我不知道饥饿是什么。”玛莉无知又冷淡地说。

玛莎看起来很生气的样子。

“好吧，挨一下饿对你也有好处，这道理显而易见。”她大声说，“我不能忍耐一个人只会坐着，瞪着美味面包和肉看。天哪！我多么希望迪肯、费尔和珍，还有其他弟妹的围兜下也有这些美味食物。”

“那你为什么不拿去给他们吃？”玛莉建议说。

“这些又不是我的，”玛莎倔强地说，“而且今天也不是我的休假日，我和其他人一样，一个月只休假一天。那时我会回家替我妈清扫屋子，让她休息一天。”

玛莉喝了些茶，吃了点儿涂上柠檬果酱的吐司。

“你穿暖和点儿，出去跑一跑、玩一玩，”玛莎说，“对你绝对有好处，可以使你的胃口好一点儿。”玛莉走到窗户旁。窗外有花园、步道和大树，但是看起来都非常阴暗、荒凉。

“出去？我为什么要在这种天气出去？”

“好吧！如果你不想出去，就待在屋里，那你要做些什么呢？”

玛莉对她看了看，的确没什么好玩的事可做。梅拉克太太在为她预备儿童室时，并没有想到娱乐游戏的问题。或许出去看看花园是什么样子会比较好。

“谁会陪我去？”她问道。

玛莎眼睛瞪得大大的。

“你自个儿去，”她回答，“你该学学像没有兄弟姐妹的其他小孩儿一样，自己玩耍。我们家的迪肯都自个儿到荒野上玩，一玩就是几个小时，他就是这样和小野马成为好朋友的。荒野上有几只绵羊也认得他，鸟儿也飞来啄他手中的食物。尽管他没什么东西可吃，也会省下一点儿面包来哄喂他的宠物。”提到迪肯，玛莉才真正决定出去，但她并未察觉到这点。外面即使不会有小野马和绵羊，也该会有鸟儿。它们会和印度的鸟儿不一样，看看它们，也许她会开心一点儿。

玛莎替她拿来外套和帽子，还有一双结实的小靴子，然后领着她下楼。

“绕着那边走去就可以到花园。”她边说边指着灌木树墙上的一扇门。“夏天时会开满许多花，现在都凋谢了，”她迟疑了一下然后又说，“有一座花园是锁着的，已经有十年没人进去过了。”

“为什么?”玛莉不禁问道。这栋古怪的房子除了一百扇关闭的房门外，又增加了一座上了锁的花园。

“克雷文先生在他太太骤然去世后，就封锁了这扇门。他不让任何人进去里面，那是她的花园。他锁上了门，挖了一个坑把钥匙埋了。梅拉克太太在摇铃了——我得走了。”

她走了之后，玛莉走下通向灌木墙门的步道，不禁想着这座十年没人进去过的花园。她在想花园会是什么样子，里面有没有花木还活着。她穿过灌木门后，发现自己来到一座很大的花园，里面有宽广的草坪和蜿蜒曲折的步道，还有修剪整齐的狭长花圃。到处是树木、花床和修剪成奇怪形状的常青植物，还有一个大水池，中央有一座灰暗的喷泉；但是花床光秃秃的，萧瑟荒凉，喷泉也没喷水。这并不是被锁起来的那座花园。花园怎么能锁起来?

花园应该是随时可以走进去的嘛。

她正想着时，就在往前走的步道尽头，看到一道爬满常春藤的长墙。她对英国不熟悉，所以不知道来到了种蔬菜水果的家庭果菜园。她朝长墙走去，发现常春藤掩盖下有一扇绿色的门敞开着。显然这也不是锁住的那座花园，因为她可以走进去。

她走过了绿门，发现那是一座四周有围墙环绕的花园，这只是其中一座，似乎和另外许多有墙的花园相通。她看到另一扇打开的绿门，里面的苗圃之间有灌木丛和步道，苗圃上种着冬季蔬菜。修剪得平整的果树靠着墙生长，有些菜圃上方罩着玻璃框。这里真是荒凉丑陋，玛莉一边站着环视园子，一边想着。到了夏天，一片绿意盎然时，可能会好些，但是现在并没有什么好看的。

过了一会儿，一个肩上扛着铲子的老人，穿过第二个花园的门走来。他看到玛莉时，惊讶万分，摸了摸自己的帽子。他的脸看起来阴郁苍老，看到她似乎一点儿都不高兴的样子——而她那时正对园子感到不悦，挂着“真别扭”的表情，自然也没有好脸色。

“这是什么地方？”她问。

“家庭果菜园。”他回答。

“那又是什么？”玛莉指着另一扇绿门内说。

“也是果菜园，”他简短地说，“墙的另一边还有一个，再过去那边还有一个果园。”

“我可以进去吗？”玛莉问道。

“如果你喜欢当然可以，但是里面没什么可看的。”

玛莉没有回应，径自走下步道，穿过第二扇绿门。在那里她发现了更多的围墙，更多的冬菜和玻璃罩框。而在第二道墙上另有一扇绿门，这扇门关闭着，也许就是通往那个十年没人进去过的花园的那扇门吧！

玛莉一点儿都不胆怯，她一向想做什么就做什么。于是她走到那个绿门前，转了转门把手。她希望门打不开，因为她想要确定这就是那个神秘的花园——但门却轻易就打开了，她走进去，发现那是一个果园。四周有围墙围起来，靠墙的树修剪得很整齐，枯萎干黄的草地上种着光秃秃的果树——再也没有任何绿色的门了。玛莉找着，她走入果园深处，发现这个果园并不是墙的终点，它似乎还延伸围绕着另一边的花园。她可以望见高出墙头的树尖。当她静静站着看时，有一只美丽的红胸鸟栖在最高的树枝上，突然间开始唱出冬之歌——好像是看到了她，在召唤她一样。

她停下来倾听，不知为何，它轻快、友善的轻声鸣啭，带给她一种愉快的感觉——哪怕是一个不讨人喜欢的小女孩儿，也是会感到孤单寂寞的啊。这栋隐闭的大房子，光秃秃的大荒野以及萧瑟荒凉的花园，让她觉得世界上好像只剩下她一个人。如果她是一个一直被人宠爱的小孩儿，早就伤心透顶了；然而她却是一个“真别扭的玛莉小姐”，她感到孤单，而这只美丽的红胸小鸟，使她不快乐的小脸漾起了微笑。她继续听它唱，直到它飞走。它和印度的鸟不一样，她喜欢它，想着是否还可以再看到它。也许它就住在秘密花园里，知道有关花园的一切。

也许是因为她没有什么事可做，才这么想着这个荒废的花园。她非常好奇，很想看看它是什么样子。为什么阿齐保·克雷文先生把钥匙埋了起来？要是他那么喜欢他太太，为什么又讨厌她的花园？她猜想着自己是否会见到克雷文先生，若是见到他，她必定不会喜欢他，而他也不会喜欢玛莉，她只能站着望着他而无话可说，虽然她很想问他为什么做这么古怪的事。

“从来没有人喜欢我，我也不喜欢任何人，”她想着，“我从来就不会像克劳弗家小孩儿那样说话，他们总是大声说话，大声笑，吵吵闹闹的。”她想到了那只知更鸟，又想起了它对她唱歌的样子，当她想起鸟儿栖息的树梢，突然在步道上停了下来。

“我相信那棵树在秘密花园里——我能确定，”她说，“那个地方有墙围着，却没有门。”

她又走回第一个果菜园，看到老人正在那儿铲地。她走过去站在旁边，冷淡地看他一会儿。他没有理会她，于是她只好开口跟他说话。

“我进到其他花园去了。”她说。

“我又没办法阻止你。”他粗鲁地回答。

“我走到果园里去了。”

“门口又没狗会咬你。”他回答。

“那里没有门可以通往另一个花园了。”玛莉说。

“哪个花园?”他口气生硬地说，暂停了手里的活儿。

“围墙另一边那个，”玛莉小姐回说，“那里有树——我看到树梢了。有一只红胸的小鸟栖在上面唱歌。”

让她感到惊讶的是，园丁那张阴郁、饱经风霜的脸居然变了，慢慢绽放出笑容，简直跟变了个人似的。这使她想到，当一个人微笑起来，样子就变得好看多了，这真是奇妙的事，她以前从没想过这样的事。

他转向靠果园这边的园子，开始吹起口哨——低低轻柔的口哨声。她不明白这样一个沉郁的人，竟能发出这种悦耳的声音。几乎就在同时，奇妙的事发生了。她听到一阵轻柔急速的飞掠声划过空中——原来是那只红胸鸟朝他们飞来，落在靠近园丁脚边的大土堆上。

“就是它。”老人咯咯笑起来，然后像对自己的小孩儿一样哄它说。

“你到哪里去了，小坏蛋？”他说。

“昨天一整天都没见到你的影子。这么早就出来找伴，未免太急了些！”

鸟儿小小的头侧向一边，转动黑露珠般的柔亮眼眸朝上望着他。它似乎和他很熟，一点儿都不害怕。它四处跳跃，灵敏地在地上啄觅种子和昆虫。它是如此愉快，身体小巧丰满，嘴喙细致，双脚苗条细长。

“你唤它时它就会飞来吗？”她小声问着。

“是啊！它都会飞来。我从它刚会飞时，就认识它了。它从另一个园子里的鸟巢飞来。它第一次飞过围墙时，由于太幼弱而无法飞回，因此，那些天我们就成了好朋友。它再飞回巢时，其他的雏鸟都已飞走了，它只好孤零零地飞来找我。”

“它是什么鸟呢？”玛莉问道。

“难道你不知道？它是红胸知更鸟，它们是最友善、最好奇的鸟了。要是你懂得如何与它们相处，它们几乎和狗一样友善。你看它四处啄觅，还不时看着我们，它知道我们在谈论它呢！”

这个老人真是古怪极了。他看着这只丰满的红胸小鸟，一副又喜爱它又以它为傲的模样。

“它自负得很，”他咯咯笑着说，“它喜欢听别人谈论它，它也真奇怪——哎呀，再也找不到像它那么好奇又爱管闲事的鸟儿了，老爱飞来看我在种什么。它知道所有克雷文先生不想烦心去查出来的事物。它真真是个园丁主管。”

小知更鸟敏捷地到处跳跃，啄着土壤，不时停下来看他们。玛莉觉得它那黑眼珠正带着好奇的目光凝望着自己，似乎在探询她的一切事情。玛莉心里越来越觉得奇怪。

“其他的雏鸟都飞去哪儿了？”她问。

“没人知道。老鸟把它们逐出巢要它们学飞，顷刻间它们就四下飞散了。只有这只留下来，它很孤单。”

玛莉小姐走上前靠近一步，牢牢地盯着它看。

“我很寂寞。”她说。

她以前不知道这是她爱发脾气和不快乐的原因。当知更鸟注视着她，她也注视它时，玛莉似乎明白过来了。

老园丁把他秃头上的帽子往后一推，望了她一会儿。

“你就是那个从印度来的小姐？”他问道。

玛莉点点头。

“难怪你觉得寂寞，恐怕以后你还会更寂寞！”他说。

他又开始铲地，把铲子深深地铲入肥沃的黑色土壤，知更鸟则在一旁跳来跳去，忙个不停。

“你叫什么名字？”玛莉问道。

他站直身子回答她。

“班·威瑟塔，”他回答，接着粗鲁地咯咯笑起来，“要不是它陪着我，我也觉得很孤单寂寞。”他突然用拇指指向知更鸟，“它是我唯一的朋友。”

“我一个朋友也没有，”玛莉说，“从来没有过。我的印度奶妈不喜欢我，我从来不和别人玩。”

约克郡人习惯坦白无讳地说出心里想说的话，老班就是典型的约克郡人。

“我们很相像，”他说，“我们像是同一块布缝制出来的。我们都长得不好看，我们看起来都没人缘。我敢说我们都同样坏脾气。”

他的话说得很坦率，玛莉从来也没听过有关自己的长相的事。印度仆人总是对她行额手礼，不管她做了什么事，都顺着她。她从没想过自己长得什么样子，但是她怀疑自己是不是和老班一样不好看，她是不是也像知更鸟飞来之前的他看起来那样一脸不高兴。她也开始在想，自己是不是真的“坏脾气”。她觉得心里不舒坦。

突然间，一阵小小的清脆的声音在她身旁响起，她转身过去。原来她正站在离一棵新栽的苹果树几步远的地方，知更鸟刚刚飞上了树梢，停在枝头上，唱出轻快的歌声。老班开怀地笑了。

“它为什么这么做呢?”玛莉问。

“它决定要和你做朋友了，”老班回答，“它一定是喜欢上你了。”

“喜欢上我?”玛莉说着便轻轻走到树下，抬头往上看。

“你要和我做朋友吗?”她问知更鸟，就像在问一个人那样，“是吗?”她既没有用尖厉生硬的嗓音，也没有用在印度惯用的蛮横的语气和它说话，她轻柔、热切、悦耳的语调令老班感到非常惊讶，就像当时她听到他的口哨声一样。

“为什么，”他喊说，“你这样说时，就像是又好心又有人情味的小孩儿，不像个刻薄的老太婆了。你说话就像迪肯在对荒野上的野生动植物说话一样。”

“你认识迪肯?”玛莉匆匆转身问道。

“谁都认识他，迪肯喜欢到处闲逛乱跑。黑莓和石南钟形花认识他。我敢说狐狸会让他知道小狐狸睡在哪里，云雀不会因为他而把窝巢藏起来。”

玛莉想要多问些问题，她对迪肯的好奇就如对荒废的秘密花园一样。就在这时，知更鸟唱完了歌，展开翅膀飞走了。“它飞过围墙了!”玛莉边看着它边叫，“它飞进了果园——它飞过另一面墙——飞进了没有门的那个花园。”

“它住在那里，”老班说，“它在那里孵出来的。要是它在找伴的话，会向栖居在那边老玫瑰树上的年轻知更鸟小姐示爱。”

“玫瑰树，”玛莉说，“那边有玫瑰树吗?”

班·威瑟塔拿起铲子重新铲地。

“十年以前有。”他喃喃说着。

“我真想看看那些树，”玛莉说，“绿色的门在哪里？一定有扇绿色的门的。”

老班把铲子铲得更深，看起来就像她最初看到他一样不友善。

“十年前是有的，现在已经没有了。”他说。

“没有门!”玛莉叫起来，“一定有。”

“没有人能找到，而且这也不干谁的事。不要像个爱管闲事的小姐一样到处探询！好啦，我得继续工作。你走吧！自己玩去。我没闲工夫。”

他停止铲地，没多看她一眼或说再见，便将铲子扛在肩上走开了。

第五章　回廊上的哭声

刚开始玛莉·伦南克丝觉得，每天的日子几乎都一样，没有变化。每天早晨她在有挂毯的房间醒过来，看着玛莎跪在壁炉旁生火；在儿童室吃没什么好吃的早餐；早餐后凝视窗外一望无际的大荒野，似乎向四面八方延伸而去，与天空连成一片。凝望一会儿后，她才明白过来，要是她不出去走走，就要待在这里不知道要做什么——于是她就走了出去。她不知道这是她所能做的最好的事，不知道当她快步行走时，沿小径跑下林荫道时，已经在加速她缓慢的血液循环，同时抵挡着从荒野上扫来的风，使她变得更强壮。她借由跑步来暖和身子，她讨厌风，因为强风吹袭着脸，咆哮着，像看不见的巨人般将她拉住，使她无法前进。但是大股大股吹过的新鲜空气灌满她的胸腔，对她单薄瘦弱的身体大有好处，使得她的两颊变得红润，使她暗淡的双眼明亮起来。但她对这一切毫不知情。

度过了几天户外的生活，有一天早上她醒来后，终于知道什么是饿的感觉了。她坐下来吃早餐时，再也没有藐视麦片粥而将它推开，她拿起汤匙就舀着吃，直到把整碗吃光光。

“你今天的胃口真好啊！”玛莎说。

“今天的麦片粥真好吃。”玛莉自己也觉得有点儿惊讶。

“是荒野上的空气使你胃口大开，”玛莎回答，“你真幸福，又有食物吃又有胃口。我们家那个小屋舍里的十二个小孩儿，即使有胃口也没食物可吃。你要是每天继续在户外玩，一定会长胖，而且也不会这么黄了。”

“我不玩，”玛莉说，“我没什么东西可玩的。”

“没东西可玩！”玛莎大叫，“我们家孩子都和树枝、石子玩。他们到处跑着叫着，这里看看那里看看。”

玛莉并不会大声叫，但是也会这里看看那里看看。她在花园里东绕绕西绕绕，又在庭园小径上漫无目的地逛。有时她会去找老班，但几次她都看到他忙着工作，连一眼也不向她瞧一下，要不然就是一脸不高兴的样子。有一次她走近他，他却扛起铲子，故意似的转身离开。

有一个地方是她比较常去的。那就是在花园围墙外的长步道，步道两旁的花床光秃秃的，但墙上的常春藤却长得非常浓密。墙上有一处蔓爬的暗绿叶丛，比其他地方都茂密。

似乎很长一段时间没人去理会它。其他部分都被修剪得整整齐齐，而在步道端点较低处的藤叶则完全没修剪过。

玛莉和老班说过话之后，过了几天才注意到这个现象，她奇怪为什么会这样。她刚止步抬头看着长长的小藤枝在风中摇曳，忽然有红色飞行物一闪而过，随后听到一阵嘹亮的鸣啭，老班的红胸知更鸟就停在那道墙上端，向前倾靠，小小的头偏向一边，注视着玛莉。

“啊!”她叫了起来，“是你吗——是你吗?”对她来说这一点儿都不奇怪，她和它说话时，好像确信它能听懂她的话，并能回答似的。

它没有回答她，而是沿着墙跳来跳去，啁啾鸣啭着，好似在告诉她许多事情。玛莉小姐仿佛也听懂它似的，虽然它说的不是人的语言。它好像在说：

“早安！风很舒服是不是呢？太阳很温暖是不是呢？一切都很美好是吧？我们一起来唱歌跳舞，来吧！来吧!”

玛莉笑了起来，当它沿着墙跳跳飞飞时，她在它后面追着跑。瘦小、苍白、坏脾气、可怜的玛莉——顷刻之间，竟然看起来十分美丽。

“我喜欢你！我喜欢你!”她一面喊，一面吧嗒吧嗒地在步道上跑；她也学鸟儿啾啾叫，还试着吹口哨，而她根本就不会吹口哨。但是知更鸟似乎相当满意，也啾啾叫着，吹口哨似的回应她。最后它展开翅膀，飞向树梢停在枝头上大声唱起歌来。

这令玛莉想到第一次看到它的情形。

那时它栖在树梢上迎风招展，而她伫立在果园当中。现在她却在果园的另一边，站在一道墙外的小径上——这道墙低了许多——里面却是相同的那棵树。

“它在那个没人能进去的花园里，”她对自己说，“没有门的那个花园，它就住在里面。我多么希望能看看花园是什么样子!”

她跑到第一天早上走进那扇绿色的门的步道上，又跑到另一扇门的小径上，进到果园里，她站着往上看，看到墙另一边的那棵树，树梢上的知更鸟刚唱完歌，正用它的鸟喙梳理羽毛。

“就是这个花园，”她说，“我确信一定是。”

她绕过去仔细查看果园这边的墙，但和先前的发现一样——墙上并没有门。然后她又跑过家庭果菜园，再跑到覆满常春藤长墙外的步道上，走到尽头仔细看看，还是没看到门；又走到另一头再瞧瞧，还是没发现门。

“太奇怪了，”她说，“老班说没有门真的就没有门，但是十年前一定有，因为克雷文先生把钥匙埋了。”

这件事常常萦绕在她心里，并使她感到兴致盎然，从而不再对来到密塞威特庄园感到伤心难过。在印度时，她总是觉得很闷热，提不起精神，对事情漠不关心。现在的实际情况是，从荒野吹来清新的风，使她的头脑变得清晰起来，整个人也稍微苏醒了过来。

她几乎整天都待在户外，到了晚上，当她坐下来吃晚餐时，她不但觉得很饿，而且很想睡觉，但身心却又舒畅极了。

她对玛莎的喋喋不休也不感到生气了。她发觉自己好像很喜欢听她说话，最后甚至还想问她一个问题。玛莉用完晚餐后，坐在壁炉前的地毯上。

“为什么克雷文先生讨厌那个花园？”她说。

她要玛莎留下来陪她，玛莎没有拒绝。玛莎年纪还小，习惯了满屋子的一群兄弟姐妹，觉得楼下的宽大仆人房里很闷。那里的男仆和女仆领班，都会笑她的约克郡口音，把她当作下等人看待，经常围在一起对她窃窃私语。玛莎喜欢说话，而这个在印度住过、有“黑人”服侍她的古怪小孩儿，让她觉得很新奇，很有吸引力。

她不等人请就自己在壁炉旁坐了下来。

“你还在想着那个花园?”她说，“我猜你一定会的，我刚听说那个花园时也是这样。”

“姑父为什么讨厌它?”玛莉坚持问道。

玛莎缩拢起双脚，换个舒服的坐姿。

“听听屋子周遭咆哮的风声，”她说，“要是今晚出去，你根本无法站立在荒野上。”

玛莉不明白“咆哮”是什么意思，等到她聆听之后才明白。一定是指在屋子四周奔窜、空洞战栗的、好像在怒吼的声音，像无形的巨人在击打着这栋屋子，想要打碎墙壁和窗户闯进来，但是人人都知道他闯不进来。不知为何，生有红红炭火的屋里，使人感到极为安全和温暖。

“但是姑父为何那么讨厌那个花园?”听了风声后她问道。她想知道玛莎是否知道真相。

于是，玛莎将所知道的全都说了出来。

“留心点儿，”她说，“梅拉克太太说过不许讲，这里有许多事情都不可谈论。那是克雷文先生吩咐的。他说他的烦恼不关仆人的事，不过，若不是因为花园，他也不会变成这样。那是他们新婚时，克雷文太太布置的花园，他很喜欢，他们经常亲自照料花草，任何园丁都不许进去。他和她常一起到里面，关上门，或是看书或是谈话，一待就是好几个钟头。她是个娇小的姑娘，花园里有一棵老树弯下的树枝像是椅子似的，刚好可以坐在那里。她在四周种了玫瑰花，经常坐在那赏玩。有一天，当她坐在上面时，树枝突然折断了，她跌落在地上，伤得很严重，第二天就死了。医生认为克雷文先生会痛心得死掉。这就是他讨厌那个花园的原因。从此，再也没有人进去过，他也不许任何人谈起。”

玛莉不再发问了。她看着红红的火，听着风在“咆哮”，“咆哮”得比先前更大声了。就在此刻，有一件好事在玛莉身上发生了。事实上，自从她来到密塞威特庄园，已经有四件好事情在她身上发生了：第一，她和知更鸟已经彼此互相了解了；第二，在风中奔跑使她的血液变得温暖有活力；第三，她有史以来第一次感觉到健康的饥饿；第四，她竟也能替人感到伤心难过了。

但是，就在她专心倾听风声时，也开始听到了别的声音。她听不出是什么声音，因为一开始时，她几乎无法分辨出是风声还是别的声音。

那是奇怪的声音——好像是某个地方小孩儿的哭声。有时候，风听起来就像小孩儿的哭声似的，不过很快，玛莉小姐就相当确信声音是在屋子里，不是在外面。她转过身子看着玛莎。

“你有没有听到有人在哭?”她说。

玛莎突然一脸迷惑的样子。

“没有啊!”她回答，“那是风声，有时候听起来就像是有人在荒野上迷路而哭号的声音。风可以发出各样的声音。”

“但是你听，”玛莉说，“声音在屋子里——从其中一个回廊传来。”就在这时，楼下某个地方有一扇门被推开了，因为有一阵强风沿着通道吹进来，她们的房门咔啦的一声被吹开，她们俩都吓了一跳。灯被吹熄了，哭声从远端的回廊传到这端，所以听起来特别清晰。

“你听！”玛莉说，“我没骗你吧！真的有人在哭——而且不是大人。”

玛莎跑过去关上门，用钥匙锁上。在这之前，她们听到远处回廊有一扇门砰的一声关上了，接着一切归于平静，甚至风也停止了“咆哮”好一会儿。

“是风声啦！”玛莎固执地说，“要不就是厨房的洗碗女佣小贝蒂，她整天都在牙痛。”

可是她的神情显得不安又不自在，这使得玛莉小姐牢牢地盯着她看，她不相信玛莎所说的是真的。

第六章　真的有人在哭

第二天又倾盆大雨，玛莉从窗户望出去，荒野被一片灰蒙蒙的云雾遮盖几乎看不见了。今天不能出去了。

“像这样的天气，你们在家里都做些什么?”她问玛莎。

“大半时候都在避免踩到别人的脚，”玛莎回答，“没办法啊！我们家人口太多。妈妈脾气虽好，也会很烦心的。大一点儿的弟弟妹妹会到牛棚去玩。迪肯根本不在意湿漉漉的天气，照常出去玩，就跟外面风和日丽似的。他说他能在下雨天看到好天气时看不到的事物。有一次，他发现有一只小狐狸在洞里快要被淹死了，就把它带回来，抱在怀里用衣服给它取暖。它的妈妈在附近被杀死，它们的洞淹水了，其余的小狐狸都死了。现在他把这只小狐狸在家里养着。还有一次，他又发现一只差点儿淹死的小乌鸦，也把它带回家驯养，因为它非常黑，所以它的名字就叫‘煤灰’，后来那小乌鸦就跟着他四处蹦跳、飞翔。”

玛莉已经不再嫌弃玛莎随随便便说话的态度了。她开始觉得那样子蛮有趣的，如果她停止不说或者离开，玛莉还会感到伤心难过。玛莎告诉她的故事不同于住在印度时奶妈告诉她的故事：荒野上的一间只有四个房间的小屋舍，住着十四口人家，而且常常吃不饱。这些小孩儿莽莽撞撞的，像一窝粗野、好性情的小牧羊犬一样自在地玩耍。最吸引玛莉的是玛莎的妈妈和迪肯。玛莎讲到妈妈说了什么、做了什么的时候，玛丽总是听得心里热乎乎的。

“要是我有一只大乌鸦或小狐狸，我就可以和它玩耍，”玛莉说，“但是我没有。”

玛莎看起来很困惑。

“你会不会打毛线？”她问。

“不会。”玛莉回答。

“那会不会缝纫？”

“不会。”

“看书呢？”

“会。”

“那你为何不看看书，或学一点儿拼字。你已经不小了，可以学读书了。”

“可是我没有书可看，”玛莉说，“我的书都留在印度。”

“真可惜！”玛莎说，“要是梅拉克太太能让你进图书室就好了，那里有好几千本的书。”

玛莉并未问图书室在哪里，因为她突然有个新主意，决定自己去找。她不想惊动梅拉克太太。梅拉克太太似乎老是待在楼下舒适的管家客厅里。在这个古怪的地方，人几乎是从不碰面的。事实上，除了仆人外几乎看不见任何人，当主人不在的时候，仆人就在楼下过着神仙般的生活。那里有一间很大的厨房，四面挂着擦得光亮的黄铜和白镴器皿，还有一间宽敞的仆人房，仆人们在里头每天饱餐四五顿。只要梅拉克太太一走开，他们就活蹦乱跳地嬉玩起来。

玛莉的三餐照常端上来，玛莎服侍着她，但是其他的事就没有人替她操心了。梅拉克太太每一两天会来看她、但是没人询问她做了些什么事或吩咐她该做什么事。她猜想这大概是英国人对待小孩儿的方式。在印度，她总是由奶妈照顾，奶妈到处跟着她，全心全意服侍她。她对奶妈常常感到很厌烦。现在没有人跟着她，她必须学着自己穿衣服，因为当她要玛莎拿衣服替她穿上时，玛莎那样子看起来好像认为玛莉又蠢又笨似的。

“难道你不能懂事一点儿？”有一次玛莉等着玛莎帮她戴手套时，她这样说，“我们的苏珊·安才四岁，可是比你机灵利落多了。有时候你看起来还真呆。”

听完后，玛莉足足皱眉了一个钟头，但这也让她想起许多以前不曾想到的事。

这天早晨，玛莎清扫过壁炉下楼之后，玛莉在窗边站了十分钟之久。她的脑子充满了听说图书室以来产生的新想法。她并不太关心图书室本身，因为她不太看书，但这间图书室令她想到那一百间关着的房间。她在想是不是它们真的都锁起来了，她是不是可以找到进去的方法。真的是一百间吗？何不去看看可以数出多少扇门？今天既然不能出去玩，这倒是可做的一件事。她从未被教过做事情前须征求别人的同意，她一点儿都不懂得什么是权威，所以她不觉得需要询问梅拉克太太自己可不可以到屋子四处走走。

她打开房门走到回廊，开始漫无目的地游逛。那是一道很长的回廊，还分支出其他的回廊，玛莉顺着走上一段短短的楼梯后，又来到其他的回廊。走过许多的门，看过墙上许许多多的画，有的画绘着阴郁怪异的风景，然而大部分的画都是画些穿着丝绒或天鹅绒华丽服装的男女肖像，样子很古怪。她发现自己来到一间墙上挂满这类肖像画的长画廊，她从没想过房间里竟能挂这么多的肖像画。她慢慢地沿着长廊走，逐一看着那些仿佛在盯着她看的脸。她觉得他们好像想知道，这个印度来的小女孩儿到他们的房间里做什么。还有些小孩儿的画像——穿着厚丝绒衣裙的小女孩儿，裙长及脚，伸延到脚边；男孩儿则穿着有宽松袖子、蕾丝衣领的衣服，还留着长发，有的在脖子上还戴着大大的皱领[1]。

她喜欢停下来看那些小孩儿，想知道他们的名字，他们去哪里了，为什么穿这么古怪的衣服。还有一个拘谨、不漂亮、跟她有几分相像的小女孩儿。这个小女孩儿穿着绿色织锦洋装，手指上停着一只鹦鹉，她的眼神看起来既尖锐又好奇。

“你现在住在哪儿?”玛莉对她大声问道，“我真希望你就在这里。”

毫无疑问，再没有别的女孩儿会度过这样一个古怪的早上。似乎整栋散乱的巨宅里，只有她一个小人儿，楼上楼下到处漫游，

1 皱领：可活动的装饰衣领，有深的凹褶，环状式套在颈间，是十六、十七世纪欧洲人流行的衣饰。

穿梭过宽宽窄窄的通道，她觉得这些地方似乎只有她一个人走过。但是，盖了这么多间房间，里面一定有人住过，现在竟都空荡荡的，使她不敢相信是真的。

她爬到三楼时，才想到要转动房门的把手。所有的房门正如梅拉克太太说的那样都锁着。但是，当她把手放在最后一个门把手上并且转动它时，她吓了一跳，因为门把手毫不费力就转动了，她推一下门，它自己就迟缓地打开了。那是一扇厚实的大门，门里面是一间大卧房，墙上挂着许多刺绣幔帘，房里还有像她在印度看过的镶嵌家具，一扇铅框的宽敞窗户朝荒野开着，壁炉架子上端挂着另一幅那个拘谨、不漂亮小女孩儿的画像，她似乎比先前更古怪地凝视着玛莉。

“也许她曾在这里睡过，”玛莉说，“她这样看我，让我觉得很奇怪。”

之后，她又开启了其他房门。看了这么多房间后，她觉得很厌烦，于是便开始觉得当真有一百间的房间了，虽然她没有真正数过。似乎所有房间里都有旧画和旧挂毯，上面描绘的景物都很奇怪，而且几乎所有房间里都有古怪的家具和古怪的装饰物。

有一间看起来像是贵夫人的客厅，墙上的幔帘全是刺绣的天鹅绒，还有一个橱柜里约有一百只象牙雕刻的小象，大大小小各个不同，有的背上还坐着御象夫或驮着轿子。有些比起其他的大了许多，有些则小得像象宝宝那么小。玛莉在印度看过象牙雕像，她了解大象。她打开橱柜的门，站在脚凳上和这些雕像玩了好一会儿，玩腻了，就把雕像归位整齐，然后关上门。

游逛过了长长的回廊和空荡荡的房间，她没看到任何有生命的东西，但是在这间房间里她看到有生命的东西了。就在她关上橱柜门后，她听到一阵小小的窸窣声，她跳了起来，然后看看壁炉旁的沙发，声音似乎是从那里发出来的。沙发的一角有一个坐垫，坐垫外的天鹅绒布破了个洞，洞里探出一个小小的头，一对眼睛似乎受到了惊吓。

玛莉轻声踮脚走过去看。原来那对明亮的眼睛是一只小灰鼠，这只小灰鼠咬破了坐垫布，在里面造了一个舒适的窝，有六只鼠宝宝贴在它旁边睡着。要是在这一百间房间里没有其他有生命的东西，至少这里有七只老鼠，它们看起来一点儿都不孤单。

"要是它们不那么害怕的话，我会把它们带回去。"玛莉说。

她已经逛很久了，而且累得无法再继续逛下去了，于是便想回去。有两三次因为转错回廊而迷路，上上下下绕着走，好不容易才找到正确的路。最后她又回到自己那层楼，不过她离自己的房间还有段距离，而且无法确定自己在哪里。

"我想我大概又转错弯了，"她说着，停下来站在墙上挂有挂毯，似乎是一段短通道的尽头上，"我不知道该往哪儿走。一切显得多安静啊！"

就在她刚刚说完，寂静被一个声音打破了。那是另一个哭声，和她昨晚听到的不太像。那只是短短一声，一声烦躁的、孩子式的低泣，因为是隔墙传出来的，所以不太清楚。

"比昨天的听起来近一些，"玛莉说着，心脏跳得相当快，"是哭声。"

她无意间把手放在旁边的挂毯上，突然惊吓得跳了起来，挂毯竟是一扇门的掩饰物，门开后，她看到门后有另一段通道。梅拉克太太手里握着一串钥匙，正朝她走来，脸色看起来很不高兴。“你在这里做什么?”她说着，抓住玛莉的手臂，拉她离开，“我是怎么跟你说的?”

“我转错弯了，”玛莉解释说，“我迷路了，然后听到有人在哭。”

说这话时，她是非常讨厌梅拉克太太的，但是接下来一分钟，她对这个女人简直是无法容忍了。

“你什么也没听到，”这个女管家说，“快回到你的儿童室去，否则我可要掴你耳光了。”

接着，她抓住玛莉的手臂，将她半推半拉到一个走廊又一个走廊，直到将她推入她自己的房间。

“现在听着，”她说，“我让你待在哪儿你就给我待在哪儿，不然我就把你锁起来。主人最好替你找位女教师来，就像他说过的那样。你这个小孩儿应该有人在后面紧紧盯着。我已经够忙了。”

她走出房间，砰的一声把门关上。玛莉走到壁炉前在地毯上坐下，气得脸色发白。她没有哭，却咬牙切齿。

“有人在哭——真的——真的!”她自言自语说着。

现在，她已经第二次听到哭声了，总有一天她要把真相找出来。今天上午她已大有发现了。她觉得好像经过很长的旅行一样，无论如何，一路上都有东西逗她玩，她和雕像玩，还在天鹅绒坐垫的窝里看到灰鼠和它的宝宝。

第七章　找到一把钥匙

两天之后，玛莉早上睁开双眼，立刻在床上坐直身子，对玛莎大声喊道：

“你看荒野！你看荒野！”

暴风雨已经停了，灰蒙蒙的云雾也被昨晚的暴风驱散了。风也止歇了，荒野上悬着蔚蓝明亮的苍穹。玛莉从来没有想到天空会这么蓝。印度的天空总是既热又耀眼，这里却是冷静的蔚蓝，就像可爱的、深不可测的、粼粼闪亮的湖水一般；高高的苍穹四处飘浮着白羊毛般的云絮。远远延伸过去的荒野看起来是柔柔的蓝色，而不再是阴郁的黑紫色或可怕的灰色。

“是呀，”玛莎雀跃地笑着说，“暴风雨暂时停歇了。每年这个时节都这样。暴风雨总是在一夜之间消失，仿佛从来就没来过，以后再也不会来临一样。因为春天就要来临了，虽然还要等一些时日，但就快到了。”

“我以为英国总是下雨，总是这么阴暗。”玛莉说。

“才不是呢！”玛莎坐直在脚跟上，身旁摆着石墨刷子，“没影儿的事儿！”

“你说什么呢？”玛莉一本正经地问。在印度时，印度仆人也说着少数人才听得懂的不同方言，所以玛莎用她不懂的语言说话时，她一点儿都不感到惊讶。

玛莎笑起来，就像第一天早晨那样。

“我又这样了，”她说，“我又说起梅拉克太太不许说的约克郡方言了。我的意思是说‘根本不是这样的’，”她慢慢仔细地说着，“但这么说话太费劲了。天气好时，约克郡是世界上最亮丽的地方。我告诉过你，不久你就会喜欢荒野的。再等等，你就会看到金色的荆豆花、金雀花和石南花，还有所有的紫色钟形花都开了，成千上万的蝴蝶飞来飞去，蜜蜂也四处嗡嗡哼着，云雀在天上飞翔歌唱。你会像迪肯一样，想要天一亮就到荒野上，整天待在那里。”

“我能去那里吗？”玛莉渴求地问道，眼睛从窗子望向远方的一片蓝色天空，是那么清新、广大、美妙，像是天堂般圣洁。

“我不知道，”玛莎回答，“照我看来，你似乎从出生以来就不习惯走路，你走不到五英里路的，这里离我们家小屋舍有五英里远。”

“我真想去看看你们的小屋舍。”

玛莎好奇地望了她一会儿，然后又拿起打蜡刷子开始擦拭壁炉。她想着，那张平凡的小脸，此刻看起来已经不像第一天早上那样讨人厌了，倒有点儿像小苏珊想要东西时的模样。

“我问问我妈妈，”她说，“她总是能想出好办法来。今天是我的休假日，我要回家。啊！我真高兴。梅拉克太太很看重妈妈，也许妈妈可以和她说说看。”

“我喜欢你妈妈。”玛莉说。

“我想你应该会喜欢她。”玛莎同意地说道，继续擦着。

“我从没见过她。”玛莉说。

“没错。”玛莎回答。

她又坐直在脚跟上，用手背擦擦她的鼻尖，仿佛有一点儿犹豫，但是态度终于变得很肯定了。

“嗯！她是一个明理辛勤、脾气又好、又爱干净的人，不论有没有见过她的人都会喜欢她。当我休假回家看她，越过荒野时，总是满心欢喜。”

“我也喜欢迪肯，”玛莉又说，“我也从没见过他。”

“嗯，”玛莎固执坚定地说，“我已经跟你说过了，鸟儿喜欢他，还有兔子、野绵羊、小野马和狐狸都喜欢他。我在想——”她若有所思地看着玛莉，“不知迪肯会对你有什么样的想法？”

“他不会喜欢我的，”玛莉刻板冷漠地说，“没有人喜欢我。”

玛莎又陷入沉思。

“你喜欢你自己吗？”她问道，好像真的很想知道。

玛莉犹疑了一下，仔细想了一会儿。

“一点儿也不喜欢——真的，”她回答，“不过，我以前没这样想过。”

玛莎微微笑着，仿佛想起什么熟悉的记忆。

“有一次妈妈对我说，”她说，“那时她正在洗衣服，我发脾气说着别人的坏话，她转身对我说，‘你这小母老虎，你只会站在那儿说不喜欢这人不喜欢那人，你喜欢自己吗？’她的话使我笑了起来，顷刻之间就恢复了理智。”

玛莎服侍玛莉用完早餐后，就兴高采烈地走了。她就要越过荒野，走五英里的路回到她家的小屋舍，还要帮她妈妈清扫屋子，烘焙一个礼拜用的面包，然后尽情嬉戏游乐。

当玛莉知道玛莎已不在屋里时，更觉得寂寞了。她尽快地走进花园，最先做的一件事，就是绕着喷泉花园周围跑十圈，她仔细数着圈数，当她跑完十圈后，觉得精神好多了。阳光使得整个地方看起来不同于以往。覆盖在密塞威特庄园和荒野之上的高远的苍穹湛蓝非常，她仰起脸向上看，想象躺在白绵绵的云絮上飘浮会是什么样的感觉。她走进第一个家庭果菜园，看到老班和另外两个园丁在工作。天气转好似乎让老班看起来精神好多了，他主动和玛莉说话。

“春天已经来了，”他说，“你没闻到吗？”

玛莉闻了闻，觉得好像闻到了。

“我闻到了香香的、新鲜又湿润的气味。”她说。

“那是肥沃泥土的气味，”他一边回答，一边铲地，“泥土现在正是好心情，准备要长东西了。种植季节来到时，它就很高兴。冬天不能种植时，它就很郁闷。那边的花园里，有许多生命正在黑暗的泥土里萌动，太阳给了它们温暖。再过不久，你就可以看到嫩绿的芽穗从黑色的土壤中探头出来。”

“是什么呢？”玛莉问。

“有番红花、雪花莲和水仙花。你没看过它们吗？”

“没有，在印度下雨过后，一切都很闷热潮湿，而且一片绿色。”玛莉说，“我以为花草是一夜之间长出来的。”

“这些花草可不是一夜之间长出来的，”老班说，“你须得等待它们成长，它们会在这里长高一点儿，在那里冒出来一点儿芽穗，一天天伸展出叶子，你等着吧！”

“我会的。”玛莉回答。

她听到一阵轻快的翅膀拍动声，她立刻晓得知更鸟又飞来了。它敏捷又活泼，蹦蹦跳跳到她的脚边，偏着头羞怯地看她，玛莉向老班问了一个问题。

“你认为它记得我吗？”她说。

“记得你！”老班生气地说，“它连园子里的每一株甘蓝菜茎都记得，更不用说是人了。它以前从来没在这里见过一个小女孩儿，所以它想认识你，你无须对它隐藏什么。”

“那些在黑暗泥土下萌动的生命，就在它住的那个花园里吗？”玛莉问道。

“哪个花园？”老班咕噜说着，又不高兴起来。

“有老玫瑰树的那个花园。”她不得不问，因为她很想知道。

“那里的花都死了吗？是不是有些会在夏天开呢？还有玫瑰花吗？”

“你问问它，”老班说着，对知更鸟耸耸肩，“只有它才知道，已经有十年没人进去过那个花园了。”

十年是很长的一段时间，玛莉心想。她也是十年前出生的。

她慢慢想着，走开了。她开始喜欢那个花园，就像喜欢知更鸟、迪肯和玛莎的妈妈一样。她也开始喜欢玛莎了。现在竟有这么多人让她喜欢——原本她并不习惯喜欢人的。她也把知更鸟当作人一样看待。她走到覆满常春藤的长墙外，越过墙顶端，她可以看到墙内的树梢。当她第二次来回走时，最有趣、最令人兴奋的事在她身上发生了，而这都缘于老班的知更鸟。

她听到一阵啁啾鸣啭，左边光秃秃的花床上，知更鸟就在那里欢蹦乱跳着，佯装在啄东西，让她没察觉到它是在跟着她。但是，她知道它的确一直跟着她，因此她惊喜万分，整个人都微微颤动了一下。

“你真的记得我！”她叫了出来，“真的呀！你是全世界最可爱的小鸟！”

她也啾啾叫着，说话哄诱它，知更鸟则蹦蹦跳跳，摇着尾巴鸣啭，好像说话似的。它的红背心像丝绸一样，它鼓起小红胸时是那么高雅漂亮、神气活现，好像在向她展示一只知更鸟可以做到多么庄重，多么像一个人一样。当她越来越接近知更鸟，弯下身子和它说话，试着发出小鸟的声音时，玛莉小姐就忘了自己过去有多么别扭了。

哦！它居然让她这样靠近自己！它知道玛莉不会伤害它或惊吓到它。它知道，因为它通人性——而且比世界上任何人都要好。她快乐得几乎喘不过气了。

花床并不是完全荒芜的，只是没有花。为了让它们冬眠，多年生的植物都已经被砍下来了，但是，还有高高低低的灌木，齐种在花床的后面。当知更鸟在树底下活蹦乱跳时，玛莉看到它跳过一小堆刚翻松的土壤，然后停在上面找虫吃。土壤被翻松了，有一只狗为了掏出鼹鼠，挖了一个很深的洞。

玛莉看了看，不清楚那里为什么会有个洞。她又看了看，发现好像有东西埋在新翻松的土壤里，像是生锈的铁制的或铜制的戒环。当知更鸟飞到附近的树上，她便把戒环拾起来。原来它不只是一个戒环，而是一把似乎埋了很久的旧钥匙。

玛莉小姐站了起来，一脸惊讶地看着悬挂在她手指上的钥匙。

“或许已经埋了十年了，”她低声地说，“也许就是秘密花园的钥匙吧！”

第八章　知更鸟引路

她对着钥匙看了好一会儿，在手中翻来覆去地反复琢磨。我以前说过的，她并不是被调教过在做事之前会征询长辈同意的小孩儿。这把钥匙令她想到，它可能是打开那个花园的钥匙。她可以找到门在哪儿，也许她可以打开它看看墙内有什么，还有老玫瑰树有什么变化，因为花园已经关闭那么久了，她想看看它。花园大概和其他的园子不同，而且十年之间一定有奇异的改变。除此之外，要是她喜欢花园，她可以每天进去里面，关起门来，然后为自己编造一出戏，自己扮演，因为没有人会知道她在那里，大家仍旧以为门是锁着的，钥匙还埋在土里。这样的想法使她感到快乐万分。

像现在这样，她一个人住在一栋有一百间房间被神秘锁住的房子里，没有什么可嬉玩的，使得她不活泼的脑袋开始动了起来，也唤醒了她的想象力。无疑的，从荒野吹来清新、强烈、纯净的空气，有很大的助益，似乎使得她胃口大开，抵抗强风使她的血液活络起来，她的心灵也同样活跃起来了。在印度她总是觉得又闷热又慵懒，身子又太羸弱，以致对事事漠不关心，然而在这里，她开始关心事物，并且想做些新鲜的事。虽然她不知道是什么原因，但她已经觉得自己没那么“别扭”了。

她将钥匙放入口袋里，在步道上来来回回走着。这里似乎只有她一个人，她可以慢慢观察围墙，特别是上面的常春藤。常春藤令她感到不解，无论她如何仔细观察，都只看到一丛丛浓密生长、绿油油的叶子，她非常失望。当她踱到墙边，望过围墙看着树梢，别扭的脾气又发作起来了。她自言自语地说，多好笑的一件事，这么靠近花园却进不去。她在口袋里摸摸钥匙，然后走回房间，她下决心只要外出就带着它，万一她找到隐藏的门时，随时可以打开它。

梅拉克太太允许玛莎在家里的小屋舍过夜，一大早她就带着红彤彤的两颊，兴致高昂地赶回来工作了。

“我四点钟就起床了，”她说，“啊！荒野上美极了，小鸟都醒了，兔子到处蹦蹦跳跳，太阳也起床了。我不是一路走回来的，有人用二轮马车载了我一程，我在家玩得非常快乐。”

她休假这天充满了许多快乐的事。她妈妈很高兴看到她，她们一整天都在烘焙面包和清扫屋子，她还为每个弟弟妹妹烘制了红糖馅蛋糕。

“他们从荒野游玩回来时，面包刚热腾腾地出炉，屋子里满是面包香甜、清爽、热烘烘的味道，炉火很盛，大家高高兴兴地叫着。迪肯说我们的小屋好得可以让国王住。”

到了晚上，他们都围在炉火旁坐着，玛莎和她妈妈缝着旧衣服的破洞、修补袜子，玛莎告诉他们刚从印度来了一个小女孩儿，来之前都由“黑人”服侍着穿衣，竟还不会自己穿袜子。

“啊！他们真的好喜欢听我说你的事，”她说，“他们想知道有关‘黑人’和你搭乘来这里的船的事。我知道得不多，没有全部告诉他们。”

玛莉想了一下。

“下次你回去前我再告诉你更多更多的事，”玛莉说，“这样你就有更多的故事可以说，我敢说他们一定会喜欢听骑大象和骆驼的事，还有英国官员猎老虎的故事。”

“天哪！”玛莎高兴地叫起来，“那他们真会乐透了。你真的会告诉我那些事吗，小姐？那大概像有一回我们在约克市[1]看过的野生动物展一样吧！”

“印度和约克郡有很大的不同，”玛莉认真考虑后缓缓地说，“我从没想到这点，迪肯和你妈妈真的喜欢听我的故事吗？”

“当然是真的，我们家迪肯几乎听得目瞪口呆，”玛莎回答，“但是妈妈听到你似乎一直孤单一个人时，就替你难过起来。她说：‘难道克雷文先生没有为她请家庭女教师或保姆吗？’我说：‘没有，梅拉克太太说要是她想起来会的，不过她又说也要等两三年后才会想到这件事。’”

“我不要家庭女教师。”玛莉突然说。

“但是妈妈说，你到了应该读书的年纪了，也应该有位保姆照

1　约克市：约克郡的首府。

料你才是。她说：‘玛莎，你想想看，住在那样大的宅邸里，一个人到处游逛，又没妈妈在身旁，你自己感觉怎样。你要尽量使她快活些。’她这么说完，我就回答说我会的。”

玛莉坚定地看了她好一会儿。

“你的确令我很快活，”她说，“我喜欢听你说话。”

过不久，玛莎走出房间，回来时手里拿着东西藏在围裙底下。

“你在想什么？”她愉快地笑着说，“我给你带来了一件礼物。”

“一件礼物！”玛莉小姐惊叫起来，一个挤满十四口挨饿之人的小户人家，竟能送我礼物！

“有一个小贩驾着二轮马车在荒野上兜售东西，”玛莎解释说，“他在我们家门口停下来。车上卖锅盘和一些零星物品，妈妈身上没钱买他的东西。他刚要离开时，我家伊丽莎白·艾伦叫了起来：‘妈妈，有红蓝手把的跳绳呢！’妈妈突然喊：‘先生，等一下！那跳绳要多少钱？’他说：‘两便士。’妈妈就探入口袋摸摸，然后对我说：‘玛莎，你这个乖女孩儿，总把薪水都给我。我把钱分四个地方放着，现在我准备拿出两便士，给那个印度来的小女孩儿买跳绳。’喏，这就是她买给你的跳绳。”

她从围裙底下拿出跳绳，骄傲地展示着。那是一条结实细长的绳子，两端各有一个红蓝条纹的手把。玛莉·伦南克丝以前从没见过跳绳，她用疑惑的表情看着它。

“这是做什么用的？”她好奇地问。

“做什么用！”玛莎大叫，“难道在印度没人玩跳绳，他们只玩大象、老虎和骆驼？难怪他们看起来那么黑。你瞧瞧，就是这么玩的。”

她跑到房间中央，双手各执一端的手把，开始跳起来，一直跳，玛莉坐在椅子上看她跳。旧肖像画上古怪的脸似乎也在看她，想知道究竟为何这个粗野的农家女孩儿敢在他们面前做出如此鲁莽的举动。但是玛莎没看到他们。玛莉小姐脸上显露的兴致和好奇使玛莎非常高兴，她继续跳，边跳边数，一直数到一百下。

"我能跳得更久，"她停下来时说，"我十二岁时就可以跳到五百下了，不过那时我没现在胖，技巧也很熟练。"

玛莉从椅子上站起来，觉得很是兴奋。

"它看起来很好玩，你妈妈真好，你觉得我也可以像你那样跳吗?"

"你试看看，"玛莎一边劝她，一边将跳绳递给她，"一开始，不可能跳到一百下，但是如果你不断练习，就可以达到。就像妈妈说的，她说:'没有比跳绳对她更有助益的了，这是最明智的小孩儿玩具。让她在空气新鲜的户外跳绳，伸展四肢，锻炼得更强壮一点儿。'"

显然，当玛莉小姐第一次跳时，她的四肢不是很有力气。她跳得不够熟练，但是她太喜欢了，所以不想停下来。

"穿上衣服，到户外跑跑，去跳绳，"玛莎说，"妈妈要我跟你说，尽量到户外去，即使外面下点儿雨，只要穿得暖和些就好了。"

玛莉穿上外套，戴上帽子，把绳子挂在手臂上。她打开门走出去，突然想到了什么，又慢慢地走回来。

"玛莎，"她说，"这是用你的薪水买的，那可真的是你的两便士啊。谢谢你!"她不自然地说道，因为她不习惯向别人说谢谢，也很少注意到别人为她做了什么事。"谢谢你!"她一边说，一边伸出手来，因为不知道自己还该做些什么。

玛莎笨拙地和她握握手，仿佛也不习惯这样做似的，接着笑了起来。

“哎哟！你真古怪又婆婆妈妈的，”她说，“要是我家小莉莎，早就给我一个亲吻了。”

玛莉看起来更不自然了。

“你要我亲你吗？”

玛莎又笑了起来。

“不是的，”她回答，“要是你不是像现在这样性情的女孩儿，你自己会想到这么做的，但是你不是。你还是到外面跑跑，跳绳去吧！”

玛莉小姐走出房间时，觉得有点儿困窘。约克郡人似乎很奇怪，玛莎总是令她困惑不已。刚开始，玛莉非常不喜欢她，现在却不一样。

跳绳是一件很好玩的事。她数着跳着，一直跳一直数，直到她双颊通红，她觉得这是有生以来她最感兴趣的事。太阳照耀着，微风徐徐吹来——并不是强烈的风，而是令人愉悦的微风，并且夹带着新翻土壤的清香味道。她绕着喷泉花园跳，从一条步道到另一条来来回回跳着，最后，她跳进了家庭果菜园，看见老班一面在那里铲地，一面和他身旁蹦蹦跳跳的知更鸟说话。她沿着步道跳向老班，他抬起头神情好奇地看着她。她在想他是不是注意到她了，她希望老班看到她跳绳。

“啊！”他叫了起来，“真不敢相信！你毕竟是个小孩儿，你血管里流的毕竟是新鲜的血液，而不是发酸了的牛奶。你的双颊已经跳得通红，千真万确，如果不是这样的话，我就不叫老班。我真不敢相信你竟能办得到。”

“我以前没跳过跳绳，”她说，“我刚刚开始学，所以只能跳到二十下。”

“你要继续跳，”老班说，“对于一个与异教徒生活在一起的人来说，你算是蛮健康的小孩儿，你看它也在看你。”他头朝知更鸟动了一下，“它昨天都跟着你，今天还会，不久它就会发现跳绳是什么了，它从来就没见过跳绳呢！”他对知更鸟摇摇头，说：“要是你不警戒留心点儿，你的好奇心总有一天会让你丧命的。”

玛莉绕着所有的花园和果园到处跳，每跳几分钟就停下来休息一下。最后，她走到自己专属的步道上，下定决心试试能不能跳完全程。她先慢慢地跳，跳到半途时已经觉得很热、喘不过气来了，于是不得不停下来。她不太在意，因为她已经数到三十下了。她停下来愉快地轻轻笑着，看哪！知更鸟就停在长长的常春藤枝上迎风招展。原来它跟着她，正啾啾地叫着和她打招呼呢。玛莉朝它跳去的时候，觉得她每跳一下，口袋里的重物就碰撞她一下，当她看到知更鸟时，高兴得笑了起来。

“昨天你指引我找到钥匙，”她说，“今天你应该指出门在哪里，但是我不相信你知道！”

知更鸟从摇曳的常春藤枝条上飞到了围墙上，它张开了嘴喙发出嘹亮好听的鸣啭，仅仅是为了炫耀。世上再也没有什么比一只知更鸟炫耀自己时更令人喜爱了——而它们几乎总是在炫耀自己。

玛莉从她奶奶那儿听过许多关于魔法的故事，她后来总是说，当时发生的事一定与魔法有关。

一阵温和的微风吹到步道上，这阵风强了些，几乎摇动了树枝，还有那些悬挂在墙上没经过修剪的常春藤小枝。玛莉走近知更鸟，突然间，这阵风吹开了松散的藤枝，她突然跃上前去一把抓住它。她这样做是因为看到底下的东西了——一个覆盖在常春藤叶下的圆形把手。那是门的把手。

她把手放进叶子底下，将它们推拨到一旁，由于垂悬的常春藤长得很浓密，几乎像是一帘松散、摇曳的帐幕，而有些已经蔓爬到木头和铁上面了。玛莉的心开始怦怦跳起来，她的手因为快乐和兴奋而微微颤抖着。知更鸟将头偏向一边，继续唱着、鸣啭着，仿佛和她一样高兴似的。在她手底下有一个方形的铁家伙，她还在上面发现了一个洞，但不知道是什么。

原来是已经锁了十年的门锁！于是她把手伸入口袋取出钥匙，发现正好能插进钥匙孔。她尝试着转动钥匙，得使用双手转动它才行，最后终于将它转动了。

然后，她深深吸了口气，转头看看后面长步道那端有没有人来。没有人走过来。似乎从来就没有人走到过这里。于是，她又不禁深深吸一口气，然后拉住摇曳摆动的常春藤帘幕，去推那扇门，门缓缓打开了。

接着，她悄悄走进去，随后将门关上，背靠着门站着环顾花园四周，兴奋、惊奇、快乐得连呼吸都快了起来。

她已经站在秘密花园里面了。

第九章　古怪的老房子

这是一个人所能想象得到的最甜美、看起来最神秘的地方了。周围的高墙爬满了无叶的玫瑰蔓藤，因为长得非常浓密而纠缠在一起了。玛莉认得那是玫瑰，因为她在印度看过很多玫瑰。地上覆满了褐色的枯草，当中长出的几株灌木，若还活着，一定是玫瑰丛了。有嫁接栽培的玫瑰，枝干直挺，叶蔓茂密，简直像棵小树一样。花园里还有其他的树，而使得这个地方看起来古怪却又甜美的是，树上攀爬的玫瑰藤，它们垂下长长的藤蔓，像是轻轻摆荡的帘幔一样，它们互相纠缠着或攀缠着远远的树枝，从一棵树爬到另一棵树，在树与树间形成可爱的吊桥。现在玫瑰藤上既没有叶子也没有花，玛莉也不晓得它们是不是还活着，但是它们或灰或褐的细小藤枝像是暗淡的罩袍一样覆盖在围墙和树上，甚至掉落下来蔓延在枯黄的草坪上。就是这些树与树间灰暗的纠缠物，使得这个地方看起来这么神秘。玛莉心想一定是因为荒废太久，才与其他花园不同；事实上这个花园是她所见过最与众不同的花园。

“这儿好安静！”她小声地说，“多安静啊！”

然后她等了一会儿，聆听着寂静。知更鸟飞到树梢上，也和周遭一样安静下来，它甚至没有拍动翅膀，一动也不动地栖息着，看着玛莉。

“难怪这么安静，”她又低声说，“我是十年来第一个在这里说话的人。”

她离开门边，放轻脚步，仿佛害怕惊醒人似的。她很高兴脚底踩着草，可以不发出声响。她走到树木间其中一个童话般灰色的拱门藤下，往上看着缠绕在上面的枝藤和卷须。

“我想知道它们是不是真的死了，”她说，“这真是个死寂的花园吗？但愿不是。”

要是她是老班，只要看看木头，就知道是不是还活着，但是她只看到或灰或褐的小枝藤，没有任何地方显示一点儿小叶芽的迹象。

不过，她已经走进了这个奇妙的花园，她可以在任何时候，穿过常春藤底下的门来到这里，她觉得好像找到一个属于自己的世界。

太阳照耀在四面墙内，这片密塞威特庄园上方特别的蓝色苍穹，似乎比荒野上的更明亮、更柔和。知更鸟从树梢上飞下来，到处蹦蹦跳跳地跟着她，从一丛灌木到另一丛。它啾啾不停叫着，非常忙碌的样子，仿佛在指示她什么。

一切都显得奇怪安静，而她似乎离开人们好几百英里远了。

不过，她一点儿都不觉得寂寞，她想知道玫瑰是不是都死了，或许有些还活着，天气暖和时会长出叶子和花苞。她实在不希望这是一个死寂的花园，如果花园还活着那会有多奇妙啊！花园周围就会开出几千朵玫瑰花了！

她进来时把跳绳挂在手臂上，她在花园里逛了一会儿后，她想要绕整个花园跳一圈，当碰到想看的东西时就停下来。似乎到处都有草径，有一两处角落里置有常青植物做成的小亭子，亭子里摆着石椅子和覆满苔藓的高大的花瓮。

当她接近第二个亭子时，她停了下来。里面似乎原本是个花床，她好像看到有什么东西从黑色土壤里长出来——一些小小尖尖的浅绿色芽点。她想起老班说过的话，于是跪下来看着它们。

“没错，这些小东西正在成长，可能是番红花、雪花莲或水仙花。”她低声说着。她将头弯得更低以便于靠近它们，闻着潮湿土壤的清新气味，她非常开心。

“或许在别的地方还会有其他东西长出来，”她说，“我要逛遍花园四处看看。”

她不再跳了，慢慢走着，眼睛一直注视着地上。她看着老旧的狭长花床，还有花床上的草，好像怕错过任何东西似的绕完花园一圈；她从没见过这么多浅绿色的尖点，于是再度兴奋起来。

“这并不是完全死寂的花园，”她轻轻地对自己说，“即使玫瑰花都死了，也该有其他东西还活着。”

她对园艺一无所知，但是有些地方草长得如此浓密，绿芽点必须努力地挤出来，这使玛莉想到可能没有足够的空间让它们生长。她四处寻找，直到找到一根相当尖锐的木头，她弯身下去挖土，拔除杂草，直到在绿芽点周围清理出一小块干净舒爽的地方。

“好了，现在它们看起来似乎可以呼吸了。”她清理完第一批杂草时这么说，“我还要清理更多地方的杂草，只要我看到的我就清理，要是今天没时间，明天再来。”

她从一个花床走到另一个花床，再跑到树下的草坪上，挖挖土拔拔草，感到无比的快乐。这样的活动使她觉得热了起来，她先脱掉外套，然后摘掉帽子，还不自觉地一直对草坪和绿芽点微笑。

知更鸟异常忙碌着，有人开始在它的地盘上挖土拔草令它非常兴奋。它常常对老班感到很讶异，他铲过的松土壤常常有可口的东西可吃。现在来了这个新人，还不到老班一半高，却知道要到它的花园来立刻开始挖土铲草。

玛莉在花园里一直工作到她该用午餐的时候。事实上，她几乎忘了这件事，当她穿上外套，戴上帽子，拿起她的跳绳，她简直无法相信自己已经工作了两三个钟头。她一直觉得很快乐。一二十个小小绿芽点出现在清理干净的地方，比先前被杂草掩盖的时候看起来更加生气勃勃。

“下午我还会再回来。”她边说边环顾她的新王国，并且对树和玫瑰丛说话，仿佛它们能听懂她。

然后她轻轻走过草坪，缓缓推开老旧的门，悄悄穿过常春藤底下。她的双颊是这么红，眼睛这么明亮，胃口这么好，让玛莎感到很高兴。

“两片肉，两份米布丁！”她说，“如果我把跳绳对你的改变告诉妈妈，她一定很高兴。”

刚刚玛莉用尖树枝挖土铲草的时候，她挖到一个很像洋葱的白根，她又把它放回去，并且小心地把土壤拍平，现在她很想知道玛莎知不知道那是什么。

“玛莎，”她说，“那些像洋葱一样白色的根是什么呢？”

“那是球茎，”玛莎回答，“春天时它们会长出许多花，小一点儿的是雪花莲、番红花，大一点儿的是水仙花、长寿花和黄水仙，最大的则是百合花和紫菖蒲。它们美极了！迪肯在我们家的小园子里种了很多。”

“迪肯都认得这些花吗？”玛莉忽然冒出一个新想法。

“我们家迪肯能让花从砖道里长出来，妈妈说他只要对着地上轻声说话，就可以把里面的东西唤出来。”

“球茎活得很久吗？要是没有人照料，它们可以活很久吗？”玛莉焦急地问道。

“它们可以自己生存，”玛莎说，“这就是为什么穷人也种得起的缘故。如果你不去干扰它们，它们可以在地底下活一辈子，并且蔓延开来，长出小芽苞。在庭园林子那里一个地方，就长了好几千朵的雪花莲。春天时节它们是约克郡最美丽的景象，没有人知道最初是谁种的。”

“我真希望现在就是春天，”玛莉说，“我想看所有英国的植物生长出来。”

她吃完午餐，走到她最喜欢的壁炉地毯那里。

“我真希望——真希望有一把小铲子。”玛莉说。

“你要铲子做什么？”玛莎笑着问，“难道你要去挖地了吗？我也得告诉妈妈这件事。”玛莉看着炉火想了一下。如果她想保住她的秘密王国，那得小心一点儿。她不会破坏花园，但是万一克雷文先生发现门被打开了，一定会非常生气，然后再用一把新锁，将门永远关起来。那是她无法忍受的事情。

“这个地方这么大这么孤寂，”她缓缓地说，仿佛在心里辗转反复想着事情。“这栋房子很孤寂，庭园很孤寂，花园也是。许多地方似乎都锁起来了。在印度我没什么事可做，但可以看到许多人——印度人和行军的士兵——有时候会有乐队表演，我的奶妈也会说故事给我听。在这里除了你和老班外，就没有人可说话。而你得工作，老班又不常和我说话。我在想要是我有一把小铲子，我就可以像他一样在花园的一个地方挖土，如果他给我一些种子，我就可以造一个小小的花园。”

玛莎的脸上现出惊喜万分的神情。

“对啊！”她叫了起来，“妈妈也说过这样的话。她说：‘那栋大房子那么大，为什么不给她一小块地方，即使她只会种香菜和胡萝卜？她可以挖挖耙耙，这样她会快乐些。’妈妈是这么说的。”

“她真的这样说？”玛莉说，“她知道许多事情，对不对？”

“是啊！”玛莎说，“就像她说的：‘一个抚养十二个小孩儿长大的女人，除了基本常识外，也学到了一些事情。养小孩儿就像学数学一样便利，可以让你学到许多东西。’”

“一把小铲子要花多少钱？”玛莉问。

“嗯，”玛莎想了一下回答说，“在威特村有一间店铺，我看到他们在卖小套的园艺工具，每套包括铲子、耙子和草叉，一共才两先令，而且也很结实牢固。”

“我的钱包里不止这些钱，”玛莉说，“莫里森太太给了我五先令，克雷文先生也吩咐梅拉克太太给我一些钱。”

“他还记得给你钱吗?”玛莎惊叫起来。

“梅拉克太太说每星期我有一先令可花，在每个星期六给我。我不知道该花在什么地方。”

“天哪！这可真是一大笔钱呢!”玛莎说，“你可以买到世界上你想买到的任何东西。我们小屋舍的租金也才一先令三便士，对我们来说却像要我们的命似的。刚刚我想到一件事。”玛莎叉腰说着。

“什么事?”玛莉急切地问。

“威特村的店铺卖有花种子，一包才一便士。我们家迪肯知道哪一种花最美丽，怎么栽种它们。他经常到威特村去玩。你会用印刷体写字吗?”她突然问道。

“我会写字。”玛莉回答。

玛莎摇摇头。

“我们家迪肯看得懂印刷体字，要是你会写印刷体字，我们可以写封信给他，叫他到村庄把园艺工具和花种子同时买回来。”

“啊！你真好，”玛莉叫起来，“你真是个好姑娘。我知道印刷字怎么写。我们去找梅拉克太太要支笔、墨水和一些纸。”

“我有一些纸笔，”玛莎说，“我买的，以便星期日可以写信给妈妈。我去拿。”

她跑出房间，玛莉站在炉火旁扭着细瘦的小手，高兴极了。

“如果有一把铲子，”玛莉低声说，“我就可以松软土壤、拔除杂草；如果我有花种子，就可以让花长出来，花园就不会死寂一片——它会活过来的。”

那个下午她没再出去，因为玛莎带着纸、笔、墨水回来后，她还得清理桌上的碟盘，拿到楼下。当她回到厨房后，梅拉克太太正好在那儿，便吩咐她做些事情，所以玛莉觉得似乎等了很久她才回来。然后，她们开始正式给迪肯写信。玛莉学得很少，因为她的家庭女教师很不喜欢她，没待多久就离开了。她的拼写并不太好，但是她试了一下后，发现她可以写出印刷体字了。于是，她便照玛莎所说的写了这封信：

亲爱的迪肯：

希望你收到信时一切安好。玛莉小姐有很多钱，她请你到威特村帮她买花种子和园艺工具，她要做一个花床。挑选最美丽、最容易种的，因为以前她没种过花，而且住在印度，和我们这里不太一样。替我向妈妈和弟弟妹妹问好。玛莉小姐还要告诉我更多事情，下次休假回家，你们就可以听到有关大象、骆驼，还有绅士们、猎狮子和老虎的故事。

你亲爱的姐姐

玛莎·菲比·索尔比

“我们可以把钱放在信封袋里，我会请肉贩的孩子顺道用马车送去给他。她是迪肯的一个好朋友。”玛莎说。

“那要怎样拿到迪肯买到的东西？”

“他会亲自带来给你，他很喜欢走到这边来。”

“哦！”玛莉惊叫起来，“那我就可以看到他了！我没想到竟然会看到迪肯。”

“你想要看到他吗？”玛莎突然问道，因为玛莉看起来如此高兴。

“是啊！我从没见过一个会被狐狸和乌鸦喜欢的男孩儿。我很想看到他。”

玛莎有点儿惊讶，好像想起了什么事。

“我想起来了，”她突然说，“我差点儿忘记一件事；今天早上我原打算告诉你这件事的，我已问了妈妈——她说她自己会去问梅拉克太太。”

“你是说——”玛莉开口说。

“就是我星期二所说的那件事。问她是不是可以找一天请人载你到我们的小屋舍，接受妈妈做的热燕麦糕、奶油和牛奶的款待。”

似乎在一天之内，所有有趣的事都发生了。想想在白天的蓝空下穿越荒野！想想走进里面有十二个小孩儿的小屋舍！

“她认为梅拉克太太会让我去吗？”她相当担忧地问道。

“当然，她说她会的。她知道妈妈很整洁，她把小屋舍清理得干干净净的。”

“要是我能去，就可以看到你妈妈和迪肯了。”玛莉边说边想着，并且越来越喜爱这个想法，“你妈妈和印度的妈妈好像不一样。”

她在花园里工作了半天，下午又兴奋了好一阵子，终于安定下来，开始思考一些事情了。玛莎一直陪她到下午茶时间，不过，她们只是舒舒服服安静地坐着，话说得很少。就在玛莎要下楼端茶碟时，玛莉问了一个问题。

“玛莎，”她说，“那个洗碗的女佣今天又牙痛了吗？”

玛莎确实有点儿惊讶。

“你为什么问这件事？”她说。

“因为我等你回来等得太久，就打开门，走到回廊看看你是不是回来了。结果又听到那个远远传来的哭声，就像那天晚上听到的。今天没有风，所以可想而知并不是风声。”

“哎呀！”玛莎不安地说，“你不应该到回廊里到处乱走探听。克雷文先生知道会生气的，不知道他会做出什么样的事来。”

“我没有乱探听，”玛莉说，“我只是在等你时就听到了，共听到三次。”

“天哪！梅拉克太太的铃又响了。”玛莎说，一下子就跑出了房间。

“真是古怪的房子！”玛莉昏沉沉地说，然后将头靠在旁边扶手椅的坐垫上。新鲜的空气、挖土和跳绳使得她觉得疲倦极了，便沉沉睡着了。

第十章　迪　肯

秘密花园里阳光普照的日子，足足维持了一星期之久。秘密花园是玛莉当初想到的称呼。她喜欢这个名称，但她更喜欢关在美丽的旧墙内不为人所知的感觉，似乎就像被关在一个童话世界里。她读过而且喜爱的几本书都是童话故事，里面的一些故事就是写秘密花园的。有时故事里的人会在那样的地方睡一百年，她认为那是很蠢的。她不想睡着，事实上，她在密塞威特每度过一天头脑就变得更加清醒。她开始喜欢待在户外。她不再讨厌风，反而喜欢它。她跑得更快、更久，跳绳也能跳到一百下。秘密花园里的球茎一定感到大为惊讶，因为它们周围已经清理得既干净又舒畅，它们有足够的空间来呼吸。玛莉小姐不知道的是，它们已经开始在黑暗的土壤里活跃起来并且热烈地生长了。太阳照耀它们，给它们温暖，下雨时，雨水立即滋润它们，使它们生机盎然。

玛莉是一个古怪坚定的小孩儿，只要她决定去做的有趣的事，她一定全心全意去做。她坚定地工作着，翻松土壤，拔除杂草。她时时刻刻都感到很快乐，一点儿都不觉得疲倦，对她而言这似乎是有趣好玩的游戏。她找到更多的淡绿色芽点，比她期望的多多了，它们似乎从各个地方冒出来。玛莉每天都能发现新的小芽儿，有的非常小，才刚刚探出土壤而已。长出这么多的芽点，使她想起玛莎说过的"好几千朵的雪花莲"，还有蔓延的球茎以及新长出来的球茎。这些植物已经自己存活了十年了，或许像雪花莲一样已经蔓延好几千朵了。她想知道等它们开出花朵要多久。有时候，她会停下来看看花园，想象当它开满了可爱的花朵时会是什么样子。

阳光普照的一星期里，她和老班处得越来越熟了。有几次她像从土里冒出来似的出现在他身旁，吓了他一跳。事实上，她是担心老班如果看到她走来，会扛起铲子离开，所以她总是尽量悄悄地走近他。其实他已经不再像刚开始那样强烈地排拒她了，或许是因为玛莉很渴望和他这个上了年纪的人做朋友，这使他的自尊心得到了相当的满足。

而她也比以前更有礼貌了。他不晓得当她第一次看到他对她说话时，用的是对印度仆人说话的语气。她不知道一个粗野强壮的约克郡人并不习惯于向主人行额手礼，只会听命做事而已。

"你就像知更鸟一样，"有一天早上，当他抬头看到她站在身旁时，这样对她说，"我从来不知道什么时候会看到你，你会从哪儿冒出来。"

"它现在是我的好朋友了！"玛莉说。

"你说这话的态度就像它一样，"老班尖声地说，"虚荣轻浮地讨好女人，为了炫耀它的羽毛，卖弄它的风情，它什么事都做得出来。它满脑子自负的想法。”

他的话不多，有时甚至也不回答玛莉的问题，只会短短哼一声，今天早上却说得比平常多。他站起来，边将穿着平头钉底靴的脚踩在铲子的上端，边看着玛莉。

“你来这里有多久了？”他突然问道。

“我想大概一个月了。”她回答。

“你开始替密塞威特增光了，”他说，“你比刚来时更胖些，脸色也不那么黄了。你第一次走进这个花园时，看起来就像一只拔光羽毛的小乌鸦。我心里就这么想，我从来就没看过这么难看、满脸不高兴的小孩儿。”

玛莉并不是一个自负的人，从来也没有对自己的长相想得太多，所以并不觉得难过。

“我知道我胖多了，”她说，“我的袜子变紧了，以前都是松松的有皱褶。知更鸟飞来了，老班。”

真的，知更鸟就在那里，她觉得它看起来比以前漂亮。它的红背心如丝绸一般光亮，它摆动着翅膀和尾巴，头偏向一边，活泼地蹦蹦跳跳，优雅极了！

知更鸟似乎想要让老班欣赏它，但是老班却对它冷嘲热讽。

“看，臭小子来啦！”他说，“当你找不到同伴时，你就勉强来找我玩玩，这两星期以来，你的红背心越加鲜丽，还不断梳理羽毛。我知道你要做什么，你正要向某处一个大胆的年轻女士示爱，骗她说你是密塞荒野最优雅的雄性知更鸟，准备击败所有其他的鸟。”

“啊！你看它！”玛莉叫了起来。

知更鸟显然处在极为大胆的状态下。它越跳越近，越来越急切地看着老班。它飞到最近的一棵红醋栗树上，正对着他唱小曲。

“你以为这样就可以瞒过我吗？”老班一边说着，一边皱起眉，那样子让玛莉觉得他是刻意佯装不高兴的，“你以为没有人比你更出色——那只是你的想法而已。”

知更鸟展开了翅膀——玛莉几乎不敢相信她的眼睛。它立即飞向老班的铲子把手，落在上面。然后，这个老人的脸慢慢又皱成了新的表情。他一动也不动地站着，仿佛不敢呼吸似的——仿佛一点儿都不敢惊动知更鸟，怕它飞走。他相当轻声地说着。

“好吧！我错怪你了！”老班轻柔地说，像换了一个人一样，“你真懂得如何讨好人——真的，你真是非比寻常的美丽，你什么都懂。”

他站着丝毫没惊动它——几乎不敢呼吸——直到知更鸟再度拍动翅膀飞走。然后，他看着铲子的把手，仿佛有魔法在上面似的，接着他又开始铲土，许久没有说话。

他现在偶尔会微微一笑，玛莉不再害怕和他说话。

“你自己有花园吗？”她问。

“没有，我是单身汉，和马丁住在门房里。”

“如果你有花园，”玛莉说，“你会种什么？”

“甘蓝菜、马铃薯和洋葱。”

“但是如果你要种花，”玛莉继续追问，“你会种什么花？”

“球茎植物和很香的花——不过多半会种玫瑰。”

玛莉面露喜悦说：“你喜欢玫瑰花吗？”

老班挖起一株杂草，丢在一旁，然后回答。

“是啊！我喜欢。我以前在一位年轻太太那里当园丁时才晓得的。她选了一个喜爱的地方种了许多玫瑰花，她把它们当作小孩儿，或像知更鸟一样疼爱。我看过她曾弯下腰来亲吻它们。”他又拔出一株杂草，皱眉看它，“这些杂草就跟十年前一样多。”

“她现在在哪儿?”玛莉深感兴趣地问。

“天堂里，”他回答，把铲子铲入土壤里，“别人这么说的。”

“那么那些玫瑰花怎么了?”玛莉兴趣更高昂地问。

“它们只好自生自灭。”

玛莉变得相当兴奋。

“它们全都死光了吗?如果没人照顾，玫瑰花会死光吗?”她大胆地问。

“嗯，我喜欢那些玫瑰花——我喜欢那位太太——她也喜欢那些玫瑰花。”老班勉强承认，“每年有一两次我会去打理一下——修剪枝叶，松松根附近的土壤。它们四处蔓延，土壤很肥沃，因此有些就存活下来。”

“当它们叶子都掉光了，看起来灰褐又干枯，你怎么知道它们是活着或死了?”玛莉问。

“等到春天降临——等到太阳照在雨水上，雨滴落在阳光上，你就会看出来。”

“要怎么做——怎么做呢?”玛莉忘了要小心翼翼，叫了出来。

“你可以看看树枝，如果看到树枝上有褐色鼓起的小块，暖雨过后瞧瞧就知道了。”他突然停下来，好奇地望着她急切的脸。“为什么你突然之间这么关心玫瑰?”他问。

玛莉小姐觉得自己的脸红了起来，几乎不敢回答了。

“我——我想要——自己拥有一个花园，”她结结巴巴地说，“我——没事情可做，而且也没朋友。”

“嗯，”老班看着她，慢慢地说，“那是真的，你没有朋友。”

他用奇怪的语气说着，玛莉心想他是不是真的为她感到有点儿难过。她从来不会为自己感到难过，她只是觉得疲倦、不高兴，因为她是这么不喜欢周围的人和事物。但是现在世界似乎改变了，变得比以前更美，如果没有人发现这个秘密花园，她会永远快乐地在里面度过。

她和他待了十几分钟，大胆地问了他许多问题。老班语气古怪，咕哝地一一回答，他似乎没有发脾气，也没有扛起铲子离开她。她正要走时，他对她说了一些关于玫瑰的事情，这让玛莉想到他先前说过他喜欢玫瑰花。

“你现在还去看那些玫瑰花吗？”她问道。

“今年还没去，我的风湿症使得关节发硬，没办法去。”

他喃喃说着，突然之间似乎凶起来，她不知道是因为什么。

“听着！”他厉声说，“不要问这么多问题了，你是我见过最爱问问题的小姑娘，到别的地方玩去，我今天已经说够了。”

他似乎很生气，她知道再多待一分钟也没有好处，便到园外步道上一边跳绳，一边想着老班这个人。她觉得很奇怪，这里竟然有一个她喜欢的人，尽管他的脾气坏。她喜欢老班，是的，她真的喜欢他。她经常试着让老班找她说话，同时，她开始相信他知道世界上所有的花。

一道桂树篱笆墙步道环绕着秘密花园，尽头有一扇门通向庭园的林子。她想绕着这个步道跳绳，看看林子里有没有到处跑跳的兔子。她高高兴兴地跳着，到达小门时，她打开门走了进去，因为她听到轻轻的、特别的笛音，她想查看那究竟是什么。

真是奇怪的事，她屏息停下来看着。一个男孩儿背靠着树坐在树下，正吹着一支粗制的木笛。那是一个约十二岁、长相有趣的男孩儿。他看起来很干净，鼻子向上翘，两颊像罂粟花一样红。玛莉小姐从没见过一个男孩儿的眼睛那么圆，那么蓝。他靠着树干坐着，一只棕松鼠靠在身旁看他。

旁边一丛灌木后面，一只雄雉鸡正优雅地伸长颈子探看；更靠近他的地方，有两只兔子端坐着，怯怯地伸着鼻子嗅闻——好像它们都是被吸引来看他，聆听从他笛子吹出的轻柔、奇怪的笛音。

当他看到玛莉时就停住不吹了，用一种几乎和他的笛音一样轻柔的声音对她说话。

“不要动，”他说，“会惊动到它们。”

玛莉留在原地一动也不动。他不再继续吹笛子，然后站起来。他的动作很缓慢，好像怕惊动什么，最后他站直了身子。这时，松鼠突然跳回树枝上，雉鸡缩回了它的头，兔子四脚着地蹦跳逃走了。

“我是迪肯，”男孩儿说，“我知道你是玛莉小姐。”

玛莉明白了，不知道为什么，她一开始就感觉他是迪肯。还有谁会吸引兔子和雉鸡，就像印度人吸引蛇那样。他的嘴宽阔红润，弧度弯弯的，满脸笑容。

“我慢慢地站起来，”他解释，“是因为要是动作太快，会惊吓到它们。有野生动物在旁边时，动作就要轻一点儿，说话声音要微弱一点儿。”

他和她说话的样子不像是两人以前从未见过面，倒像已经对她很熟悉了。玛莉对男孩儿一无所知，和他说话时显得有些不自然，因为她相当害羞。

“你有没有收到玛莎的信？”她问道。

他点了点红褐鬈发的头。

“所以我才来的。”

他弯下身拾起刚刚吹笛时摆在地上的东西。

“我买到园艺工具了，有一把小铲子、耙子、草叉和锄头。管用得很啊！还有一把小平铲。我买花种子时，店老板娘还额外送我一包白色罂粟花籽和蓝色飞燕草籽。”

“可以让我看看这些种子吗？”玛莉说。

她希望可以像他那样说话，他说话快而从容自如。听起来仿佛他喜欢她，而且一点儿也不担心她会不喜欢自己，即使他只是一个荒野上普通的男孩儿，穿着补过的衣服，有一张有趣好玩的脸，一头红褐卷曲的头发。当她走近他时，她闻到他周围有一股清新的石南、草叶混合香气，仿佛他是由它们做成的一样。她非常喜欢这香气，当她看着那张有着红彤彤两颊、圆圆蓝眼睛的有趣的脸时，就忘了刚才的羞怯。

“我们坐在这块原木上看看这些种子吧。”她说。

他们坐下来，他从外套口袋里拿出一个难看的小棕色纸包，解开系绳，里面放着许多小小的整齐的纸包，每包上面都印有花的图形。

“这里有许多木樨草和罂粟花。”他说，“木樨草长出来时最香了，不管你把它撒在哪里，它都会生长，罂粟花也一样，你只要对它们说话，它们就会长大开花，它们是最美丽的花了。”

他突然停下来，很快地转过头去，红扑扑的脸露出高兴的样子。

“呼唤我们的知更鸟在哪里?”他说。

啁啾声来自一株茂密的冬青树，树上长着亮红的浆果。玛莉知道那是谁的啁啾声。

“它真的在呼唤我们吗?”玛莉问。

“是啊!”迪肯说，仿佛这是世界上再自然也不过的事了，“它在呼唤它的朋友，就像在说:‘我来了，看看我，我想找你聊聊天。’它就在树丛里，是谁的鸟儿呢?”

“是老班的，不过，它跟我也有点儿熟。”玛莉回答。

“没错，它认识你，”迪肯又用轻柔的声音说，“它喜欢你，它已经接纳你了，它会在一分钟之内告诉我所有关于你的事。”

他像玛莉先前所注意的那样，缓缓移动走近树丛，然后发出了像知更鸟鸣啭一样的声音。知更鸟专注地听了一会儿，接着像真的在回答问题那样应答着。

“没错，它把你当朋友。”迪肯咯咯笑起来。

“你认为它是吗?”玛莉急切地喊道，她真的很想知道，“你认为它真的喜欢我吗?”

“如果它不喜欢，它不会飞近你，”迪肯回答，“鸟类是相当挑剔的，知更鸟看不起人的时候态度比人类还恶劣。你看，它现在正在讨好你呢，它在说:‘难道你不想看到老朋友吗?’”

事实似乎真的这样，知更鸟在树丛上蹦蹦跳跳，一下子横着走，一下子又偏头鸣啭。

“你了解鸟儿所说的每一件事?”玛莉说。

迪肯笑了笑，嘴巴又大又红又弯，然后扯了扯头上粗粗的头发。

“我想我懂，它们也认为我懂，”他说，“我在荒野上和它们相处很久了，我看着它们破壳而出，变成雏鸟，开始学飞，然后开口唱歌，直到我也变成它们当中的一员。有时候，我想，或许我也是一只小鸟，或狐狸，或兔子，或松鼠，甚至甲虫，而自己却不知道呢!”

他笑着走回原木，又开始谈起花种子。他告诉她它们开花时是什么样子，又告诉她，他如何栽种它们，观察它们，为它们施肥、浇水。

“对了，”他突然说，并转过身看着她，“我帮你种，你的花园在哪里?”

玛莉细小的双手在膝盖上紧紧地握着，她不知道要说什么，整整一分钟她都没说话。她没想到这点，觉得糟糕透了，她的脸一阵红一阵白的。

“你总该有一个小花园吧!难道没有?”迪肯说。

她刚才真的脸上一阵红一阵白，迪肯看出来了，但她仍没说话，于是迪肯感到非常困惑。

“他们不愿意给你一小块吗?”他问，“难道你还没有花园吗?”

她的双手握得更紧，眼睛转向迪肯。

“我一点儿都不懂得男孩儿，”她慢慢说着，“如果我告诉你一个秘密，你会替我保密吗？这是一个大秘密。如果别人发现了，我不知道该怎么办。我想我会死掉！”她说到最后一句时，语气很激动。

迪肯看起来比以前更困惑了，他又用手扯扯头上粗粗的头发，不过他平和地回答了她。

“我一直都在保密，”他说，“如果我不能替小狐狸、鸟巢、野生动物洞穴保密，不让其他孩童知道，荒野上就不安全了。所以啊，我是守得住秘密的。”

玛莉小姐并不想伸手拉他的袖子，但她却这么做了。

“我偷了一个花园，”她说得很快，“那不是我的花园，那是个没人的花园，没有人要，也没有人关心，没人进去过。或许里面的植物都死了，我不太知道。”

她有生以来还没有这样激动和别扭过。

“我不管，我不管，没有人有权利把它夺走，因为我关心它，他们却不。他们把花园关起来，任它死寂一片。”她感情激动地说完，用手捂住脸大哭起来——可怜的玛莉小姐。

迪肯好奇的蓝眼睛变得越来越圆了。

“啊——啊！”他慢慢拉长他的惊讶声，表示了惊奇与同情。

“我没有什么事情可做，”她说，“我什么东西也没有，我自个儿发现它，并且找到方法进去的。我就像那只知更鸟一样，他们总不会把花园从它身边夺走吧。”

“花园在哪里？”迪肯压低声音问。玛莉立即从原木上站起来，她知道自己又闹别扭耍犟脾气了，不过她一点儿也不在乎。她又像从前在印度那样蛮横霸道了，同时也感到又激动又悲伤。

“跟我来，我告诉你在哪里。”她说。

她领他绕着桂树篱笆道走到浓密常春藤围墙下的步道。迪肯带着近乎怜悯的古怪表情跟着她。他觉得好像是要被带去看一个奇怪鸟巢，必须轻轻地走一样。当玛莉走到墙边，拉开垂挂着的常春藤帘幕，他吓了一跳，他的眼前出现了一扇门。玛莉慢慢推开，他们一起走过去，然后玛莉站定，傲慢地挥动着手。

“这就是了，”她说，“这就是秘密花园，我就是世界上唯一想让这个花园活过来的人。”

迪肯一遍又一遍地向四周环顾。

“啊！”他几乎是低声喊出，“这真是一个又古怪又美丽的地方！像置身在梦中一样。”

第十一章　画眉鸟的窝巢

迪肯站立了几分钟环顾四周，玛莉在旁边看着他，然后他开始轻轻地四处走动，甚至比她第一次在这个四面围着墙的花园里走动时还要轻。他将园里的一切尽收眼底——灰色攀藤植物爬满了灰色的树，从树枝上垂挂下来，还有布满围墙和草丛的攀缘植物，以及置立当中覆满常青植物的石椅和高大的花瓮。

“我从没看过这样的地方。”最后他轻声地说。

“你以前知道有这个花园吗?”玛莉问。

她说得太大声了，迪肯对她做了一个手势。

“我们说话要小声点儿，”他说，“万一有人听到，会起疑心的。”

“哦！我忘记了!”玛莉说道，她吓了一跳，连忙用手捂住嘴巴，“你以前知道有这个花园吗?”她恢复过来后又问道。

迪肯点了点头。

“玛莎告诉过我有一个从来没有人进去过的花园，”他回答，

“我们一直很好奇它到底是什么样子。”

他停下来环顾周围那些灰色的可爱的网，他圆圆的眼睛流露出奇异的快乐。

“啊！春天来临时，应该会有许多鸟巢，”他说，“这里是英国筑鸟巢最安全的地方。绝对不会有人靠近的，而且还有安巢最稳当不过的纠结的树丛和玫瑰丛呢。我想也许荒野上所有的鸟儿都会来这里筑巢。”

玛莉小姐不自觉地又把手放在迪肯的手臂上。

“你知道这里有玫瑰花吗？”她轻声问道，“我在想它们或许全都死了。”

“啊！不是！不是全部！”他回答，“看看这里！”

他走到最近的一棵树——一棵很老很老的树，树皮上爬满灰色的苔藓，支着纠结缠绕的树枝。他从口袋里掏出一把多用途的小刀，拉开其中一叶刀片。

“许多枯死的树枝都需要砍掉。”他说，“也有许多老树枝，不过去年好像也长出新树枝了，就是这里。”他摸着一枝看起来褐绿色的幼枝，有别于干枯的灰色老枝。

玛莉热切而虔诚地摸着它。

“这一枝吗？”她说，“这一枝还活着——活得很好吗？”

迪肯宽阔的嘴巴笑得弯弯的。

“它和我们两个一样调皮捣蛋。”他说。玛莉记起玛莎跟她说过“调皮捣蛋”就是“活泼”或“有生气”的意思。

“我真高兴它是调皮捣蛋的！”她轻声叫了出来，“我希望它们都是调皮捣蛋的，我们来逛花园数数看有多少调皮捣蛋的树枝。”

她激动得气喘吁吁，迪肯也和她一样。他们在树丛间穿梭，迪肯手里拿着刀子，时不时地指出一些东西给她看，她觉得这些东西美妙极了。

“它们到处都是，较强壮的树枝长得非常茂密，较脆弱的已经死光了，其他的在不断成长蔓延。你看！”他拉下一枝灰灰干干的粗枝，“大家可能认为这枝树枝已经死了，但是我不相信连它的根部都死了，我要砍砍底下看看。”

他跪下来，用刀子在离地面不远处，划开那看起来好像没有生命的树枝。

“看！”他兴高采烈地说，“我没骗你吧！这树枝里面还是绿色的。你看看。”

他说这话之前，玛莉就跪了下来，全神贯注地注视着它。

“要是它看起来像那样有一点儿绿意和汁液的话，就是调皮捣蛋的，”他解释说，“要是里面是干枯的，很容易就折断，像我现在砍下来的这枝，就表示已经没救了。这里有一个大树根，所有活的枝干都是从这里长出来，要是把老枝砍掉，翻松周围的土壤，再细心照顾，将会有——”他说到一半停下来，仰头看看头上攀爬垂挂的树枝——“今年夏天，将会有许多玫瑰像喷泉般涌出来。”

他们继续在树丛间穿梭，他的力量非常大，技巧熟练地砍掉干枯的树枝，还能够辨识出一枝看似没有希望的树枝里面还有绿色生命存在。半小时后，玛莉觉得她也知道怎样分辨了，当他砍掉一枝看起来没有生命的树枝时，玛莉一看到一点点湿润的绿颜色，便会压低声音欢喜地叫出来。小铲子、锄头和草叉非常好用，他一面用铲子挖根部周围的土壤，翻松它们让空气透进去，一面指示玛莉如何使用草叉。

他们在一株高大的园艺玫瑰树周围辛勤工作，迪肯忽然发出一声惊叹。

“啊！”他叫着，指着几步远的草坪，“那边是谁清理的？”

那是玛莉在小芽点周围清理出来的一小块地。

“我清理的。”玛莉说。

“啊！我以为你对园艺一无所知呢！”他叫起来。

“我是不知道，”她回答，“但是这些绿芽点这么幼小，草又浓又密，它们看起来好像不能呼吸似的。所以我给它们清理出一块地方。我不知道它们是什么。”

迪肯走过去跪在它们旁边，咧着嘴笑着。

“你做得很好，”他说，“园丁也会告诉你应该这么做。它们将会长得像杰克的豌豆茎[1]一样快，它们都是番红花、雪花莲，这里这些是水仙花，”他转到另一块地，“这里的是黄水仙，啊！那将会是一个美丽的景观。”

他在这清理好的小块地方奔跑。

“对你这样的小姑娘来说，这真是浩大的工程。”他看着她说。

“我变胖了，”玛莉说，“我变强壮了，以前我常常觉得厌烦，而当我挖土时我一点儿也不觉得厌烦，我喜欢闻新翻出来的土壤的味道。”

“这对你而言太好了，”他说着，同时明智地点了点头，“除了雨打在新长出来的植物上所散发出的味道外，没有什么东西比新

1 英国童话故事。讲述了小男孩儿杰克得到了几颗能迅速生长到云端的魔豆，并借助魔豆的力量和自己的聪明才智杀了巨人，获得财富的故事。

鲜干净的土壤更好闻了。下雨时，我常常出门到荒野上，躺在灌木树丛下，聆听雨滴落在石南上发出轻柔的瑟瑟声，我就一直闻着，一直闻着。我的鼻尖就像兔鼻子一样颤动，妈妈这么说。”

“你不会感冒吗?”玛莉凝视着他问道。她从来没有见过这么有趣的男孩儿，或者说这么亲切的男孩儿。

“不会的，”他得意扬扬地笑着说，“我有生以来从没感冒过，我一直都不怕冷，不管天气如何，我都会在荒野上疯跑，就像兔子一样。妈妈说，十二年来，我已经吸进太多的新鲜空气，所以不会感冒，我就像山楂木做的圆棍棒一样强壮。”

他一直不停地干活儿、说话，玛莉跟着他，用她的草叉和小平铲在旁边帮忙。

“这里有许多的工作要做!”他说着，欢喜快乐地瞧瞧四周。

“你会再来帮我吗?”玛莉央求说，“我一定会在旁协助你的，我可以挖土、拔杂草，做你要我做的事。噢！一定要来，迪肯!”

“我会天天来，不管下雨还是晴天，只要你想让我来。”他坚决地说，“这是我有生以来觉得最有趣的事——躲在这里，帮助一座花园苏醒过来。”

“如果你要来，”玛莉说，“如果你要帮我使花园活过来，我——我不知道该怎么谢谢你才好。”她无助地把话说完。唉，你能给这样的男孩儿些什么回报呢?

“我会告诉你该怎么做的，”迪肯快乐地笑着说，“你要变胖，你会和小狐狸一样觉得饿，你会和我一样学会和知更鸟说话。啊!我们会玩得很开心!”

他开始四处走，用一种沉思的表情打量着树、围墙和灌木丛。

“我不想让它看起来像是园丁照顾的花园那样，到处修剪得整整齐齐、干干净净的，你觉得呢？”他说，“像现在这样比较好，植物到处蔓延，摇曳摆动，彼此纠结在一起。”

“我们不要把它弄得太整齐，”玛莉焦急地说，“如果太整齐，就不像是秘密花园了。”

迪肯表情相当困惑地站着，用手扯扯头上红褐色的头发。

“这当然是一个秘密花园，错不了，”他说，“不过十年前关闭以后，除了知更鸟外，一定还有人来过。”

“但是门是锁着，而且钥匙埋了，”玛莉说，“没人进得来。”

“那当然是的，”他回答，“这是一个古怪的地方，在我看来，十年之间好像有人各处稍作过修剪。”

“但是怎么能够？”玛莉问。

他检查一根嫁接栽培的玫瑰树枝，然后摇摇头。

“是啊！怎么能够！”他喃喃说着，“门锁住了，钥匙也埋了。”

玛莉心想，她一辈子也不会忘记，她的花园开始生长的第一个早晨。当然，花园似乎是在这个早晨开始为她生长的。当迪肯开始清理出地方，播下种子，她想起巴瑟曾经唱歌取笑她的事。

“有没有看起来像铃铛的花呢？”她询问。

“有，铃兰花，”他一边回答，一边用小平铲挖土，“还有风铃草和吊钟花也是。”

“我们来种一些这类的花。”玛莉说。

“这里已经有铃兰了，我已经看到了。它们长得太紧密，我们得将它们分散开来，不过实在太多了。其他的花种子要等两年才能开花，我可以从我们小屋舍园子里找一些植物来种。你为什么想种这些花呢？”

于是玛莉就告诉他有关在印度时，巴瑟和他弟弟妹妹的事，说她很讨厌他们，因为他们叫她“别扭的玛莉小姐”。

“他们经常绕着我又唱又跳，他们唱：

玛莉小姐真别扭，
花园如何造出来？
银铃铛、海贝壳，
金盏花儿插起来。

我记得这首歌，并且疑惑是不是真的有什么花很像银铃铛。”

她皱了一下眉头，气恼地把小平铲插入土壤里。

“我才不像他们说的那样别扭。”

但是迪肯却笑了起来。

“是啊！”他说，他将肥沃的黑土弄散时，玛莉看到他闻着土壤发出来的香气。“有这些花陪伴时，谁也不需要闹别扭，况且还有这许多四处跑跳的友善动物，盖着它们自己的家，忙着筑巢，又唱又啁啾鸣啭，你说对不对呢？”

玛莉手里拿着种子在他身旁跪下来，看着他，不再皱眉了。

“迪肯，”她说，“你就像玛莎说得那么好，我喜欢你，你是第五位我喜欢的人。我从没想到我居然喜欢了五个人。”

迪肯像玛莎擦壁炉时那样跪坐在脚跟上。玛莉心想，他看起来的确有趣，圆圆的蓝眼睛、红红的双颊和看起来向上翘的鼻子，一副喜气洋洋的模样。

“你只喜欢五个人?”他说，“其他四个人是谁?”

“你的妈妈和玛莎，”玛莉用手指头数了数，“还有知更鸟和老班。”

迪肯大笑起来，他不得不用手捂着嘴巴，掩住笑声。

“我知道你一定认为我是个古怪的小男生，但是我觉得你才是我见过最古怪的小女生。”

这时，玛莉做了一件奇怪的事。她倾身向前，问了他一个她以前从没想过问任何人的问题。她试着用约克郡方言问，因为那是迪肯的语言。在印度要是你会说印度人的话，他们会很高兴的。

“你喜欢我吗?”她说。

“喜欢啊!”他诚挚地回答，“我很喜欢你，知更鸟也是，我相信!”

“那就有两个了，”玛莉说，“对我来说这样就是两个了。”

接着，他们两个又开始更加辛勤地工作，也觉得更加快乐了。忽然，玛莉觉得又惊讶又难过，因为听到庭院的大钟敲响，是她用午餐的时候了。

“我该走了，”她伤心难过地说，“你也该回去了，是不是?”

迪肯笑了笑。

“我的午餐都带在身上，”他说，“妈妈经常会在我口袋里放些东西。”

他从草地上拾起外套，在口袋里取出一个不整齐的小餐包，是用一条相当干净的、蓝白相间的粗布手帕包紧的，里面有两片厚面包，中间夹着一片东西。

“平常除了面包什么都没有，”他说，“不过今天多了一片肥厚的培根肉。”

玛莉觉得迪肯的午餐很古怪，不过他似乎已经准备好要好好享用了。

“你赶快回去吃午餐吧！”他说，“我要先吃了，回家之前我还会多干一点儿活儿。”

他背靠着树坐了下来。

“我要把知更鸟唤来，”他说，“把培根肉给它啄着吃。它们喜欢肥一点儿的肉。”

玛莉实在不想离开他。突然之间，她觉得迪肯好像是林中的小神仙，当她再度回到花园时，他就会消失了一样。他是那么好，都不像是真的。她慢慢向园门走去，半途中停下又走回来。

“不管发生什么事，你——你不会告诉别人这个秘密吧？”她说。

他深红的双颊，因吃着第一口面包和培根肉而鼓得圆圆的，不过他还是露出了鼓励的微笑。

“假如你是一只画眉鸟，而你告诉我你的窝巢在哪里，你想我会告诉任何人吗？不会的。”他说，“你和知更鸟一样安全。”

她非常确信她是安全的。

第十二章 “我能有一小块地吗？”

玛莉跑得相当快，以至于跑到房间时几乎喘不过气来了。她额头上的头发乱成一团，两颊泛着红光。午餐已经摆在桌上，玛莎在旁等候。

“你回来有点儿晚了，”她说，“你上哪儿去了？”

“我看到迪肯了！”玛莉说，“我看到迪肯了！”

“我就知道他会来，”玛莎欣喜若狂地说，“你喜欢他吗？”

“我觉得——我觉得他太完美了！”玛莉语气坚定地说。

玛莎看起来相当惊讶，不过还是很高兴的。

“嗯，”她说，“他一直是了不起的小孩儿，不过我们从不觉得他好看，他的鼻子太翘了。”

“我喜欢他的鼻子翘翘的。”玛莉说。

“他的眼睛太圆了，”玛莎稍微犹疑地说，“虽然颜色很好看。”

“我喜欢他的圆眼睛，”玛莉说，“它们就像是荒野上天空的颜色。”

玛莎满意地微笑起来。

“妈妈说因为他经常仰望天空的鸟儿和云朵，才染了那样的颜色。不过他的嘴巴很大，对不对，你说?”

“我喜欢他的大嘴巴，”玛莉固执地说，“我希望我的嘴巴也像那样。”

玛莎高兴得咯咯笑起来。

“那在你的小脸上会显得很奇怪很有趣哦!”她说，“不过，我就知道你看到他时会那样觉得。你喜欢那些花种子和园艺工具吗?”

“你怎么知道他把它们带过来了?”玛莉问。

“我想他一定会带来的。只要东西在约克郡内，他一定会把它们带来。他是一个值得信赖的孩子。”

玛莉担心玛莎会开始问她一些难以回答的问题。她似乎对花种子和园艺工具很有兴趣，就在这一刻，玛莉吓了一跳，因为玛莎开始问这些花要种在哪里。

“你有没有问过谁?”玛莎询问。

“我还没问过任何人。”玛莉犹疑地说。

“嗯，我是不会去问园丁领班的，罗奇先生架子太大了。”

“我没见过他，”玛莉说，“我只见过他底下的园丁和老班。”

“要是我是你，我会去问老班，”玛莎建议，“虽然他性情乖戾，但却是个好心的人，并不像外表看起来那样。克雷文先生向来随着他，因为克雷文太太在世的时候他就在这里了，他常常逗得克雷文太太开怀大笑，克雷文太太也喜欢他。也许他会在花园里找出一个闲置的小角落给你。”

“如果这个小角落是闲置着的，而且没人要用，那么，就不会有人介意，对不对?”玛莉焦急地说。

“没有人有理由介意的，”玛莎回答，“你又不碍着谁。”

玛莉尽快吃完午餐，起身准备离开，正要跑到房间再去找她的帽子戴上时，玛莎阻止了她。

“我有事告诉你，”她说，“我想先让你吃完午餐再说的。克雷文先生今早回来了，我想他会想见你的。”

玛莉脸色发白。

“哦!”她说，“为什么！为什么！我刚来的时候，他并不想见我。我听皮彻说他不想见我的。”

“嗯，”她解释说，“梅拉克太太说都是我妈妈的关系。她到威特村遇到他了。她以前从没跟他说过话，不过克雷文太太曾来过我们的小屋舍几次。他已经忘了，但是妈妈还记得，她大胆拦阻了他。我不知道她和他提到你什么，不过似乎打动了他的心，决定明天离开前要见见你。”

“哦!”玛莉叫了出来，“他明天就要离开了吗？我真高兴!”

“他要离开很长一段时间，秋天或冬天才会回来。他要到国外旅行，他经常到国外旅行。”

“哦！我太高兴了——太高兴了!”玛莉感激地说。

如果他要到冬天才回来，或秋天之前就回来，就有足够的时间可以看到秘密花园复苏过来。即使到那时他发现了，将它从她手中夺走，她也心满意足了。

“你认为他什么时候想见我——”

她还没说完门就打开了，梅拉克太太走了进来。她穿着上好的黑衣裙，戴着最好的帽子，衣领上别着一个大胸针，胸针上嵌着一张男人的头像，那是梅拉克先生的彩色相片，他已去世多年，每当她盛装时就别着它。她看起来既紧张又兴奋。

“你的头发乱糟糟的，”她很快地说，“快去梳好。玛莎，帮她把最好的衣裳穿上。克雷文先生要我带她到书房见他。”

玛莉两颊的红光顿时消退了。她的心开始怦怦直跳，觉得自己又变回先前那个古板、沉默、不可爱的小孩儿了。她没有回答梅拉克太太就转身走进卧房，玛莎在后面跟着。她一言不发地让人换上衣裳，梳理头发，打扮整齐后，她跟着梅拉克太太静静地走到回廊。到那里时她要说些什么话呢？她不得不去见克雷文先生，他不会喜欢玛莉的，而且玛莉也不会喜欢他。她知道他对她是怎么想的。她被带到以前从没进去过的一个地方。梅拉克太太敲了敲门，听到里面有人说“进来”时，她们一起走进房间。一个男人坐在壁炉前的扶椅上，梅拉克太太对他说话。

“玛莉小姐带来了，先生。”她说。

“留她在这里，你可以走了。待会儿我要你带她回去时再按铃唤你。”克雷文先生说。

她走出去关上门后，玛莉只能像个别扭的小孩儿站着等候，扭着一双瘦小的手。她看到坐在扶椅里的那个人，背不怎么驼，肩膀高耸有点儿扭曲，黑发中掺杂几丝白发。他转过头对她说话。

“过来这里。”他说。

玛莉走向他。

他并不丑，他的脸若不是看起来那么悲伤一定很好看。

他看到她时，显出好像对她极为担忧一样，又好像不知道到底要和她说什么才好。

“你还好吗？”他问。

“还好。”玛莉回答。

“他们有没有好好照顾你？”

“有。”

他一边仔细看她，一边苦恼地揉揉自己的额头。

“你很瘦。”他说。

“我长胖了。”玛莉用拘谨、生硬的态度回答。

他的脸看起来是多么不快乐啊！他的黑眼睛好像没在看她，而是看着别的东西，他的心思仿佛也不在她身上。

“我忘记你了，”他说，“我怎么记得住呢？我想替你请位女家庭教师或保姆之类的人，但是忘记了。”

“请你——”玛莉开口说，“请你——”喉咙却哽住了，说不出话来。

“你想说什么？”他问道。

“我已经很大了，不需要保姆了，”她说，“请你——请你不要替我找女家庭教师。”

他又揉揉额头，看着她。

“那个索尔比太太也这么说。”他心不在焉地喃喃说着。

然后玛莉鼓起勇气。

“她是——她是玛莎的妈妈吗？”她结结巴巴地说。

“我想是吧！”他回答。

“她了解小孩儿，”玛莉说，“她自己有十二个小孩儿，她懂。”

他似乎恢复了精神。

“那你想要怎样呢?”

“我想到户外玩耍,”玛莉说,她真希望自己的声音没有发抖,“在印度时,我从不到外面玩。在这里我常常玩得肚子饿,所以我变胖了。”

他观察着她。

“索尔比太太说那对你的健康有帮助,也许是吧!”他说,“她认为等你身体强壮一点儿,再替你请家庭教师。”

“当风从荒野上吹来,玩耍使我觉得自己变强壮了。”玛莉争辩道。

“你都到哪儿玩呢?”他接着问道。

“到处玩,”玛莉喘着气说,“玛莎的妈妈送我一条跳绳,我边跳绳边跑——我到处看有没有什么东西开始从土里冒出来。我没做任何坏事啊。”

“别这么害怕,”他担忧地说,“像你这样的小孩儿,是不会做出任何坏事的。你想做什么就做什么吧!”

玛莉把手放在喉咙上,因为担心他看出她已经兴奋得说不出话来了。她朝他走近一步。

“真的吗?”她颤抖地说。

她忧虑的小脸似乎更令他担心了。

“别这么害怕,”他大声说,“当然是真的,我是你的监护人,我不太擅长对待小孩儿,我没时间关注你,我太笨拙、不讨人喜欢又易分心,不过我希望你生活得快乐舒适。我不懂小孩儿,不过梅拉克太太会负责供应你所需的。今天我把你叫来是因为索尔比太太提醒我应该看看你，她女儿常常谈起你，她认为你需要呼吸新鲜空气，自由自在地跑跑跳跳。”

“她了解所有的小孩儿。”玛莉不禁又说了一遍。

“当然，”克雷文先生说，“她贸然地在荒野上拦阻我，不过她说——克雷文太太向来对她很好。”他似乎好不容易才说出他亡妻的名字。“她是一个令人尊敬的女人。现在我看到你了，觉得她的话通情达理，你爱在外面玩就尽量去吧！在这个大地方，你爱去哪里就去哪里，尽情去游玩吧！你还想要什么呢？”他仿佛突然想到什么似的，“你想要玩具、书、洋娃娃吗？”

“我能——”玛莉声音颤抖地说，“我能有一小块地吗？”

情急之下，玛莉并未意识到她的话听起来有多奇怪。克雷文先生看起来相当吃惊。

“一小块地！”他重复说，“你说的是什么意思呢？”

“我想用来播植种子——让植物长出来——我要看着它们活起来。”玛莉支吾着说。

他注视她一会儿，然后很快地把手放在眼睛上。

“你……你喜欢种植花草。”他慢条斯理地说。

“在印度时，我一点儿都不懂得种植花草，”玛莉说，“我经常病恹恹的，不想动，天气又很热。有时候我会在沙堆上玩小花床，在上面插几株花。但是在这里就不同了。”

克雷文先生站了起来，开始慢慢在房间里踱步。

“一小块地。”他自言自语说着，不知道怎么回事，玛莉觉得她的话一定让他想起了什么。当他停下来和她说话时，黑眼睛变得又柔和又仁慈。

“你想要多少地都可以，”他说，“你让我想起一个也爱土地、爱种花草的人来。如果你看中哪块地，”似乎带着微笑说，“就拿去吧！孩子，让它长出花草来。”

“任何地方都可以吗——如果没人要的话？”

“任何地方都可以，”他回答，“好了，现在你该走了，我累了。”他按铃叫梅拉克太太。“再见了，我要离开这里一整个夏天。”

梅拉克太太很快地走进来，玛莉在想她一定一直都在回廊上等待着。

“梅拉克太太，”克雷文先生对她说，“我已经见过这个小孩儿了，现在我也了解了索尔比太太的意思。等她身体养壮一点儿再让她开始上课。让她吃一些简单健康的食物。让她在花园里自由奔跑。别看管得太严了，她需要自由嬉玩，呼吸新鲜的空气，到处蹦蹦跳跳。索尔比太太偶尔会来看她，有时她也可以到小屋舍去。”

梅拉克太太看起来很高兴的样子。当她听到别太“看管”玛莉时，大大松了一口气。她一直都觉得玛莉是一个吃力不讨好的负担，能不见她就尽量不见她。再说，她还是挺喜欢玛莎的妈妈的。

“谢谢您，先生，”她说，“索尔比太太以前是我同学，她是难得的通情达理、心肠好的女人。我自己没有小孩儿，她却生了十二个，而且他们比其他人家的小孩儿都要健康善良。玛莉小姐跟他们一起玩，不会有害处的。我自己常常采纳索尔比太太有关教导小孩儿的意见。她是个心智健全、思路清晰的女人——您明白我的意思吗？”

“我明白，”克雷文先生回答，“把玛莉小姐带走，顺便唤皮彻来。”

当梅拉克太太把她带到回廊尽头离去时，玛莉飞奔着回到自己的房间。她发现玛莎在等她。事实上，玛莎早在收拾完午餐后就匆匆赶回来了。

“我可以有自己的花园了！”玛莉叫了起来，“我可以自己选喜欢的地方！要很久之后，我才会有家庭教师。你妈妈会来看我，我也可以到你们家小屋舍去！他说像我这样的小女孩儿，不会做什么坏事，我可以做我喜欢的事——不管在任何地方！”

“啊！”玛莎高兴地说，“他真好，对不对？”

“玛莎，”玛莉严肃地说，“他真的是一个好人，只是他的脸看起来很悲伤，眉头都锁在一起。”

她迅速地跑到花园。她已经离开很久了，比她原来估计的还要久，她知道迪肯必须要很早起程，赶五英里的路程回家。当她悄悄穿过常春藤底下的门时，她看到他已经不在原来的地方了。园艺工具都摆在树下，她跑过去看，环顾四周，都没有看到迪肯。他已经走了，秘密花园空荡荡的——除了知更鸟，它刚刚飞过围墙，栖息在一株园艺玫瑰丛上看她。

“他走了，”玛莉悲伤地说，“哦！难道……难道……难道他真的只是一个林中的小神仙？”

这时，她看到园艺玫瑰丛上系着白白的东西。那是一张白纸，是她替玛莎用印刷体写给迪肯的信。它被一根长长的棘刺固定在玫瑰树丛上。顷刻之间她明白那是迪肯留下来的。信上草草写着印刷体字迹，还有一个类似图画的东西。起初玛莉不知道那是什么，看了一会儿才看出画的是一个鸟巢，里面栖着一只小鸟。图片底下写着印刷体的字：“我还会回来的。”

第十三章 “我是柯林”

玛莉把图画带回屋里，吃晚餐时她把它拿给玛莎看。

“啊！”玛莎无比骄傲地说，“我不知道我们家迪肯这么聪明。他画的是一只窝巢里的画眉鸟，和真的一样大，比真的更自然呢。”

玛莉知道迪肯的图画传达着某种信息，他的意思是向她确信他会守住她的秘密。她的花园就是她的窝巢，而她就是画眉鸟。哦！她是多么喜欢那个聪慧不俗的男孩儿！

她希望第二天他就会回来，她期盼着早晨的来临而沉沉入睡了。但是你从来不知道约克郡的天气会有什么变化，特别是春天。她在夜里被雨声吵醒，大大的雨滴正重重敲打着窗户。雨倾盆而下，风绕着古老宅子的角落并在烟囱里“咆哮”。玛莉在床上坐起来，又悲伤又生气。

“这雨就跟以前的我一样别扭，”她说，“因为它知道我不希望这样，才这么下的。”

她重新倒回床上把脸埋在枕头里，她并没有哭，只是躺着，她不喜欢雨敲打窗户的声音，也不喜欢风的“咆哮”声。她无法再度入睡。这些悲伤的声音让她难以入眠，因为她很悲伤。要是她心情愉快，或许这些声音会哄她入睡。风“咆哮”得多厉害，倾盆而下的雨在窗框上敲得多大声啊！

“听起来就像迷失在荒野上的人，四处漫游的哭声。”她说。

她睁着眼睛躺着，辗转反侧了一个小时之久，突然有个声音使她从床上坐直起来，她的头转向门倾听着。她仔细地听了又听。

“现在的不是风声了，”她大声说，“这不是风声，这声音和风声不同。这是我以前听过的哭声。”

她房间的门半开着，声音从回廊的另一端传来，那是遥远的、微弱的、烦躁的哭声。她听了几分钟，每过一分钟她就更加确定是那个哭声。她觉得必须把它找出来，因为这哭声似乎比秘密花园和埋起来的钥匙更奇怪。这时她的叛逆使她壮大了胆子，她把脚伸出床外，站在地板上。

“我要把它找出来，”她说，“人们都睡着呢，我才不管梅拉克太太——我不管！”

她身旁有一支蜡烛，她拿起它轻轻走出房间。回廊看起来又长又暗，但是由于她太兴奋了，所以并不太在意。她记起那些转角，可以通向那扇覆盖挂毯作为掩饰物的门的小段回廊——她迷路那天，梅拉克太太就是从那扇门走出来。哭声就是从那个通道传来的。她持着烛光暗淡的蜡烛继续走，几乎是摸索着前行。她的心跳得很厉害，几乎连自己都听见了。遥远模糊的哭声继续引领她前进。有时候哭声会稍微歇止，接着又继续哭起来。在这个转角转弯对吗？她停下来想了一下。没错，走过这段通道，然后向左转走上两个宽阶梯，再向右转，对了，覆盖挂毯的门就在那儿。

她非常轻巧地推开门，然后关上。她站在回廊上，这里，哭声虽然不是很大声，但可以听得相当清楚。有一扇门就在离她几码远的地方，她看到门底下透出微弱的光线。房里有人在哭，而且是个小孩儿。

她走到那扇门前，将它推开，她就站在房间里面了！

那是一间很大的房间，摆饰着典雅的古董家具，壁炉里生着微弱的火，一张四柱雕刻床挂着织锦画帘，床旁有一盏夜灯，床上躺着一个小男孩儿，正烦躁地哭泣。

玛莉怀疑自己是不是身处于一个真实的地方，是不是又睡着了，不自觉地在做梦呢。

这个小男孩儿有一张尖瘦纤细的脸，象牙般的白，脸上的眼睛似乎太大了。他的头发很浓，额头上散布着密密的发绺，显得他瘦小的脸更小了。他看起来像有病的小孩儿，不过他的哭声听起来好像是因为疲倦或闹脾气，而不是病痛。

玛莉手里拿着蜡烛站在门边，屏住呼吸，然后悄悄走过房间。当她越来越靠近时，小男孩儿注意到了烛光，他在枕头上转过头来瞪着她看，他的灰眼睛瞪得大大的。

“你是谁?”他终于恐惧地小声问道，“你是鬼吗?”

“我不是，”玛莉也很恐惧地低声回答，“你是吗?”

他一直瞪着玛莉，因此玛莉不得不注意到他奇怪的眼睛。由于眼睛上长满了黑色的睫毛，那双玛瑙灰的眼睛在脸上显得很大。

“不是，”他等了一会儿才回答，“我是柯林。”

“柯林又是谁？”她支吾问道。

“我是柯林·克雷文。你又是谁？”

“我是玛莉·伦南克丝。克雷文先生是我的姑父。”

“他是我爸爸。”男孩儿说。

“你爸爸！”玛莉喘气说着，“没有人告诉过我他有个小男孩儿，他们为什么不告诉我呢？”

“过来这里，”他说着，奇怪的眼睛仍旧牢牢盯住玛莉，一脸焦虑的模样。

她走近床边，他伸手摸她。

“你是真的人，对不对？”他说，“我常常做些很真实的梦，也许我现在就在梦中。”

玛莉离开房间时，披了一件宽松的羊毛长袍。这时，她拉起长袍一角放在他手指间。

“揉揉看它有多厚多暖和，”她说，“如果你不生气的话，我可以捏捏你，让你知道我是真的人。刚刚我也以为自己是在做梦。”

“你从哪里来的？”他问。

“我从我的房间来的，风太大，我无法入睡，又听到好像有人在哭，我想找出是谁在哭。你为什么哭呢？”

“因为我也睡不着，头又很痛。再告诉我一次你叫什么名字。”

“玛莉·伦南克丝。没有人告诉你我到这里来住吗？”

他仍旧用手指揉着她的长袍衣褶，不过已经开始有点儿相信她是真实的人了。

“没有，”他说，“他们不敢。”

“为什么呢？”

“因为如果他们向我提起你，我会担心你会看到我。我是不会让人看到我、谈起我的。”

“为什么？”玛莉又问。她越来越困惑了。

“因为我总是像这样病恹恹地躺着。我的爸爸也不让人谈论我，也不准仆人提起我。如果我活下来，可能就是一个驼背，不过我活不了多久的，我爸爸讨厌我会像他一样。”

“哦，多古怪的房子啊！”玛莉说，“多古怪的房子啊！每件事情都是一个秘密。房间都锁起来了，花园也锁起来了——还有你！你也被锁起来了吗？”

“没有，我待在这个房间里是因为我不想出去，出门使我觉得很累。”

“你爸爸会来看你吗？”玛莉大胆地问。

“有时候，通常都在我睡着时，因为他不想看到我。”

“为什么？”玛莉不禁又问。

男孩儿的脸上掠过类似气愤的阴影。

“我出生时，我妈妈就死了，这是他不想看到我的原因。他以为我不知道，可是我听别人这么说的。他几乎可以说是恨我的。”

“他讨厌那个花园，因为她死了。”玛莉像是自言自语似的说。

“哪个花园？”男孩儿问。

“哦！那只是——只是一个她喜欢的花园，”玛莉结结巴巴地说，“你一直待在这里吗？”

“差不多吧。有时他们会把我带到海边，不过我不喜欢，因为那里的人会盯着我看。我经常要穿戴一件铁制的东西，以保持背部的直挺，不过一位从伦敦来给我看病的著名医生说那是不对的。他告诉他们要将它解下，带我到户外呼吸新鲜空气。我不喜欢新鲜的空气，所以我不喜欢出去。”

“我刚来这里的时候也不喜欢，”玛莉说，“为什么你一直这样看着我？”

“因为有些梦就像真的一样，”他烦躁地回答，“有时候我睁开眼睛，还不相信自己是清醒的。”

“我们两个都很清醒，”玛莉说，然后看了一下四周的天花板、阴暗的角落和暗淡的烛火，“看起来很像梦境，而且又是午夜，屋里的每个人都还在睡觉——除了我们。我们清醒得很。”

“我希望这不是一个梦。”男孩儿不安地说。

玛莉立刻想到了一件事。

“既然你不喜欢人家看到你，”她开口说，“你要我离开吗？”

他仍握着她袍子的衣褶，忽然拉了一下。

“不是，”他说，“如果你离开，那我就确定这是一个梦了。如果你是一个真实的人，就去坐在那张大脚凳上，然后和我说话，我想听听你的事情。”

玛莉将蜡烛放在床旁的桌子上，然后在大脚凳的坐垫上坐下来。她一点儿都不想离开，她想待在这间秘密隐藏的房间里，和这个神秘的小男孩儿谈话。

“你要我告诉你什么？”她说。

他想知道她到密塞威特有多久了，他想知道她的房间在哪个回廊，他想知道她都做些什么事，她是不是和他一样不喜欢荒野，到约克郡之前她住在哪里。她回答了所有问题，还有更多其他的问题，而他靠着枕头倾听。他要她告诉他许多有关印度还有渡洋旅途的事情。她发现他懂得许多事情。在他还小的时候，有一个保姆教过他读书，所以他经常看书，也会欣赏装潢精美的书里美丽的图画。

虽然他爸爸很少在他醒着的时候来看他，却带给他许多好玩的东西让他玩乐，不过他似乎从未开心快乐过。虽然只要他想要的东西他都能拥有，而且从来不会被迫做他不喜欢做的事。

“每个人都得按我的心意去做事，”他冷淡地说，“因为生气会使我生病，但没有人相信我会活到长大。”

他说这话就像对其含义早已习以为常，不会对他有所影响一样。他似乎喜欢玛莉的声音，当她继续往下说时，他昏昏欲睡却又兴致高昂地听着。有一两次她怀疑他是不是又睡着了。但是最后他又会问一个问题，打开另一个新的话题。

“你几岁呢?”他问。

“我十岁。”玛莉回答，她一时忘乎所以，“你也是。”

“你怎么知道的?”他用惊讶的语气问。

“因为你出生的时候，花园的门就锁上了，钥匙也埋了，而到现在它已经锁了十年。”

柯林用手肘撑着半坐起来，转向她。

“哪个花园的门锁上？谁锁上的？钥匙埋在哪里?”他叫了出来，似乎突然变得兴趣盎然。

“就是——就是克雷文先生讨厌的那个花园啊!”玛莉紧张地说道，“他把门锁上了，没有人——没有人知道他把钥匙埋在哪里。”

“那是什么样的花园呢?”柯林急切地继续问道。

“已经有十年了，没有人能进到花园里面。”玛莉小心翼翼地回答。

他太像玛莉了。一座隐藏的花园吸引着他，就像当初吸引着玛莉一样。他问了又问，花园在哪里?她有没有找过?她有没有去问过园丁?

“他们都不说，”玛莉说，“我想有人告诉他们不许回答这些问题。”

“我会让他们说出来的。”柯林说。

“真的吗?”玛莉怯生生地支吾问道。如果他让他们说出来，谁晓得会发生什么事!

“每个人都得按我的意思办事，我告诉过你的，”他说，“如果我活下来了，这个地方有一天就会属于我了。他们都知道这一点。我要让他们说出来。”

玛莉不知道自己也是个被宠坏的小孩儿，不过却能很清楚地看出，这个神秘的小孩儿是被宠坏了。他认为整个世界都是属于他的。他多奇怪，说自己活不下来时是多么冷静啊!

“你觉得自己活不下来吗?”她这样问，一来因为她好奇，其次则是希望他忘记花园的事。

“我想我不会活下来，”他像先前那样冷淡地说，“从我有记忆以来，我就听到别人这么说了。起初他们以为我太小，不懂他们所说的话，现在他们则认为我没听到，其实我都听到了。我的医生是我爸爸的表弟，他很穷。如果我死了，我爸爸去世后，他就可以继承整个密塞威特庄园。我想他不会希望我活下来。”

“你希望自己活下来吗?”玛莉问。

“不希望,”他烦躁疲倦地回答,“不过我不想死,我生病时,躺在这里想这件事,就会一直哭个不停。”

“你的哭声我听过三次,”玛莉说,“但我不知道是谁在哭,你就是为了这件事哭吗?”她这样问是想让他忘记花园的事情。

“我想大概是吧!”他回答,“我们说些别的事,谈谈那个花园吧!难道你不想看它吗?”

“想啊!”玛莉低声回答。

“我真的想,”他坚持地说,“以前我从没有真正想看什么东西,我希望把钥匙挖出来,把门打开,我要他们用轮椅带我到那里,这样就可以呼吸到新鲜的空气。我要叫他们把门打开。”

他变得相当兴奋,眼睛开始像星星一样闪烁,看起来非常明亮。

“他们得按照我的想法办事,让我高兴,”他说,“我要叫他们带我到那里,也让你一块儿去。”

玛莉的双手紧紧握着。一切都完了——一切!迪肯再也不会回来了,她再也不觉得自己像画眉鸟一样,栖在安全隐匿的窝巢里。

“哦,不要——不要——不要——不要那样做!”她叫了出来。

他瞪着她看,仿佛以为她要发疯似的!

“为什么?”他叫道,“你说你想看看花园的。”

“我是想看,”她几乎哽咽地回答,“但是如果你让他们打开门,然后像你说的那样把你带进去,那么花园就再也不是一个秘密了。”

他身子往前靠了一点儿。

“一个秘密，”他说，“你说的是什么意思呢？快告诉我。”

玛莉几乎是语无伦次地说下去。

“你想想看——你想想看，”她喘息地说，“如果只有我们自己知道——如果有一扇门，隐藏在常春藤底下的某个地方——如果有的话——我们可以把它找出来。如果我们可以一起悄悄溜进花园，然后关上门，没有人知道里面有人。我们将它称为我们的花园，然后假装——假装我们是画眉鸟，花园是我们的窝巢，而且如果我们天天到那儿玩，挖土，播植种子，使花园全部复苏过来的话——”

“花园死了吗？”他打岔道。

“如果没有人照顾它，很快就会死的，”她继续说，“球茎都会活，不过玫瑰——”

他再次打岔，心情和玛莉一样兴奋。

“球茎是什么？”他很快地插嘴问。

“它们会长成水仙、百合和雪花莲，现在它们正在土壤里活动——挤出了浅绿色芽点，因为春天已经来了。”

“春天来了？”他说，“春天像什么呢？像我这样整天躺在屋里的病人是看不到春天的。”

“就像阳光照在雨水上，雨水落在阳光上，植物都在土壤底下蠢蠢欲动，争着要长出来。”玛莉说，“如果守住花园的秘密，我们进去就可以每天看着植物成长，看看有多少玫瑰活过来。难道你不明白？哦！难道你不明白如果守住花园的秘密，该有多好吗？”

他倒回枕头上，表情古怪地躺在那里。

"我从来就没有过秘密，"他说，"除了那个关于我活不下来的想法外，他们不晓得我知道这件事，所以也算是一个秘密。不过我比较喜欢花园这个秘密。"

"如果你不让他们将你带到花园，"玛莉央求说，"或许——有一天我会找到进到花园里去的方法。如果医生要你坐着轮椅出去，如果你可以做你想做的事，或许——或许我们可以找一个男孩儿帮你推轮椅，我们可以自己去，这样，那就永远是个秘密花园。"

"我会——喜欢——这样的，"他睡眼迷蒙地慢慢说道，"我会喜欢这样的，我不会介意秘密花园里的新鲜空气。"

玛莉开始恢复了正常的呼吸，也觉得比较安全了。保守秘密花园的想法似乎让他很高兴，她确定如果继续说下去，如果能让他在头脑里也看到她所看到的花园，他一定会非常喜欢它，不会忍受让任何人随便进去的。

"我来告诉你我想象中花园的样子，如果我们能进去的话。"她说，"花园关闭这么久了，也许植物都纠缠成一团了。"

他非常安静地躺着，听着玛莉说玫瑰可能会在树丛间攀爬蔓延，而且低垂下来——说到可能会有许多鸟在那儿筑巢，因为那里很安全。接着她又告诉他知更鸟和老班的事，她有太多关于知更鸟的事可说，她说得很轻松也很有安全感，不再有所担心了。知更鸟的事让他非常高兴，所以他一直微笑着，非常好看。起初玛莉还觉得，他的大眼睛和浓密的发绺看起来比自己还不中看呢！

"我真不知道鸟儿是那样的。"他说，"不过，要是你和我一样都待在屋里，你就什么也看不到了。你知道好多事啊！我觉得你好像进去过那个花园似的。”

她不知要说什么才好，索性一句话也不说。他显然不期待得到回答。但接下来的事却让她吃了一惊。

“我要让你看一件东西，”他说，“你看到挂在墙壁上盖住画像的玫瑰色丝绸帘布吗？”

玛莉先前都没注意到它，现在她一仰头就看到了。那是一帘柔软的丝绸，似乎遮住了一张画像。

“看到了。”她回答。

“那上面挂有一条绳子，”柯林说，“你过去拉拉它。”

玛莉站起来，觉得非常困惑，然后找了找那条绳子。她拉了拉，丝绸帘子便随套环退回去，然后出现一幅画像。那是一幅满面笑容的女人画像，她闪闪发亮的头发系着蓝色蝴蝶结，欢愉美丽的眼睛就像柯林不快乐的眼睛一样，也是玛瑙灰色的，眼睛周围长着浓黑的睫毛。

“她就是我妈妈，”柯林抱怨道，“我不知道她为什么死了，有时我很恨她为什么要死。”

“为什么呢！”玛莉说。

“如果她还活着，我就不会老是生病了，”他喃喃说着，“我想我也会活下去，我爸爸也不会那么讨厌看到我了，我的背也会很健康。你再把帘子拉上吧！”

玛莉照他的话做了，然后回到她的凳子上。

“她比你漂亮多了，”她说，“不过，她的眼睛和你的一样——至少有相同的形状和颜色。为什么要用帘子把她遮起来？”

他不舒适地动了动。

“我叫他们这么做的，”他说，“有时候我不喜欢看到她望着我。我身体不舒服时，她笑得太美丽了。而且，她是我的，我不想让每个人都看到她。”

几分钟沉默之后，玛莉又开了口。

“要是梅拉克太太知道我来过这里，她会怎样呢？”她问道。

“她会照着我的话去做，”他回答，“而且我会告诉她，我要你天天到这里来陪我说话。你来我很高兴。”

“我也是，”玛莉说，“我会尽可能常来，不过……”——她犹疑了一下——“我必须每天去找花园的门。”

“是啊！你一定要去，”柯林说，“然后你可以把寻找的结果告诉我。”

他像刚才那样躺着想了一会儿，然后又说话了。

“我想你来这里的事也要保密，”他说，“除非他们发现，要不然我不会让他们知道。我会叫我的保姆出去，说我想单独一个人待着。你认识玛莎吗？”

“是的，我和她很熟，”玛莉说，“是她在服侍我的。”

他对着外面的回廊点了点头。

“她就在另一间房里睡觉，我的保姆昨天整晚待在她妹妹那里，她有事外出时，都会交代玛莎照料我。玛莎会告诉你什么时候来这里。”

玛莉终于明白，当她问玛莎哭声的事时，她脸上为什么会显出不安的表情了。

“玛莎一直都知道关于你的事吗？”她问。

“是啊！她常常来服侍我，保姆都躲着我，玛莎就会代替她来。”

“我已经待很久了，”玛莉说，“我该走了，你看起来很困。”

“我希望我睡着后，你才离开。”他羞怯地说。

“闭上眼睛，”玛莉边说边把凳子拉近些，“我会像在印度时我奶妈习惯做的那样，轻拍你的手，打着节拍，低声唱歌让你入睡。”

“也许我会喜欢那样。”他昏昏欲睡地说着。

不知为何，她为他感到难过。她不希望他躺着睡不着，所以就靠床近些，轻轻拍打他的手，低声唱起一首印度小曲。

“真好听。”他更加昏昏欲睡。玛莉继续哼唱、轻拍着，当她再看看他时，他的黑睫毛已经密拢起来，他睡着了。于是，她轻轻站起来，拿起蜡烛，一声不响地悄悄离开了。

第十四章　小王爷

清晨，荒野已经笼罩在一片蒙蒙雾气中，雨仍然倾盆而下。今天无法出去玩了。玛莎一直很忙，玛莉一直都没有机会和她说话。不过到了下午，她就把玛莎叫来，让玛莎陪她坐在儿童室里。玛莎随身带来正在织的袜子，那是她没事时打发时间做的。

“你怎么了?”她们一坐下，玛莎就问，“你看起来好像有事要说。”

“没错，我已经找出那哭声是怎么回事了。”玛莉说。

玛莎的织物突然滑落在膝盖上，她睁大眼睛吃惊地瞪着玛莉。

“不会吧!”她惊叫起来，“绝对不可能!”

“我昨晚听到的，”玛莉继续说，“我下床去看看哭声是从哪里来的，那是柯林的哭声，我找到他了。”

玛莎的脸吓得发红。

“啊！玛莉小姐!”她几乎是哭着说，“你不应该这么做——你不应该的！你会为我带来麻烦的。他的事我什么也没告诉你——你却还是会给我惹上麻烦。我会失掉工作的，那我妈妈怎么办？”

“你不会失掉工作。”玛莉说，“他很高兴我能去。我们一直在聊天，他很高兴我去看他。”

“真的？”玛莎叫起来，“你确定吗？你根本不知道他生气起来是什么样子？他那么大了，哭闹起来却像个婴儿，只要一不高兴，他还会大声尖叫吓我们。他知道我们不敢不听从他。”

“他没有生气，”玛莉说，“我和他说我该走了时，他却挽留我。他一直问我问题，我就坐在大脚凳上，将印度、知更鸟和花园的事说给他听。他不让我走，还让我看他妈妈的画像，我离开前，还哼歌哄他入睡。”

玛莎一脸讶异。

“我几乎无法相信你说的！”她辩驳说，“那简直就像直接走入虎穴里一样。要是照他平时那样，他一定会大发雷霆，惊醒全屋子里的人。他不喜欢让陌生人看到他。”

“他让我看到他了，我一直看他，而且他也一直看我，我们彼此对看！”玛莉说。

“我不知道该怎么办才好！”玛莎激动地叫着，“要是梅拉克太太发现了，她会认为是我破坏规矩告诉你的，我就得收拾行李回老家了。”

“他不会把这件事透露给梅拉克太太的。一切都会像原先那样。”玛莉坚定地说，“他还说每个人都要按他说的办事，让他开心。”

“是啊，这倒是真的——真是个坏男孩儿！”玛莎叹息说着，随手提起围裙擦拭额头。

“他说梅拉克太太必须照他的吩咐做事，还要我天天去陪他说话。当他要我去时，你要来告诉我。”

“我？”玛莎说，“我会丢掉饭碗的——一定会！”

“不会的，你只要照他要求的去做就行了，每个人都要听从他。”玛莉争辩说。

“难道你的意思是——”玛莎睁大眼睛叫着，“他对你很好？”

“我认为他应该很喜欢我。”玛莉回答说。

“你一定是施了什么魔术迷惑他！”玛莎长长吸了口气坚决地说。

“你是指魔法吗？”玛莉问道，“我在印度听过魔法的事，不过我不会。我只是走进他的房间，看到他时非常惊讶，于是我就站着看他，那时他也转身看我。他以为我是鬼或梦境里的人，我也这样认为。半夜两个彼此都不认识的人单独在一起是很奇怪。然后我们开始互相问问题，最后我问可不可以走时，他却要我留下来。”

“世界末日就要到了！”玛莎喘气说。

“他怎么了？”玛莉问。

“没人知道真相，”玛莎说，“他出生时，克雷文先生像发疯似的，医生认为应该把他送进精神病院，因为克雷文太太去世了，像我先前告诉你的那样。他一点儿都不想看这个婴儿，他愤怒地吼叫说这个婴儿会像他一样变成驼背，最好死了。”

“柯林是个驼背吗？”玛莉问，“他看起来不像是。”

“他还没有变成驼背，”玛莎说，“不过一开始他就不正常。妈妈说这栋房子里怨气太重，发生了那么多不幸事件，任何小孩儿住在这里都会不正常。他们担心他羸弱的背，所以总是要加以照顾——总是让他躺着，不让他起来走路。有一次他们给他穿上支撑夹板，但那只使他更加烦躁，还因此生了一场病。之后来了一位名医又将夹板卸除了下来。他很率直又很有礼貌地对那个医生说，给他治疗得太多，而且太惯着他了。”

“我觉得他是个被宠坏的小孩儿。”玛莉说。

“他是我见过最糟糕的孩子，”玛莎说，“他已经很长一段时间不生重病了。以前有两三次感冒，咳得很严重，几乎丧命。有一次，他得了风湿性热，还有一次得了伤寒。啊！那时梅拉克太太真的吓坏了。他发了疯似的，而梅拉克太太正在和保姆说话，以为他什么都不知道，她说：‘这次他准会死掉，这样对他和每个人来说都是件好事。’她看着他，而他的眼睛却睁得大大的瞪着梅拉克太太，神志就和她一样清醒。她不晓得怎么回事，他只是瞪着她看，然后对她说：‘你去给我倒杯水来，不要说话了。’”

“你觉得他会死吗？”玛莉问道。

“妈妈说像他那样呼吸不到新鲜空气，又无所事事，只能躺着看图画书或吃药的小孩儿很难活得长久。他身体很弱，又不喜欢到户外，他说这样很容易感冒，会使他生重病。”

玛莉坐下来看着炉火。

“我在想，”她慢慢说着，“如果把他带出去，到花园里观看植物生长，不知对他是不是有好处？对我来说可是很有帮助。”

“他病得最严重的一次，”玛莎说，“是他们把他带到喷泉旁玫瑰花丛那回，他曾在报纸看过有人得了一种叫作‘玫瑰花粉热’的病，于是就开始打喷嚏，说自己也得了。一个新来的园丁不知道这里的规矩，就好奇地看他。他发了很大的脾气说，园丁那样看他，是因为他就要变成驼背了。于是，他激动得大哭起来，病了整晚。”

“如果他对我发脾气，我就再也不去看他。”玛莉说。

“要是他要你去，就一定得去，”玛莎说，“你最好一开始就要明白这点。”

过了一会儿之后，铃声响了起来，玛莎收拾起织袜。

“我想一定是保姆要我去陪他一会儿，”她说，“我希望他现在没发脾气。”

她出去了大约十分钟，又带着困惑的表情回来了。

“嗯！你已经施魔术迷住他了，”她说，“他现在坐在沙发上看图画书，他叫保姆六点钟再回来，我到隔壁房等着。保姆一走开，他就把我叫过去说：‘我要玛莉来陪我说话，记住，不准告诉任何人。’你最好现在赶快去。”

玛莉很乐意快点儿过去，虽然她不像想看到迪肯那样急切地想看到柯林，不过，她还是很想见到他。

当她踏进他的房间时，壁炉里的火非常明亮。在白天的光线之下，她看出这的确是一间漂亮的房间。尽管外面的天空灰蒙蒙的，而且还下着雨，但色彩斑斓的地毯、悬挂物、图画和墙壁上摆置的书，使房间看起来光亮舒适。而柯林看起来就像一幅画像。他穿着一件天鹅绒晨袍，靠着一个大织锦垫坐着，两颊红彤彤的。

“进来，”他说，“整个早上我都在想你。”

“我也是，”玛莉回答，“你不知道玛莎有多害怕，她说梅拉克太太会认为是她把你的事告诉我的，那她就会丢掉工作。”

他皱皱眉头。

“去叫她来这里，”他说，“她就在隔壁房间。”

玛莉便将她带来。可怜的玛莎吓得发抖。柯林直皱眉。

“你是不是该做让我高兴的事呢？”他用命令的口吻说。

“是啊！小主人。”玛莎涨红了脸结结巴巴地说。

“梅拉克太太是不是也该做让我高兴的事呢？”

“每个人都是啊！小主人。”玛莎说。

“如果是这样，要是我叫你把玛莉带来，即使梅拉克太太发现了，她又怎能把你辞掉呢？”

“请不要让她这么做，小主人。”玛莎求着。

“如果她敢将这件事泄露出一个字，我就将她解雇。”克雷文小主人威风凛凛地说，“我敢说她并不希望那样。”

“谢谢您，小主人，”她迅速屈膝鞠躬，“我会尽我的职责，小主人。”

“我要的就是你能尽责，”柯林威风凛凛地说，“我会担负起这个责任，你可以走了。”

当玛莎走出去关上门后，柯林发现玛莉盯着他看，好像很惊奇的样子。

“你为什么那样盯着我看呢？”他问她，“你在想什么？”

“我正在想两件事。”

“是哪两件事呢？坐下来告诉我。”

“第一件事是，”玛莉坐在大凳子上说，“我曾经在印度看过一个小王爷，他全身都戴着红宝石、翡翠和钻石，他和他的臣子说话就像你对玛莎说话一样，每个人都要立刻照他的话去做。我想，如果他们不照他的话去做，一定会被砍头的。”

“我想现在就听听你说小王爷的故事，”他说，“但是先告诉我第二件事是什么。”

“我在想，”玛莉说，“你和迪肯多么不一样。”

“迪肯是谁？”他说，“多奇怪的名字！”

玛莉心想可以把迪肯的事告诉他了，她可以谈迪肯而不提到秘密花园。她向来都喜欢玛莎谈起迪肯的事，而且，她也很想谈他。这样似乎就将他拉得更近了。

“他是玛莎的弟弟，今年十二岁，”她解释说，“他和别的男孩儿都不一样，他会吸引狐狸、松鼠和鸟儿，就像印度玩蛇人一样。他一拿起笛子吹出轻柔的音调，它们就会跑出来倾听。”

他身旁桌上有一些厚重的书，他突然拿起一本。

“这本书里有一张玩蛇人的图片，”他惊喜地叫起来，“你过来看看。”

这是一本漂亮的书，彩色插图画得非常精致，他翻到其中一张。

“他会这样做吗？”他急切地问道。

“他吹着笛子，它们就安静地听，”玛莉解释说，“不过，他说那不叫魔法，那是因为他久住荒野上，了解它们生活习性的关系。他说有时候，他觉得自己就像是一只鸟儿或兔子，他非常喜欢它们。他会问知更鸟问题，就像他们会互相轻轻啁啾谈话似的。”

柯林靠回垫子上，双眼越睁越大，两颊红得发烫。

“再多告诉我一些关于他的事。”他说。

“他知道所有关于鸟蛋和窝巢的事，”玛莉继续说，“他还知道狐狸、獾和水獭住的地方，他会替这些洞穴保密，免得让别的小孩儿找到，惊扰到它们。他了解荒野上生长的、栖居的所有东西。”

“他喜欢荒野吗？”柯林说，“怎么可能呢？荒野是一个广大、荒凉可怕的地方。”

“它是世界上最美丽的地方，”玛莉辩护道，“成千的可爱植物在上面生长，还有成千的小动物在忙着筑巢，掘土造洞，彼此啁啾鸣啭或唱歌或吱吱叫着。它们在地底或树上或石南荒地上，忙得多开心快乐啊！那就是它们的世界。”

“你怎么知道这些？”柯林一边用手肘支撑着转过来看她，一边问。

“我并不曾真正到过那里，”玛莉突然想起来，然后说，“我只在晚上驱车经过那里一次，我觉得那个地方很可怕。荒野的情景是玛莎先告诉我的，然后是迪肯。迪肯谈起它时，感觉就好像你看到了那些东西、听到了那些声音一样，好像你就站在阳光照耀下的石南丛里，荆豆闻起来就像蜂蜜的味道——到处充满飞舞的蜜蜂和蝴蝶。”

“像我这样生病的人，什么都看不到。”他焦躁不安地说。他看起来就像一个人听着远方新奇的声音，正猜想那是什么样子。

“如果你待在房间里，当然看不到。”玛莉说。

“我不能去荒野。”他语气愤怒地说。

玛莉沉默了一会儿，然后大胆地说：“也许有一天你可以。”

他好像很吃惊地颤动了一下。

“到荒野上！怎么可能呢？那我会死掉的。”

“你怎么知道呢?”玛莉毫不同情地说。她不喜欢他谈到要死的事，她一点儿都不同情他，因为她觉得他简直太夸大其词了。

“哦！我从有记忆以来，就听到人家这么说。”他要脾气地说，“他们经常窃窃私语，以为我没听到。他们也希望我死掉。”

玛莉小姐的倔脾气又来了。她把嘴巴抿得紧紧的。

“如果他们希望我死，”她说，“我就不死。谁希望你死掉呢?”

“仆人们啊！还有克雷文医生，因为他如果得到密塞威特庄园的遗产，就可以致富而不再那么穷困了。他不敢这样说，但是我的病情很糟时，他总是显得很快活。我想我爸爸也希望我死。”

“我不相信他会这么想。”玛莉相当固执地说。

这话使柯林又转过来看她。

“你不相信吗?”他说。

他又靠回垫子上静默不语，仿佛在想什么。然后，安静了很长一段时间。也许他俩都在想一些小孩儿不会想到的奇怪的事情。

“我喜欢伦敦来的那位名医，因为是他叫他们把铁夹板卸下来的，”玛莉终于说，“他说你会死吗?”

“没有。”

“他怎么说的?”

“他没有窃窃私语，”柯林回答，“也许他知道我讨厌窃窃私语。我听到他很大声地说:‘如果他决心想活，这孩子就会活下来，尽量让他开心些。’”

“我可以告诉你谁能让你开心，”玛莉沉思着说，她很想用什么方法解决这件事情，“我相信迪肯可以，他总是说些活泼有生命的东西，从不提起与死相关的东西或不幸的事物，他总是仰望天空观看鸟儿飞翔——或看看地下生长的植物。他的蓝眼睛那样的圆，常常睁得大大的环顾四周。他的大嘴巴常常开怀大笑——而两颊红得——就像樱桃一样。”

她把凳子拉得更靠近沙发一点儿。在回想迪肯阔而弯的嘴巴和大大的眼睛时，她的表情显得很不一样。

“喂，”她说，“我们不要再谈死的事情了，我不喜欢。我们来谈谈活的事情，我们可以一直谈迪肯的事，然后再来看看你的图画书。”

她也想不出什么更好的话题了。要谈迪肯就等于要谈荒野、小屋舍以及住在里面一星期靠十六先令维生的十四口人——还有像小野马一样，吃荒野上的草长胖的小孩儿们。还有关于迪肯的妈妈——还有跳绳——还有阳光照耀下的荒野——以及从黑色土壤里冒出来的浅绿色嫩芽儿。所有的事物都是那么鲜活有生气，玛莉觉得自己以前从没说过这么多话——而柯林也说着听着，好像以前从来就没这样过似的。他们俩开始没来由地笑，就像小孩儿玩在一起感到快乐而单纯地笑起来那样。他们一直笑，最后还有了喧闹声，就像两个十岁、健康的小孩儿一般——而不是一个无情无爱的小女孩儿和坚信自己会死掉的病孩子。

他们谈得这么开心，都忘了图画书，甚至忘了时间。谈到老班和知更鸟时，他们开怀大笑。柯林突然想到一件事，他忘了自己羸弱的背而坐了起来。

“你知道吗？有一件事我们都没想到，”他说，“我们是表兄妹呢！”

这似乎很奇怪，他们谈得这么久，却没想到这件简单的事，于是他们比先前笑得更大声，因为现在任何事都足以让他们开心大笑。就在欢笑声中，门被打开了，克雷文医生和梅拉克太太走了进来。

克雷文医生着实吓了一跳，猛然停住了脚步，梅拉克太太险些被克雷文医生撞倒。

“天哪!”可怜的梅拉克太太惊叫起来，眼珠子几乎要掉了出来，“天哪!”

“这是怎么一回事?”克雷文医生边向前走边说，“怎么会这样?”

接着，玛莉又想起那个小王爷男孩儿来。柯林回答时，似乎丝毫不为医生的惊恐和梅拉克太太的害怕所影响。他只把他们当作是老猫老狗走进房间一般，一点儿都不感到困扰或害怕。

“这是我表妹，玛莉·伦南克丝，”他说，“我叫她来陪我说话的，我喜欢她。无论什么时候我要她来陪我说话，她就必须来。”

克雷文医生带着责怪之意转向梅拉克太太。

“哦！先生，”她喘着气说，“我不知道这是怎么一回事，这里没有一位仆人敢说出去——我嘱咐过他们不能说的。”

“没有人告诉她，”柯林说，“是她听到我的哭声，自己找到我的。我很高兴她来。别吓呆了，梅拉克。”

玛莉看得出克雷文医生显出了不悦的样子，不过很明显他并不敢得罪他的病人。他坐在柯林身旁开始给他看病。

“我担心你太过兴奋。情绪太激动对你不好，我的孩子。”他说。

“如果她走开，我的情绪会更激动。”柯林回答，眼睛闪着威胁的光芒，“我现在好多了，她让我觉得好多了。保姆以后端茶来时也要把她的端过来，我们要一起喝茶。”

梅拉克太太和克雷文医生彼此担忧地对视，显然不知怎么办才好。

“他的确看起来好多了，先生，”梅拉克太太大胆地说，“不过，”——她仔细想了想——“今天早上玛莉还没进来之前，他的气色看起来似乎更好些。”

“她昨晚到我房间来，待了很久，还唱了一首印度小曲给我听，因此我很快就入睡了。”柯林说，“我醒来时觉得好多了。我现在要用早餐了，还有我的茶点。去告诉保姆，梅拉克。”

克雷文医生并没有待很久。保姆进来后，他和她谈了一会儿，并且要柯林谨记：不可以说太多话，不要忘记自己生病，不要忘了自己很容易疲倦。玛莉觉得他似乎必须记住许多讨厌的事。

柯林看起来焦躁不安，用他那奇怪的带着黑睫毛的眼睛，盯着克雷文医生的脸看。

“我要把这些事都忘掉，”最后他说，“玛莉让我把这些事都忘记了，这就是我要她来的原因。”

克雷文医生离开时，看起来并不高兴。他用困惑的眼神看了坐在大凳子上的小女孩儿一眼。在他刚踏进房间时，她已经又变成一个刻板沉默的小孩儿了，他看不出她有什么吸引人的地方。不过，男孩儿的确看起来开朗些了。走下回廊时，医生沉重地叹了口气。

“我不想吃饭的时候，他们总是要我吃。”柯林说道。这时，保姆把茶点端来了，摆在沙发旁的桌子上。“如果你吃的话，我就吃。那些松饼看起来热乎乎、很好吃的样子。告诉我小王爷的事吧！”

第十五章　筑窝巢

下雨的日子持续了一星期之后，蓝色的苍穹又出现了。阳光倾洒下来，天气相当热。即使没有机会去秘密花园，看不到迪肯，玛莉也过得非常愉快。一星期似乎不算太长，她每天都花几个钟头的时间在柯林的房间里，谈小王爷、花园或迪肯，还有荒野上小屋舍的事。他们看着那些精妙绝伦的书和图画，有时他们会念书中的故事给对方听。当柯林心情愉悦、兴趣盎然的时候，玛莉觉得他看起来一点儿都不像生病的样子，只是脸色太过苍白，而且总是坐卧在沙发上。

“你像个淘气的小孩儿，听到了声音，就会下床试图发现什么，就像那天晚上那样。”有一次梅拉克太太这么对玛莉说，“不过，还好没有什么坏的影响，他没有生气或发怒，因为你们变成好朋友了。保姆原打算辞掉这个工作，因为对他厌烦透了，不过她说现在愿意留下来了，你帮她解决了困难。”梅拉克太太微微一笑。

和柯林谈话时，玛莉提到秘密花园总是小心翼翼的。她想从他身上探究一些事情，而且，得采用间接询问的方式。首先，她已经开始喜欢和柯林相处了，她想要探究看看他是不是一个会保密的男孩儿。他一点儿都不像迪肯，不过，对于一个无人知道的花园这个想法，他显然相当感兴趣。她想或许柯林是可以信任的，但她和他相处得还不够久，所以她还无法确认。其次，她想探究的是：他是不是可以信任——如果可以——能不能把他带到花园去，而不会被任何人发现呢？那位名医说过他需要呼吸新鲜空气，而柯林也说过他不介意到秘密花园里呼吸新鲜空气。如果他呼吸许多新鲜的空气，认识了迪肯和知更鸟，又看到植物生长，就不会想太多关于死亡的事了。近来，玛莉偶尔会照照镜子，她知道自己和刚刚从印度来到这里的那个小孩儿已经非常不一样了，现在这个小孩儿好看多了，甚至玛莎也发现她改变了。

“从荒野上吹来的风对你的身体帮助很大，”她曾经说过，“你现在不再面黄肌瘦了，就连你的头发也不那么平塌了，它们似乎获得了生命，也增长了许多。”

“就像我一样，”玛莉说，“变强壮了，也变胖了。我确信它们会越长越多。”

“看起来的确是这样，”玛莎微微撩拨她脸上的头发说，“你没以前那么难看了，而且两颊也变红润了。”

如果花园和新鲜空气对她有所帮助，或许对柯林也有好处。可是，如果他讨厌别人看到他，也许就不会想看到迪肯了。

“为什么人家看你的时候，你会生气呢？”有一天玛莉问道。

“我一直都很讨厌那样，”柯林回答说，“在我还很小的时候，他们带我到海边，我躺在轮椅里，每个人都盯着我看。女士们也会停下来和保姆聊聊，接着就会窃窃私语。那时我就知道，她们是在说我活不了多久。有时候，她们会拍拍我的脸颊说：‘可怜的孩子！’有一回，一位女士拍我的脸颊时，我尖声大叫起来，并咬了她的手。她吓得拔腿就跑。”

“她大概觉得你像条疯狗吧！”玛莉不客气地说。

“我不在乎她怎么想。”柯林皱着眉头说。

“那晚我走进你房间时，你为什么没尖叫，也没咬我？”玛莉问，然后开始慢慢微笑起来。

“我以为你是鬼或者我在做梦，”他说，“总不能咬一个鬼或梦里的人吧！而且即使尖叫，他们也不会管你。”

“如果——如果看你的是一个男孩儿，你会生气吗？”玛莉试探地问。

他靠回垫子上沉思着。

“有一个男孩儿，”他说得相当慢，仿佛仔细推敲每一个字似的，“只有一个男孩儿，我相信我不会介意，就是知道狐狸住在哪里的那个男孩儿——迪肯。”

“你一定不会介意他看到你的。”玛莉说。

“鸟儿和其他动物也不会，”他一边说，一边仔细想，“也许那是为什么我不介意的原因，他像是施魔法吸引动物的人，而我就像只小动物。”

然后他笑了起来，而她也跟着笑了。其实他们大笑的原因，是觉得柯林像只小动物藏在洞穴里这个想法实在好玩有趣。

玛莉觉得以后再也不需要担心迪肯了。

一个蔚蓝的早晨，玛莉很早就醒来。阳光透过百叶窗倾洒进斜斜的光线，她看到这个景象，觉得满心欢喜，就跳下床跑到窗边。她卷起百叶窗，打开窗户，一阵清新、芬芳的气息向她袭来。荒野上一片澄蓝，整个世界仿佛发生过奇迹的魔法。四处充满了轻轻柔柔的笛音，仿佛是许许多多的鸟儿在为音乐演奏会调音似的。玛莉将手伸出窗户，曝晒在阳光底下。

“阳光好暖和——好暖和啊！”她说，“它会帮助绿芽儿一直往上长，也会帮助地底的球茎和根，使劲地挣扎钻出地面。”

玛莉跪下来，尽可能地倾身探出窗外，深深地呼吸、嗅着空气，然后笑了起来。她想起迪肯妈妈说过，迪肯的鼻端会像兔鼻那样颤动。

“现在一定还很早。”她说，“小朵的云絮呈现出粉红色，我从没见过这样的天空。大家都还没起来，甚至也没听到马童的喊声。”

玛莉突然想到一件事，于是拔腿就跑。

“我等不及了！我要去看秘密花园！”

她已经学会自己穿衣服了。五分钟之后她就穿戴好了。她知道一扇侧门，她可以自己拔去门闩打开门。于是她穿好袜子飞奔下楼，跑到大厅穿上鞋子。她解开门链，拔去门闩，然后打开锁。门打开后，她一跃跳过阶梯，站在了草坪上。草似乎变绿了，阳光倾洒在她身上，温馨的晨风吹拂着她，每株树丛里都传来了笛声、鸣啭和歌声。她快乐得握紧双手，仰望天空。色彩斑斓的天空，蓝、粉红、珠白连成一片，并且泛涌着春光。她觉得自己就要吹起口哨、唱起歌来了。她知道画眉鸟、知更鸟和云雀也情不自禁地鸣啭，唱起歌来。她绕着灌木丛向通向秘密花园的小径跑去。

“一切都不一样了，”她说，“草更绿了，到处都有东西冒出来，嫩叶子舒展着，绿芽苞也露出来了。今天下午迪肯一定会来。”

长久的暖雨为矮墙旁步道周围的草本植物花床增添了奇异的景观。树丛的根部长出了芽儿，番红花的叶柄当中，处处可见深紫色和黄色叶子舒展开来。六个月前，玛莉还不曾看过世界苏醒过来时的景象，现在她则一样也没错过。

当她跑到隐藏在常春藤底下那扇门时，被一个奇怪的叫声吓到了——这叫声是从墙的上端传来的。她抬头一看，那里栖着一只羽毛光亮的白嘴乌鸦，正机灵地往下看她。以前她不曾这么近地观察过乌鸦，所以觉得有些紧张——还好，一会儿它就展开翅膀，啪啪越过花园飞走了。她希望它不要停留在花园里，于是推开门想看看它是不是在花园里。当她走进花园，却发现它并不打算走，因为它正栖在一棵矮苹果树上，树下躺着一只尾巴毛茸茸的红色小动物。两只小动物都在观看弯着身子、红褐头发的迪肯，他正跪在草地上努力地干活儿呢。

玛莉越过草坪向他飞奔过去。

“哦，迪肯！迪肯！”她大声叫了出来，“你怎么来得这么早？你是怎么做到的？太阳才刚刚升起来呢！”

他站起身，容光焕发地笑着。他的头发乱蓬蓬的，眼睛蓝得像天空一样。

“啊！”他说，“太阳还没升起来我就起床了。我怎么可能还在睡觉呢？这么美好的一天，所有动植物都忙个不停，有到处嗡嗡叫的，有搔搔抓抓舒活身体的，有又吹又唱的，有筑巢做窝的，处处飘荡着香气，我在床上可再也躺不住了。太阳出来后，荒野就欢欣鼓舞得像疯了似的。我站在石南丛中，自己也像疯子般跑着、叫着、唱着，然后就直接来这里了。我不能不来，因为花园在等着我呢！”

玛莉将双手放在胸前，喘着气仿佛自己也跑过一样。

“哦，迪肯！迪肯！”她说，“我高兴得几乎无法呼吸了！”

由于看到迪肯和陌生人说话，那只尾巴毛茸茸的小动物就从树下爬起来，朝他走来，而那只白嘴乌鸦则叫了一声，从树枝上飞下来，静静地停在他的肩膀上。

“这是小狐狸，”他边说边摸小红狐狸的头，“它叫‘队长’，这只叫‘煤灰’。‘煤灰’刚才跟着我飞过了荒野！‘队长’呢，它在我后面跑得就像猎狗在追它时那么快。它俩的心情就像我一样愉快。”

两只小动物看起来似乎一点儿都不怕玛莉。迪肯四处走动时，“煤灰”就栖在他的肩上，“队长”则静悄悄地靠近他身旁快步走着。

“喂！”迪肯说，“你看这些东西都长出来了，还有这些，这些，啊，你看这里这些！”

他在地上跪了下来，玛莉也跟着跪在他身旁。他们发现土壤里长出一整丛的番红花，盛开着紫色、橘色和金色的花。玛莉弯身亲了亲那些花。

“如果它们是人，我就不这样亲吻他们了，”她抬起头说，“花和人是那么的不一样！”

他看起来很困惑，不过仍保持微笑。

“啊！”他说，“我常常那样亲吻妈妈，那时我在荒野上游荡了一天回来，她就站在阳光下的门口，看起来是那么的高兴、安乐。”

他们在花园里从一处跑到另一处，发现了那么多惊奇的事物，一再相互提醒要轻声说话。他指着原本似乎已死的玫瑰枝上鼓鼓的叶苞给她看，又要她看从地底冒出的成千上万的新绿芽点。他们热切地将小小的鼻子凑近土壤，嗅着它散发出的温暖的春天的气息。他们挖着拔着，快乐地低声笑着，直到玛莉的头发也和迪肯一样乱蓬蓬的，双颊也同样红扑扑的。

那天早晨，秘密花园的每一寸土壤都散发着欢乐，其中还有一件更令人喜悦的奇妙的事情。好像有什么东西急速地飞掠过围墙，再飞过树丛，一直飞到一处植物茂密的角落，原来是红胸知更鸟小小的身影掠过，它的嘴喙还衔着东西。迪肯一动也不动地站着，将手放在玛莉的肩上，就好像突然惊觉自己在教堂里大笑起来那样，感到唐突鲁莽。

“不要乱动，”他用约克郡方言说，“屏住呼吸，我上次看到它时，知道它正在求偶。那是老班的知更鸟，它正在筑窝巢。要是我们不惊吓到它，它就会留下来。”

他们轻轻地在草地上坐下来，一动也不动地坐着。

“我们不可以坐得太近，让它觉得我们好像在看它，”迪肯说，“要是它注意到我们在干扰它，为了安全起见它就会飞走。等到窝巢筑好，它就会变得大不一样了。现在它正着手整理窝巢，比较羞怯，而且很容易就不高兴，也没有时间拜访朋友聊天。我们一定要保持安静不动，让它觉得我们好像是草、是树、是灌木丛。一旦它习惯了看到我们，我就轻声啁啾，它就会明白，我们没有干扰它。”

玛莉一点儿都不明白，如何像迪肯那样让自己看起来像草、像树，或像灌木丛。不过，他在说这件古怪的事时，似乎把它当作是世上最简单自然不过的事。玛莉想，这对他来说一定非常容易。她仔细观察他片刻，想知道他会不会就这样静静地变成绿色，然后伸展出枝叶来。但是，他只是非常安静地坐着，他降低音量轻声说话时，她还是能听得到，真的可以。

“筑窝巢是春天的事。”他说。

“我敢保证自有生物以来，年年都这样。动物有它们自己的思想、做事的方式，人类最好不要去干预它们，要是你太好奇，春天会比任何季节更容易失去一个动物朋友。”

“如果我们谈它，我就不得不看它，”玛莉尽可能轻柔地说，“我们谈些别的好了，我来告诉你一些事情。”

“它可能正希望我们谈些别的事呢。”迪肯说，“你要告诉我什么事呢？”

“嗯——你听说过柯林吗？”她小声说。

他转过来看着她。

“你知道关于他的什么事了？”

“我见过他，这一星期我每天都去陪他说话。他要我去的，他说我能让他忘记生病和死亡。”玛莉回答。

迪肯听后松了一口气，惊讶的表情从他圆圆的脸上消失了。

“听到这样的事，我太高兴了。”迪肯叫了起来，“我真是太高兴了，我觉得放心多了。我知道不可以谈起有关他的任何事，但是我又讨厌隐瞒事情。”

“难道你也会讨厌隐瞒秘密花园吗？”玛莉说。

“我永远不会说出去，”他回答，“不过，我跟妈妈说：‘妈妈，我有一个秘密不可以说，并不是坏的事情，你知道的，就跟隐藏鸟巢差不了多少。你不会介意，对不对？'”

玛莉总想听听关于他妈妈的事情。

“她怎么说？”玛莉问，一点儿也不担心会听到怎样的回答。

迪肯温和地笑着。

“她说的话就像她的人一样。”他回答，“她摸摸我的头，笑着说：‘孩子，你想要藏住什么秘密都可以，我已经认识你十二年了。'”

“你怎么知道柯林的？”玛莉问。

“大家都知道，克雷文主人有一个孩子，长大后可能会变成驼背，克雷文主人不喜欢别人谈起他。村民都为克雷文主人难过，因为克雷文太太在世时，是那么年轻美丽，而且他们彼此又那么恩爱。克雷文太太到威特村时，都会顺路到我们家小屋舍坐坐，她不会介意在我们孩子面前和妈妈谈起这事，因为她知道我们是值得信任的。你是怎么发现他的？玛莎上次回家时很烦恼，她说你听到他闹脾气的哭声，还问了她问题，她不知道该如何回答。”

玛莉将事情经过告诉了他，她说那天半夜，咆哮的风声把她吵醒，然后远处传来了微弱的哭闹声，她持着蜡烛走到黑漆漆的回廊，找到一间灯光暗淡的房间，角落摆着一张四柱的雕刻床。她描述着柯林象牙白的小脸和长着黑睫毛奇异的眼睛时，迪肯摇了摇头。

“那和她妈妈的眼睛一样，只是他的妈妈总是笑盈盈的，他们都这么说。”他说，“他们还说，克雷文主人无法忍受在柯林小主人醒着的时候去看他，因为他的眼睛看起来太像她妈妈了，但是长在那张不幸的小脸上，看起来却是那么的不一样。”

“你认为他希望柯林死掉吗？”玛莉小声地说。

“那倒不会，不过他希望他从没出生过。妈妈说，对一个小孩儿来说，那是世上最糟糕的事了。那些没人照料的小孩儿很少能够成活。克雷文主人会为这个可怜的孩子买任何东西，却希望忘记他还活在世界上。他最害怕的一件事就是，有一天会看到他也变成驼背。”

“柯林也很害怕自己会变成驼背，所以都不想坐起来，”玛莉说，“他说他常在想，如果他发觉背上长出肿块来，他一定会发疯，然后大叫到死为止。”

“啊！他不应该一直躺着想那些事。”迪肯说，“要是他净想着那些事，是不可能变得健康的。”

小狐狸躺在迪肯身边的草地上，不时抬头要他拍拍自己，于是迪肯弯身轻轻抚摸它的脖子，静静地想了一会儿。不一会儿，他抬起头来，看看花园四周。

“我们第一次进来这里时，”他说，“这里的一切似乎都灰沉沉的。现在，你看看周围是不是不一样了？”

玛莉环顾一下花园，微微屏住气息。

“啊！”她叫了出来，“那道灰色的围墙改变了，上面好像有绿色的雾气弥漫，就像笼罩着一层薄纱一样。”

“是啊！”迪肯说，“而且会越来越绿，直到灰色都消失。你知道我现在在想什么吗？”

“我猜一定是好事，”玛莉急切地说，“我想一定和柯林有关。”

“我在想要是他能来这里，就不会老想着背上会长出肿块的事。他可以看看花蕾从玫瑰灌木上迸出来，身体就会变得更健康些。”迪肯解释道，“我在想我们是不是可以让他来这里，坐着轮椅待在树下。”

“我也这么想，几乎每次和他谈话，我都会想到这件事，”玛莉说，“我不知道他会不会保密，也不知道我们能不能将他带出来而不让任何人发现。也许你可以帮他推轮椅。医生说他必须呼吸新鲜的空气，而且，如果他要我们带他出来，没有人敢违背他。如果他愿意跟我们出来，他可以叫园丁们走开，这样就没有人发现了。”

迪肯一边搔着“队长”的背部，一边认真地想着。

“这样对他会有很大的帮助，我敢保证。”他说，“我们只是两个想看看花园生长起来的小孩儿，而他只是另一个罢了。两个男孩儿和一个小女孩儿，一起在春天观看植物的变化，我敢保证这会比医生的药物治疗还有效。”

“长久以来他都躺在房间里，担心着自己的背部，使他变得很古怪。”玛莉说，“他从书本上知道了许多的事物，但是其他就什么都不知道了。他说他太虚弱，无法注意别的事情，而且他讨厌外出，讨厌花园和园丁。不过他喜欢听这个花园的事，因为它是个秘密花园。我不敢告诉他太多，但是他说想看看它。”

“总有一天我们一定要带他来这里，”迪肯说，“我可以帮他推轮椅。你有没有注意到我们坐在这里谈话时，知更鸟和它的伴侣一直都在忙碌着。它正停在树枝上想，要把嘴喙衔着的枝叶摆放在哪里最好呢。”

迪肯吹了一声低沉的口哨。知更鸟转过头，嘴里仍衔着枝叶，质询似的看着他。迪肯像老班那样和它说话，不过他的语气就像朋友的友好劝告一般。

“不管你把枝叶放在哪里，”迪肯说，“都再恰当不过了。你还没孵出来之前，就已经知道如何筑窝巢了。继续干吧！小伙子，时间很宝贵的。”

“哦！我好喜欢听你和它说话！”玛莉开心地笑着说，“老班会骂它，开它玩笑，它会在四周蹦蹦跳跳，仿佛听得懂每一句话似的。我知道老班喜欢它。他说它很自负，宁可让人丢石头，也不愿没人注意到它。”

迪肯也笑了，继续说道：“你知道我们不会干扰你，”他对知更鸟说，“我们也是野生动物，我们也在筑窝巢，祝你好运。可不要告我们的密啊。”

虽然知更鸟没空回答，玛莉也知道当它衔着枝叶，飞到自己的花园一隅时，那露珠般明亮的眼睛告诉了她，它不会将他们的秘密说出去。

第十六章　“我就不来！”玛莉说

那天早上，他们发现许多可做的事情，玛莉很晚才回屋里，然后又匆匆忙忙回花园工作，直到最后一刻才想到柯林。

“告诉柯林我还无法去看他，”她对玛莎说，“我在花园里很忙碌。”

玛莎看起来相当害怕。

“啊！玛莉小姐，”她说，“要是我这么告诉他，他一定会不高兴的。”

但是玛莉并不像其他人那样怕他，她不是一个会自我牺牲的人。

“我不能再待在这里了，”她回答，“迪肯在等我。”说完就跑掉了。

下午比起上午更愉快更忙碌，花园里的杂草几乎全部都拔光了，大部分的玫瑰和树丛都修剪过或挖松过。迪肯带来了自己的铲子，也教玛莉使用她的园艺工具。此时，很显然的，即使这个可爱荒凉的地方不太可能会变成“园丁的花园”，但春天来了，也会自然长出许多植物来。

“到时候上面会开出苹果花和樱花，”迪肯一边说，一边使劲干活儿，“靠墙的桃树和李树也会开花，草地上也会像铺上花地毯一样开满花。”

小狐狸和白嘴乌鸦也和他们一样快乐忙碌，知更鸟和它的伴侣飞来飞去，就像小小的一线闪光。有时，白嘴乌鸦会拍拍黑翅膀，在庭园的树梢上飞翔。每次它飞回来，停在迪肯身旁，都会叫几声，仿佛在叙述它的冒险故事，迪肯像对知更鸟说话那样对它说话。有一回，迪肯由于太忙而没有搭理它，“煤灰”就飞过来停在他的肩膀上，用它的喙拉扯他的耳朵。玛莉想休息一下，迪肯就和她坐在树下，然后又从口袋里拿出笛子，轻柔地吹起奇怪的小调子，有两只松鼠出现在墙头上，一边看着他，一边倾听笛音。

“你比以前强壮多了，”迪肯一边看着正在挖土的玛莉，一边说，“看起来也不一样了，真的。”玛莉由于运动、心情好的关系，显得容光焕发。

“我天天都在变胖，”她开心地说，“梅拉克太太要帮我买一些大一点儿的衣服。玛莎也说我的头发变多了，不像以前那么平塌、稀疏了。”

他们要离开时，太阳已逐渐西沉，在树底下投射出金色的斜照。

“明天会是个晴朗的日子，”迪肯说，“太阳一出来，我就来花园干活儿。”

“我也是。”玛莉说。

玛莉迅速地跑回屋里。她要告诉柯林关于迪肯的小狐狸和白嘴乌鸦的事，还有春天里万物的变化。她相信他会喜欢听她讲这些事。所以当她打开门，看到玛莎带着阴沉的表情等候她时，心里并不太高兴。

“怎么了？”她问，“你告诉柯林我不能去时，他怎么说？”

“啊！”玛莎说，“我真希望你能去，他又闹脾气了，整个下午我们都在设法使他安静。他一直都在看时钟。”

玛莉的双唇抿得紧紧的。她和柯林一样，一向不懂得为别人着想，她不知道为什么一个坏脾气的男孩儿竟会干预她做最喜欢的事情。她丝毫不理解，那些生病又神经紧张的人，那些不懂得克制住脾气、不让其他人受苦与不安的人，其实也是蛮可怜的。住在印度时，如果她头痛，总以为别人也头痛，或是身体不舒服。她觉得这样想是合情合理的，不过现在，她觉得柯林太不合情理了。

她走进他的房间时，他并没有坐在沙发上。他平躺在床上，玛莉进来时他也不转头看她。这是很坏的开端，她态度很不自然地向他走过去。

“你为什么不起床？”她说。

“早上的时候，我以为你会来就起床了，”柯林看也不看她一眼地说，“下午我又叫他们将我放回床上，我的背发痛，头也痛，我很疲累了。你为什么没来呢？”

“我和迪肯在花园里干活儿。”玛莉说。

柯林皱了皱眉头，委屈地看着她。

“如果你要和那个男孩儿待在一起，不来陪我说话，我就不让他来这里。”他说。

玛莉非常气恼，她闷不吭声地生气。她要是想闹别扭可是什么都不在乎。

“如果你不让迪肯来，我就再也不踏进这间房间了！”她反驳说。

“如果我要你来，你就得来。”柯林说。

“我不来。”玛莉说。

“你一定要来，”柯林说，“他们会把你拖进来。”

“就让他们拖进来吧！小王爷先生！”玛莉凶巴巴地说，“他们可以把我拖进来，可是无法使我开口说话。我会坐在这里把嘴巴闭得紧紧的，一句话也不跟你说。我甚至不看你，只盯着地板看！”

他们怒目相对。如果换作是两个街上的野蛮小孩儿，也许就会互相打起来，混战一番。既然他们不是，那就只好退而求其次，彼此骂了起来。

“你这自私鬼！”柯林叫着。

“那你呢？”玛莉说，“自私鬼总是说别人自私，自私的人总不愿做他们不想做的事。你比我还自私，你是我见过最自私的男孩儿。”

“我才不是呢！”柯林高声喊说，“我才不像你的迪肯那么自私呢！他知道我一个人待在这里，却把你留在那里玩泥土。如果你要骂，他才真的自私呢！”

玛莉的眼睛都要冒出火光来了。

“他比世界上任何男孩儿都要好！”她说，“他——他就像个天使！”这样说听起来可能很蠢，不过她不在乎。

“一个善良的天使，”柯林不留情地讥笑说，“他不过是荒野小屋里的一个平凡男孩儿！”

“他比一个没什么了不起的小王爷要强得多！”玛莉反驳道，“强一千倍！”

由于玛莉比较强硬，她开始占了上风。事实上，柯林从来不曾和一个跟他一样蛮横的人吵过架，这对他倒还是件好事，然而他和玛莉两人对这点完全没有察觉。他将脸转向枕头闭上眼睛，眼眶挤出一颗硕大的泪珠，流到脸颊上，他开始为自己——而不是为别人——感到悲伤难过。

“我没有你自私，我总是病着，而且我相信我就要变成驼背了，”他说，“我快要死了。”

“你才不会死呢！”玛莉毫不留情地反驳。

柯林恼怒地睁大眼睛，他以前从没听过这样的话。他变得很生气，却又有点儿暗喜——如果人可以两种情绪同时兼有的话。

“我不会死？”他叫着，“我会死，你知道我会的！大家都这样说。”

“我不相信！”玛莉不悦地说，“你只是说说想博得别人的同情罢了。我相信你说这些话时还得意扬扬的呢。如果你是个诚实的好男孩儿——可是你太讨人厌了！”

柯林不管自己的病痛，在床上坐直起来。

“给我出去！”他喊着，然后抓起枕头向她丢过去，他的力气不够大，枕头只落在她的脚边，玛莉的脸却像胡桃钳般绷得紧紧的。

“我要走了，”她说，“以后再也不来了！”

她向门走去，走到门边时转身过来，又开口说话。

“本来我要告诉你许多好玩有趣的事，”她说，“迪肯带来了小狐狸和白嘴乌鸦，我打算全讲给你听。现在我一件也不告诉你了！”

她走出房间，把门关上，非常惊讶地发现柯林的保姆就站在门外，好像在偷听，而且更令人吃惊的是——她竟然在笑。她是一个年轻好看的大个子女人，本不应该做个保姆，她无法忍受柯林的坏脾气，经常找借口离开，而把柯林交给玛莎或其他可以代替她的人。玛莉向来就不喜欢她，她用手帕掩住嘴咯咯笑，玛莉站着瞪着眼看她。

“你在笑什么？”玛莉问她。

“笑你们两个小孩儿啊！”她说，“对那个娇生惯养的小病孩儿来说，有一个和他一样被宠坏的小孩儿和他对抗，那是再好也不过的事了。”她用手帕掩住嘴又咯咯笑起来，“要是他有一个母老虎姐妹可以和他吵架，那么他就有救了。”

“他会死掉吗？”

“我不知道，也不管这事，”保姆说，“他的病一半要归因于他的歇斯底里和乱发脾气。”

“歇斯底里是什么？”玛莉问。

“像他这样和你闹完脾气后，你就知道了——无论如何，你已经使他歇斯底里了，我很高兴。”

玛莉回到房间，心情一点儿都不像刚才从花园回来时那样愉快，她感到气恼又失望，但一点儿都不替柯林难过。她原本期盼告诉他许多事情，还考虑能不能安心地把这个大秘密告诉他，起初她以为可以，现在却完全改变了心意。她永远都不会告诉他这个秘密，如果他喜欢，他可以待在房里永远不呼吸新鲜空气，然后死掉！算他活该！玛莉很不高兴，也不慈悲怜悯。有好一会儿，她气得几乎忘了迪肯，还有弥漫在这个世界的绿色薄纱，以及从荒野上吹来的柔风。

玛莎正在等她，这让她脸上的苦恼暂时消失了。她看到桌上摆着一个木盒子，盒盖已经打开，里面装满了一个个整齐的小包，兴趣与好奇顿时取代了不快。

“克雷文先生送给你的，”玛莎说，“里面好像有图画书。”

玛莉想起她到克雷文先生书房那天，他曾问过她：“你想要什么东西——洋娃娃——玩具——或书？”她打开包包想看看是不是送了她洋娃娃，如果他真的送了，她要拿洋娃娃怎么办。不过，他并没有送洋娃娃，而是送了许多和柯林一样的漂亮的书，其中两本是关于花园的，里面全都是图片。还有两三套游戏玩具，以及一个漂亮的小文具盒，上面印着一个她名字第一个字母的金色图案，还有一支金笔和一瓶墨水。每一件东西都这么好，她的欢悦之情慢慢取代了之前的气恼。她原本并没有期待他记得，于是一颗小小冷淡的心变得温暖起来。

“我的连笔字写得比印刷体字还要好，”她说，“我想做的第一件事，就是用这支金笔写一封感谢信给他。”

如果她和柯林还是好朋友，她会立刻将礼物拿给他看，一起读园艺书或玩游戏，他也会玩得很开心，就不会再想到死亡，也不会把手放在脊椎上，担心自己长出肿块来。这种姿势，让她心中很不自在，她又很担心害怕，因为柯林自己就总显得很害怕。

他说如果有一天他察觉到长出小肿块，就知道自己快要变成驼背了。梅拉克太太悄悄对保姆说的话使他开始有了这样的想法，现在已在他心底成形。梅拉克太太说，他爸爸的背也是在小时候，像这样出现弯屈现象的。柯林只对玛莉一个人说过，他的“大发雷霆”，多半都是由于隐藏的害怕所爆发出来的歇斯底里。他这样告诉玛莉时，玛莉很为他难过。

“当他烦躁或疲累时，他就会开始想这些事，”玛莉自言自语，“他今天又烦躁起来了，或许——或许整个下午他都在想这件事。”

她静静地站着，低头看着地毯沉思。

“我说过我再也不去看他——”玛莉皱皱眉头犹疑着，“或许，或许，我应该去看看他——如果他要我去的话——早上的时候。或许他又会对我丢枕头，不过——我想——我还是会去。”

第十七章　大发雷霆

由于早上起得很早，又在花园里认真干活儿，玛莉觉得又累又困，所以她一吃完玛莎送来的晚餐后，就很高兴地上床睡觉了。她枕着枕头喃喃自语道：“明天早餐后，我要出去和迪肯一起干活儿，之后——我想——我会去看柯林。”

大概是午夜时，她被可怕的声音吵醒了，立刻跳下床。那是什么声音——是什么声音呢？接下来，她知道那是什么了。门被打开又关上，回廊里响起匆忙的脚步声，有人同时又哭又尖叫，哭叫声很可怕。

“是柯林，”她说，“他又开始‘大发雷霆’了，像保姆所说的那样歇斯底里，听起来好恐怖啊！”

她听着连哭带喊的声音，便了解了大家为什么会害怕。他们宁可让他为所欲为，也不愿听到这个声音。她用手捂住耳朵，觉得烦透了。

"我不知道该怎么办，我不知道该怎么办。"她不停地说着，"我受不了了。"

她曾想过，如果她大胆去看他，他会不会停止哭闹呢？但她又想起他曾把她赶出房间，如果看到自己，他的情况也许会更糟。即使她用手将耳朵捂得再紧，也还是听得到这可怕的声音。她烦透了这声音，突然，她觉得自己也想发脾气，来吓一吓柯林。一向都是她向别人发脾气，从来还没人向她大发雷霆呢。于是，她把手从耳朵上放开，跳起来直跺脚。

"他该停止了！应该有人让他停下来！他这是找打！"她叫了出来。

就在这时，她听到回廊传来了跑步声，接着她的门开了，保姆走了进来。此刻她完全笑不出来了，脸色看起来很苍白。

"他又无缘无故歇斯底里了，"她慌乱地说，"他这样会伤了自己的。我们都对他束手无策，你来试试看，乖孩子，他喜欢你。"

"他今天早上才把我赶出来。"玛莉激动得直跺脚。

这一跺脚却让保姆相当高兴。事实上，她原本还担心玛莉会把头藏在被单下哭泣呢。

"这样就对啦！"她说，"你这样的表现很合适，你去骂他一顿，让他想想别的事。快去，孩子，越快越好。"

后来玛莉才领悟到这件事实在是又好笑又恐怖——好笑的是，所有的大人都很害怕，所以跑来找一个小女孩儿帮忙，就因为他们认为她的脾气和柯林一样坏。

她沿着回廊飞奔，越接近哭叫声，她的怒气就升得越高。到达门口时，她已经怒不可遏了，她啪的一声推开门，径直跑到四柱床旁。

“你不要哭了!”她大喊着,“你不要哭了!我讨厌你!大家都讨厌你!我希望大家都离开这屋子,让你自己哭叫到死掉!我真希望等一下你就会哭到把小命送掉!”

一个善良有同情心的小孩儿,是不会想到而且也不会说出这样的话的。不过,对这个歇斯底里的男孩儿来说,这种使他受到震惊的言语可能是再好不过了,因为从没有人敢管束或驳逆他。

柯林的脸朝下,手不断地捶打着枕头。他一听到这怒骂声,就迅速地跃起翻过身去了。他的脸很可怕,哭得肿胀,一阵红一阵白,他大口喘着气,几乎要窒息。不过,野蛮的小玛莉一点儿都不在乎。

“如果你再叫一声,”她说,“我也要大叫——我会叫得比你还大声,我要让你害怕,我要把你吓倒!”

他真的停止了哭叫,因为她真的吓到他了。持续的哭叫几乎使他无法呼吸,眼泪在他脸上直往下流,他全身颤抖着。

“我停不下来!”他抽抽噎噎地说,“我停不下来——我停不下来!”

“你可以的!”玛莉说,“你生病的原因,有一半是由于歇斯底里和乱发脾气——你老是歇斯底里——歇斯底里——歇斯底里!”她每说一次就跺一次脚。

“我感觉到肿块了——我感觉到了!”柯林哽咽地说,“我就知道我会,我会变成驼背,然后死掉。”接着,他又开始扭动身子,转过脸呜咽啜泣,但是没有尖叫。

“你什么肿块也没有!”玛莉凶巴巴地反驳他,“如果你觉得有肿块，那也只是歇斯底里的肿块，歇斯底里会长出肿块来，那和你讨厌的背没有关系——都是歇斯底里的关系。你转过身让我看看！”

她喜欢“歇斯底里”这个词，而且不知道为什么，好像对他发生了作用。他或许和她一样，以前从来没听过。

“保姆，”她命令着，“立刻过来这里，让我看看他的背！”

保姆、梅拉克太太和玛莎在门边挤成一团，半张着嘴盯着她看，三个人都吓得倒吸冷气。保姆有点儿害怕地往前走，柯林则呜呜咽咽喘不过气来。

“或许他——他不肯。”保姆犹豫地小声说道。

然而，柯林听到她说的话，断断续续啜泣着说：“让她看看！看一看就明白了！”

他露出的背看起来瘦得可怜，背上的每根肋骨和脊椎关节都可以数得出来，玛莉并没有去数到底有多少。她弯下身去，用她严肃、野蛮的小脸检查，她看起来是那么不悦、一本正经。保姆只好把头别过去，免得被发现自己在偷笑。沉寂了一会儿，柯林屏住呼吸，玛莉上上下下、来来回回、专心致志地查看他的脊椎，样子像极了伦敦来的那位名医。

“连一个小肿块也没有！”最后她说，“连大头针大的肿块都没有——只是脊背上有些凸起。你能感觉到，那是因为你太瘦了。我自己的脊背也有过这样的凸起，和你现在背上的一样凸，后来我变胖就好多了，不过现在还没胖到可以掩盖它们。你背上连大头针那么大的肿块都没有！要是你再说，我就要笑你了！”

只有柯林自己知道，这些违逆他的童言童语对他产生的影响。

如果有人可以让他倾诉内心隐藏的恐惧——如果他敢问一些问题——如果他有儿童玩伴，而不必躺在这间紧闭的大屋子里，呼吸着凝重的空气，与这些忽视他、厌烦他的人相处，他就会发现，大部分的害怕和病痛都是他自己制造出来的。然而，他却经年累月、时时刻刻躺着想着自己的病痛。现在这个怒气冲冲、毫无同情心的小女孩儿，却倔强又坚持地说，他并没有像自己所想的那样，他认为她说的也许是真的。

“我不知道，”保姆大胆地说，“他一直以为自己脊椎上长出了肿块。他的背很弱，因为他不愿试着坐起来。如果我知道他这么想，我就会告诉他并没有长出什么肿块。”

柯林松了口气，转过脸去看着保姆。

“真的吗?”柯林哀怜地说。

“是啊！小主人。”

“你看吧!”玛莉也大大松了口气。

柯林又将脸转回去了，他断断续续地深呼吸着，激烈的啜泣已经慢慢停下来了。他静静躺了一会儿，大颗的泪珠从他脸颊上潸然流下，沾湿了枕头。事实上，这些泪水表示他获得了奇特的释怀。过了一会儿，他又转过去看着保姆，奇怪的是，他已不再像小王爷那样对她说话了。

“你认为——我会——活到长大吗?”他说。

保姆一点儿也不机敏，也没有慈悲的心肠，不过她会重复伦敦名医的话。

“也许会的，只要你听话，不任意发脾气，而且常常到外面呼吸新鲜空气。”

柯林的“大发雷霆”已经过去了，他很虚弱，也哭累了，或许是这原因使他变得温和多了。他向玛莉伸出手，令人高兴的是，玛莉的怒气也消退了，变得柔和起来，她也伸出手，这样他们也算是握手言和了。

“我要——我要跟你出去，玛莉。”他说，“我不讨厌新鲜空气了，如果我们能找到——”他及时打住下面的话，“如果我们能找到秘密花园，”他补充说，“如果迪肯可以来帮我推轮椅，我很想跟你们出去。我真的很想看迪肯、小狐狸和白嘴乌鸦。”

保姆重新铺好弄皱的床铺，又把几只枕头拍拍松。然后，她给柯林和玛莉各端来一杯浓牛肉汤。在激动过后能喝浓牛肉汤，玛莉很高兴。梅拉克太太和玛莎开心地悄悄走开了。等一切都归于整齐、安静之后，保姆也希望能悄悄溜走。她是一个年轻健康的女人，讨厌被剥夺睡眠的时间。于是，她看着玛莉，毫无顾忌地打起呵欠来。玛莉则将脚凳推近四柱床，握着柯林的手。

“你得回去睡觉了，”她对保姆说，“如果他不太心烦，待会儿就会睡着了，他睡着后，我再回到隔壁房间睡。”

“你想要我唱印度奶妈教我的那首歌给你听吗？”玛莉小声地对柯林说。

他温和地拉住她的手，用疲倦的眼睛恳求地注视着她。

“哦，想啊！”他回答，“那首歌听起来好轻柔，我一会儿就会睡着的。”

“我会哄他入睡，”玛莉对正在打哈欠的保姆说，“你想走就走吧！”

“好吧！”保姆有些勉强地说，“半小时后他若还没睡着，你就得叫我。”

“好的。”玛莉回答。

保姆随后就走出了房间。待她一走，柯林又拉住了玛莉的手。

“我刚才差点儿说出来，”他说，“还好我及时打住了。我不说了，我要睡了。不过，你说你有许多好玩的事情要告诉我。你已经——你已经找到进去秘密花园的方法吗？”

玛莉看着他疲倦可怜的小脸和肿肿的双眼，便起了怜悯之心。

“是啊！”她回答，“我想我已经找到了，如果你现在听话睡觉，明天我会告诉你。”

他的手抖得相当厉害。

“哦！玛莉！”他说，“哦！玛莉！如果我能进入秘密花园，我就能活到长大！可不可以不要唱那首印度奶妈的歌——轻声地告诉我你想象中花园里面的样子吧，就像你第一天来时那样。我就一定能睡着。”

“好，”玛莉回答，“现在把你的眼睛闭起来。”

柯林闭上了眼睛静静地躺着，玛莉握着他的手，开始慢慢轻声地说。

“我想它已经荒置很长一段时间了——所以很多植物都可爱地纠缠在一起。我想，玫瑰藤一定爬了又爬，已经从树枝和墙上垂挂下来，并且爬满了地面——几乎就像一层灰色的雾一样。有一些已经死了，不过大多数——还活着，夏天时，玫瑰花就会像帘幕和喷泉一样盛开。而地下一定满是水仙花、雪花莲、百合花和鸢尾花的球茎，都想从黑暗的土壤中使劲冒出来。现在春天已经开始了，也许——也许——”

她轻柔低沉的声音，使他安静了下来，她看到这样的情景，就继续说下去。

“也许它们会从草地上长出来——也许现在已经长出几丛紫色和金色的番红花——也许叶子也正开始冒出，并且舒展开来——也许灰色的一片也已经变了样子，换上一层绿色薄纱到处攀爬了——爬满了——每一样东西。鸟儿们也都飞来看花园——因为它是——这么的安全和安静。而且，也许——也许——也许——”她轻柔缓慢地说，“知更鸟已经找到伴侣——正在筑窝巢呢！”

柯林已经沉沉睡着了。

第十八章 “我们别再耽搁了”

自然，第二天玛莉并没有及早醒过来。因为疲累的缘故，她醒得很晚，玛莎将早餐送来时，告诉玛莉虽然柯林很安静，不过却生病发烧了。每次一场哭叫后，他都会像这样把自己弄得精疲力竭。玛莉一边吃早餐一边听。

“他说希望你尽快去看他，”玛莎说，“他居然会喜欢你，真是奇怪。你昨晚着实狠狠地骂了他一顿，对不对？没有人敢这么做。啊，可怜的孩子！他实在是被宠坏了。妈妈说，有两件最糟糕的事是小孩儿最怕碰到的，一件是不让他随心所欲，另一件是任他为所欲为。不过她不知道哪一件比较糟糕。你自己也发了很大的脾气。不过我进到他房间时，他对我说：‘请你去问问玛莉小姐，愿不愿意过来陪我说话？’想想看，他居然说‘请’呢！你过去吗，小姐？”

“我先去看看迪肯。”玛莉说，“不，我先去看柯林。告诉他，我知道要告诉他什么了。”她突然有了一个灵感。

她戴好帽子出现在柯林房间时，刹那间，柯林显得很失望。他躺在床上，脸苍白得可怜，眼睛周围还浮现着黑眼圈。

“我很高兴你来了，”他说，“我的头很痛，全身都痛，我好累。你要去别的地方吗？”

玛莉走过去靠在床边。

“我不会待太久，”她说，“我要去找迪肯，不过我会再回来的。柯林，那是……那是关于秘密花园的事。”

他整个脸都亮了起来，微微泛出红润。

“哦，真的？”他叫了出来，“我整晚都梦见花园。我听你说了关于灰色变为绿色的事，于是梦见我站在一个地方，到处都是颤动的小小绿叶子——处处都有鸟儿栖在窝巢里，它们看起来那么的温驯安静。我会躺着一直想，直到你回来。”

五分钟后，玛莉和迪肯一起来到他们的花园了。小狐狸和白嘴乌鸦还是跟着迪肯，这次他又带来了两只松鼠。

“今天早上我是骑小野马来的，”他说，“啊！它真是个强健的小伙子——它的名字叫‘跳跃’。我还带了两只松鼠放在口袋里，这只叫‘胡桃’，另外一只叫‘果壳’。”

当他叫“胡桃”时，一只松鼠跳到他的右肩上；当他叫“果壳”时，另一只则跳到他的左肩上。

当他们在草地上坐下时，“队长”蜷缩在他们脚旁，“煤灰”停在树上肃穆地倾听着，“胡桃”和“果壳”则在他们旁边嗅来嗅去。玛莉感到快乐极了，简直不想离开这样美好的事物。不过，当她想告诉迪肯昨晚的事时，不知道为什么，迪肯脸上有趣的表情起了变化，她的兴致也不高了。她了解到迪肯比自己更替柯林难过，他仰望着天空。

“听听鸟儿们——它们遍布世界的每一个角落——都在叽叽喳喳地鸣唱呢。”他说，“看看它们到处疾飞，听听它们互相召唤。春天一到，全世界似乎都在欢唱呢！你可以看到树叶都舒展开了——还有，天哪！到处都是好香的味道！”迪肯用他向上翘的鼻子快乐地闻着，“那个可怜的孩子被关起来躺在那里，他看到的东西是那么的有限，所以才会胡思乱想，大哭大闹。哎呀！我们必须把他弄出来才行——我们必须让他看看花草，听听鸟鸣，闻闻空气里的芳香，沐浴在阳光底下。我们别再耽搁了。”

当他兴致高昂时，常常会用约克郡方言说话。平常他会试着修饰他的发音，好让玛莉听懂他的话。不过，玛莉很喜欢他的约克郡口音，其实她自己一直在学，现在她也会说一点儿了。

“是啊，咱们得快点儿，”她说，“我来告诉你咱们先干什么。”她继续说着，迪肯笑了，因为这个小姑娘舌头打结说着约克郡方言时，在他看来，真是最有趣不过了。“他很喜欢你，他想要见你，也想看‘煤灰’和‘队长’。等我回屋子后我会问问他。你能不能明早去看他——带着你的小动物一起去——然后，待长出更多叶子，冒出一些花苞后，咱们就把他带出来，你可以推着他的轮椅，把他舒舒服服地带到这里来，让他看看这一切。”

她说完后停下来，感到相当自豪，以前她从不曾用约克郡方言说这么多话。

“你一定要和柯林小主人说点儿约克郡方言，就像你现在这样。”迪肯咯咯笑着说，“你让他也笑笑，对生病的人来说，笑是再好不过的事了。妈妈说她相信每天早上笑半小时，可以治愈患有斑疹伤寒热的人。”

“今儿个俺就要和柯林这小子用约克郡土腔唠唠嗑。”玛莉说着，自己也咯咯笑起来。

花园变化的时节已经到了，仿佛经魔法师的魔棒点触过一样，从地底和树枝间冒出许多可爱的事物来。对玛莉来说，要离开这里并不容易，特别是这时“胡桃”已经爬上她的衣裙，“果壳”也从他们坐着的苹果树干上爬下来，正用询问的眼神看她。不过，她还是跑回屋子，靠近柯林的床坐下来，柯林也像迪肯那样嗅闻着，虽然不是很有经验。

“你身上闻得出花香还有——还有很新鲜的东西，”他开心地叫出来，“那是什么味道呢？闻起来又清新又温馨又香甜。”

“那是打荒野刮来的风，”玛莉说，“是我和迪肯、‘队长’、‘煤灰’、‘胡桃’和‘果壳’一起坐在树下草地上沾来的气息。春天已经到了，又是在太阳底下，味儿就更冲了。”

她尽可能用很重的口音说着。没有真正听过约克郡方言，是无法了解那口音有多重的。柯林开口笑了起来。

“你在说什么啊？”他说，“以前我从未听你这样说话，听起来太好笑了。”

“我在说约克郡方言啊！”玛莉得意扬扬地回答，“虽然我说得不像迪肯和玛莎那么好，但是你看，我也会说一点儿。你难道一点儿都不会说约克郡方言吗？你自己也是土生土长的约克郡小子啊！真丢脸哪！”接着，她也笑起来，然后两人克制不住地笑着，一直笑到房间充满了欢笑的回声。这时梅拉克太太开门进来，又退回到回廊上，惊奇地站着倾听。

“奇了怪了!”她很惊讶地用浓重的约克郡土腔说道，“真不可思议！谁会想到还会有这样的怪事呢!”

他们有好多话要说。柯林似乎都听不腻迪肯、“队长”、“煤灰”、“胡桃”、“果壳”以及那匹叫“跳跃”的小野马的事。它是一匹粗毛的荒野小马，眼睛上端垂着几绺浓密的鬃毛，还有一张漂亮的脸，天鹅绒般的鼻子嗅来嗅去的。由于它以吃荒野上的草维生，所以很瘦，不过还算结实有力，腿上的肌肉就像钢丝弹簧做成的一样。看到迪肯时，它仰起头轻声嘶鸣，然后向他小步快跑过去，把头横搁在他的肩上。迪肯在它耳边说话，“跳跃”就用古怪低低的嘶鸣声、吐气声和喷鼻声回答他。迪肯叫它向玛莉伸出小小的前蹄，用天鹅绒般的口鼻亲吻她的脸颊。

“它真的听得懂迪肯对它说的每句话吗?”柯林问。

“好像都听得懂似的。”玛莉回答，“迪肯说，如果你和它成为好朋友，它就能听懂你说的每一句话，不过你得和它真正成为好朋友才行。”

柯林静静地躺了一会儿，他古怪的灰眼睛盯着墙上看，玛莉知道他在沉思。

“我希望能和别人做朋友，”最后他说，“不过我没有朋友，没有人愿意和我做朋友，而且我受不了别人。”

“你受得了我吗?”玛莉问。

“可以啊!”他回答，“虽然这听起来很好笑，不过我真的喜欢你。”

“老班说我就像他一样，”玛莉说，“他说他敢保证我们俩的脾气一样坏。我想你也跟他一样，我们三个都很相像——你、我和老班。他说我和他都长得不好看，看起来都一脸不高兴的样子。不过，在我认识知更鸟和迪肯后，就不再像以前那样了。”

“你觉得你会讨厌别人吗?”

“会啊!”玛莉毫不做作地回答，“如果是在认识知更鸟和迪肯之前让我看到你，我想我会讨厌你。”

柯林伸出瘦小的手碰了碰玛莉。

“玛莉，”他说，“我希望我没有说过不让迪肯来这句话。你说他是个天使的时候，我很生气，还嘲笑你，不过——他或许的确像天使吧!”

“嗯，这样说的确相当好笑，”她坦白承认，“因为他的鼻子翘翘的，有着一张大嘴巴，他的衣服全都是补丁，又说着约克郡方言，不过——不过如果有一个天使来到了约克郡，并且住在荒野上——如果真的有一个约克郡天使——我相信他也能懂得绿色植物，又知道如何种植它们，他也像迪肯那样知道如何和野生动物沟通，而动物也认为他的确是个好朋友。”

“我不会介意迪肯来看我，”柯林说，“我想要看看他。”

“我很高兴你这样说，”玛莉回答，“因为——因为——”

突然间她想到这时该告诉他实情了。柯林知道新鲜的事情就要来临了。

“因为什么?”他急切地叫出来。

玛莉也非常焦急，她从凳子站起来，走近他并且握住他的双手。

“我信得过你吗？我信得过迪肯，因为鸟儿都信得过他。我可以完完全全信任你吗？”玛莉恳求地说道。

她的表情严肃，使得他也低声回答。

“可以——可以！”

“嗯，明天早上迪肯会来看你，他会带着他的小动物一起来。”

“哦，哦！”迪肯喜悦地叫出来。

“还不止这样，”玛莉继续说，脸色几乎因兴奋而发白，“接下来我要说的更妙，我找到了花园的门，就在墙上的常春藤底下。”

如果柯林是个健康强壮的男孩儿，他可能会大声喊“万岁！万岁！万岁”，可是他又病弱又歇斯底里。他的眼睛越睁越大，连气都喘不过来。“哦，玛莉！”他几乎哭着叫出来，“我可以看看它吗？我可以进去吗？我可以活着进去吗？”他抓住她的双手，将她拉向自己。

“当然可以了！”玛莉愤怒地厉声说，“你当然可以活着进去！别净说些傻话了！”

玛莉是那么镇定、自然、天真，柯林立刻恢复了平静，然后开始笑自己实在太紧张了。过了一会儿，玛莉又重新坐在凳子上，对柯林描述花园真正的样子，而不是她想象中秘密花园的样子。柯林忘了病痛和疲惫，欢喜陶醉地聆听着。

“那就像你以前想象的那样，”他最后说，“听起来好像你以前就看过似的，你知道，我是说你最初告诉我的时候。”

玛莉犹豫了一会儿，接着大胆地说出了实情。

“我是看过——而且还在里面待过，”她说，“我找到了钥匙，几个星期前进去过。不过我不敢告诉你——我不敢，因为我不确定能否相信你！”

第十九章 春天来了

当然，柯林“大发雷霆”后，克雷文医生一早就被请来了。每当发生这样的事，他总是立刻被请来。他一到达，都会发现这个苍白颤抖的男孩儿躺在床上，抑郁不乐，仍歇斯底里不已，随时都会再次哭闹起来。事实上，克雷文医生对于在麻烦时刻赴诊实在又烦又怕，这次他一直到下午才到密塞威特庄园。

“他的情况怎么样?”他抵达时，相当不耐烦地问梅拉克太太，“总有一天，他的血管会在发脾气时涨破的。这个孩子已经歇斯底里和自虐到快发疯的状态了。”

“先生，”梅拉克太太回答，“你看到他时将无法相信自己的眼睛，那个几乎和他一样坏脾气、不可爱又一脸不高兴的小女孩儿，已经使他着魔了，没有人知道她是怎么办到的。天晓得，她一点儿都不好看，又很少听到她说话，可是她却做了我们不敢做的事。昨晚她像只猫一样奔向他，不断跺脚命令他停止哭喊，不知为什么，她着实吓到了他，所以他就真的停了下来，到了下午——先生，你得上来看看，这实在令人难以置信。”

当克雷文医生走进柯林的房间，里面的景象确实令他震惊。梅拉克太太打开房门时，他听到房里传来了谈笑声。柯林穿着晨袍相当挺直地坐在沙发上，正在看一本园艺书上的图画，并且和那个不可爱的女孩儿说着话。然而此时，实在不能说她不可爱，因为她的脸因喜悦而容光焕发。

“我们要种许多长芽状的蓝色植物，”柯林宣布说，“它们叫翠——雀——花。”

“迪肯说它们是又高又大的飞燕草！”玛莉叫道，“那边已经有好几丛了。”

他们看到克雷文医生进来后就停了下来，玛莉变得很安静，柯林显然生气了。

“听到你昨晚又病发了，我很难过，孩子。”克雷文医生有点儿紧张地说。他是一个很容易紧张的人。

“我现在好多了——好多了，”柯林像印度小王爷那样说着，“这一两天，如果天气晴朗，我想坐轮椅出去，我想呼吸新鲜的空气。”

克雷文先生坐在他身旁量脉搏，好奇地看着他。

“那天气得非常好才行，”他说，“你一定要小心不能累着了。”

“新鲜的空气不会让我累着的。”小王爷说。

以前这位小绅士总会愤怒地大声尖叫，坚持说新鲜的空气会让他感冒，会使他丧命。难怪这时，他的医生会对他的话感到相当震惊。

“我以为你不喜欢新鲜空气。”他说。

“要是我一个人，我就不喜欢，”小王爷回答，“不过我表妹要和我一起出去。”

“保姆当然也一同去，是吧？”克雷文医生提议说。

“不要，我不要保姆跟着去。”柯林说的时候是如此坚定，令玛莉不得不想起那位印度小王爷，他全身戴着钻石、翡翠和珍珠，还有他挥舞着戴红宝石的黝黑小手，命令他的仆人靠近他行额手礼，听命于他。

“我表妹知道如何照顾我，她陪我的时候，我觉得自己越来越好。昨晚她让我觉得好多了，有一位我认识的、非常强壮的男孩儿会帮我推轮椅。”

克雷文医生觉得相当震惊，因为这个令人厌烦的歇斯底里的男孩儿若健康转好，他就会丧失继承密塞威特庄园财产的机会。虽然他个性软弱，却非不择手段的人，而且也无意做什么出格的举动。

“那他必须是个强壮稳健的男孩儿才行，”他说，“我也必须对他有所了解，他是谁呢？叫什么名字呢？”

“他叫迪肯。”玛莉突然说了出来，不知为什么，玛莉觉得知道荒野的人，一定都认识迪肯。她果然没错，过了一会儿，她看到克雷文医生严肃的脸上露出轻松的微笑。

“哦，是迪肯啊！”他说，“如果是迪肯，你们的安全绝对没问题。他就跟荒野上的小野马一样强壮，迪肯就是这样。”

“而且他也很可靠啊。”玛莉说，“他是全约克郡最可靠的小伙子。”她刚刚用约克郡方言和柯林说过话，现在她又忘我地说着。

“迪肯教你说的吗？”克雷文医生问，忍不住笑了出来。

“我把它当法语来学呢，”玛莉一本正经地说，“这就像印度当地的方言，聪明的人都要试着学的。我很喜欢，柯林也是。”

“好吧！好吧！”他说，“如果你们高兴，我想不会有什么坏处的。你昨晚有没有服镇定剂，柯林？”

“没有，”柯林回答，“我没有服，后来玛莉让我安静下来，然后轻声告诉我春天已经悄悄爬进花园的事情。”

“听起来好像很能安抚人，”克雷文医生说道，但他却更加困惑了，他斜眼瞥视玛莉小姐，她正坐在凳子上，安静地低头看着地毯，“很明显你好多了，不过，你必须记住——”

“我不想记住什么。”他又像小王爷那样打断了克雷文医生的话，“当我一个人躺着总得记住什么事时，我就开始觉得全身发痛，我会胡思乱想直到大叫起来，因为我是那么讨厌它们。如果什么地方有医生，能让我忘记自己生病而不要老是我记住它，我会请他到这里来。”他挥着细小的手，那手真该戴着红宝石做成的高贵图章戒指，“我的表妹就能让我忘记自己生病，她使我觉得好多了。”

克雷文医生从来没有在柯林一次“大发雷霆”后，只待这么短暂的时间就走。通常他都要留很长一段时间，处理许多事情。今天下午他没有开任何的药，或留下任何新的医嘱，而且也不需要面对不愉快的场面。走下楼时，他一副若有所思的样子，当他走到图书室和梅拉克太太说话时，看起来好像很困惑。

“看吧！先生。”她主动问道，“你能相信吗？”

“这确实是新的情况，”医生说，“毋庸置疑的，情况比以前好多了。”

“我相信索尔比说的真的没错，”梅拉克太太说，“昨天我去威特村顺道在她的小屋舍聊聊，她对我说：‘或许她不是个乖乖的小孩儿，也不是好看的小孩儿，不过，毕竟是个小孩儿，小孩儿都需要小孩儿做玩伴的。’索尔比和我是同班同学。”

“她是个很好的护士。”克雷文医生说，“我在小屋舍里看病时，若有她在旁边，就知道病人有救了。”

梅拉克太太微笑起来，她喜欢索尔比。

“索尔比有她自己的一套方法，”她口若悬河地说下去，“昨天整个早上，我都在想着她说的一件事，她说：‘有一次孩子们打完架后，我对他们说教一番，我说，我以前上学时，地理课告诉我地球的形状就像一个橘子，十岁以前，我就发现整个橘子并不属于一个人，每个人只能拥有自己的一小部分，有时候一个人所拥有的部分还不够转身呢！可是，你们是不是都认为你们应该拥有整个橘子呢？’她说：‘抢夺整个橘子是没有意义的——包括橘子皮在内，因为如果这样，你可能连一橘子核也吃不到，即使抢到了，吃起来也太苦涩了。’”

“她真是个聪敏明智的女人。”克雷文医生边说，边穿上外套。

“是啊！她真是能言善道，”梅拉克太太非常高兴地说，“有时我会跟她说：‘索尔比啊！要是你的约克郡口音不那么重，有时我还真要夸你是女中豪杰呢！’”

当晚柯林睡得很熟，一觉到天亮，早晨醒来时，他静静地躺着，脸上挂着微笑——因为他觉得如此舒适。睡够了醒来的感觉真的非常好，他翻身过去，尽情地伸展四肢，仿佛将绑紧他的绳子都松解开了，他获得了自由。克雷文医生若知道，就会对他说这是因为他的神经已经舒缓，获得了休息的原因。这回他并没有躺着盯着墙看，希望自己没有醒来，而是浮想联翩，心里充满了昨天他和玛莉想好的计划和秘密花园的景象，还有迪肯和他的野生小动物。有事情可想是多么好的事啊！他醒来不到十分钟，就听到回廊传来跑步声，玛莉已经站在门口了，接下来她走进房间，跑到他床边，带来一股充满清晨芬芳的清新空气。

“你出去过了！你出去过了！你闻起来有叶子的香味！”他叫出来。

她是一路跑来的。她的头发被风吹得乱蓬蓬的，脸上泛着光，双颊粉红，然而她自己并不知道。

“花园好漂亮啊！”她说道，因为跑得太快有点儿喘不过气来，“你一定从来没看过这么漂亮的景象！它已经来了！我以为前几天早上它就来了，可是它现在才来。它现在来了，春天来了！迪肯这样说的！”

“真的吗？”柯林叫道，虽然他对春天一无所知，却感到心在怦怦跳，他从床上坐了起来。

“把窗户打开！”他笑着说道，一半出于喜悦的激动，一半出于一时的欢喜，“或许我们能听到金喇叭的吹奏声呢！”

他还在笑着，玛莉立刻跑到窗边，把窗户全打开，让新鲜的空气、花香和鸟声全都涌进来。

“那是新鲜的空气，”她说，“快躺着，然后深深吸一口气。迪肯躺在荒野上时就是这样做的。他说他感觉得到空气进入了他的血管，使他变得更壮。他觉得自己可以活到永永远远。吸气再吸气。”

她只是重复迪肯告诉过她的话，不过这些话却吸引了柯林的注意。

“‘永永远远’！他真的这么认为吗?”他问道，然后照她告诉他的，一次又一次地深深吸气，直到感觉有什么新鲜喜悦的事在自己身上发生了。

玛莉又走到他旁边。

“植物都从地底钻出来了，”她继续急切地说下去，“花儿都舒展开来了，每棵植物都长出花苞，绿色薄纱层几乎盖过了灰沉沉的一片。鸟儿们匆匆忙忙地筑窝巢，唯恐太迟了，有些甚至还为了在秘密花园争地盘而打起架来。玫瑰丛看起来顽皮极了，小径和林子里都是樱草花，我们播植的种子都长出来了，迪肯也带来了小狐狸、白嘴乌鸦、松鼠和刚刚生出来的小羊。”

说到这里，她不得不停下来喘了喘气。这只刚出生的小羊是迪肯三天前发现的，当时它正躺在荒野的荆豆丛里死去的母羊身旁。它并不是他发现的第一只孤儿小羊，他知道怎么照顾它。他将它裹在夹克外套里带回家，让它躺在火炉边，用温牛奶喂它。它软绵绵的，有一张可爱、傻乎乎的婴儿脸，腿对它的身体来说显得太长了些。迪肯抱着它走过荒野，把奶瓶和松鼠一起放在口袋里。玛莉坐在树下，腿上躺着蜷曲着身体、暖乎乎的小羊时，她觉得内心充满了难以言说的奇异的喜悦。小羊——小羊啊！一只活生生的小羊，像婴儿一样躺在腿上呢！

她十分欣喜地描述着，柯林边听边深深呼吸着空气。这时保姆走了进来，她看到窗户打开，有点儿惊讶。在无数个暖和的日子，柯林都坐在这个闷不通风的房间里，因为他认为打开窗户会让自己着凉。

“柯林小主人，你确定不会觉得冷吗？”她问道。

“不会，”柯林回答，“我正在深深呼吸着新鲜的空气，这使我觉得强壮。我要起来到沙发上吃早餐，我表妹也和我一起吃。”

保姆掩住笑意离开，她吩咐厨房准备两份早餐送来。她发现仆人大厅比病人房间有趣多了，此刻大家都想听楼上的消息。他们开了这个不受欢迎的小隐士的玩笑，厨子说：“他终于碰到他的‘主人’，算他运气好。”仆人们原本就对他的“大发雷霆”非常厌烦。仆役长是个有家室的人，他不止一次表达了对这个病弱小孩儿的看法，认为应该“好好教训他一顿”。

柯林坐在沙发上，两份早餐摆好之后，他又用最具小王爷威严的姿态向保姆宣布。

“今天早上有一个男孩儿、一只小狐狸、一只白嘴乌鸦、两只松鼠和一只刚出生的小羊要来看我。他们一到，立刻带他们到楼上来。”他说，“你们不可以留他们在仆人大厅里玩，我要他们到这里来。”

保姆险些岔气，她试图用咳嗽来加以掩饰。

“好的，小主人。”她回答。

“我告诉你该怎么做，”柯林挥挥手补充说道，“你可以叫玛莎带他们来这里，那个男孩儿是玛莎的弟弟，他的名字叫迪肯，他是一个会施魔法吸引动物的人。”

“我希望动物不会咬人，柯林小主人。”保姆说。

“我告诉过你他会施魔法，”柯林声色俱厉地说，“被他迷住的动物是不会咬人的。”

“印度也有玩蛇人，”玛莉说，“他们能把蛇的头放进嘴巴里。”

“天哪！”保姆颤抖地叫道。

他们在习习的晨风中吃了早餐。柯林的早餐营养非常丰富，玛莉兴致勃勃地看着他。

“你会像我一样越来越胖的。”她说，“在印度时，我从不吃早餐，现在却天天想吃。”

“今天早上我也想要吃早餐，”柯林说，“或许是因为新鲜空气的缘故。你知道迪肯什么时候会来吗？”

他就快到了。约十分钟后，玛莉举起了她的手。

“你听！”她说，“你听到乌鸦叫了吗？”

柯林仔细听着，果然听到了，在屋内听到这样嘶哑的呱呱声，实在是古怪得很。

“听到了。”他回答。

“那是‘煤灰’，”玛莉说，“你再听听，有没有听到很小声的咩咩叫？”

“哦，有啊！”柯林兴奋地叫起来。

“是那只刚出生的小羊。”玛莉说，“迪肯来了。”

迪肯穿的荒野地靴子又厚实又笨重，走过长长的回廊时，他尽量轻轻地走，但还是发出了笨重的脚步声。玛莉和柯林听到他渐渐走近了——走近了，经过了覆盖织锦画的门，走到柯林房间前通道的柔软地毯上。

“小主人，”玛莎禀报着，然后打开门，“小主人，迪肯带着他的小动物来了。”

迪肯带着开朗灿烂的笑容走进来。刚出生的小羊抱在他怀里，小红狐狸在他身旁快步小跑。“胡桃”坐在他左肩上，“煤灰”栖在右肩上，而“果壳”的头和爪子则从外套的口袋里探了出来。

柯林慢慢坐起来，一直盯着他看——就像当初他第一次看到玛莉，盯着她看那样。不过，这次是带着惊奇和喜悦的凝视。事实上，虽然柯林听过许多关于迪肯的事，却完全不知道他长什么样子。现在他的小狐狸、白嘴乌鸦、松鼠和小羊，都靠在他身边，还有他的友善和气，这些几乎都成了迪肯的一部分。柯林出生以来从未和男孩儿说过话，他沉醉在自己的喜悦和好奇中，忘了开口说话。

然而，迪肯却一点儿都不觉得害羞与尴尬。他第一次遇到白嘴乌鸦时，那鸟因听不懂他的话而一声不响地瞪着他看，那时他也没有觉得困窘不安。小动物在跟你熟悉之前，都是这样子的。他走向柯林的沙发，将刚出生的小羊轻轻地放在他的腿上。这只小动物立即转向暖和的天鹅绒晨袍，开始用鼻子在衣服的皱褶里钻来钻去，还用它满是浓密卷毛的头，焦急地顶蹭着柯林的腹侧。当然，这时任谁都会不禁想问一个问题。

“它在干什么?”柯林叫道，“它想做什么?”

“它想吃母羊的奶，”迪肯笑着说，“我让它饿着肚子，带它来你这里，因为我知道你会喜欢看我喂它吃奶。”

他在沙发旁跪下来，然后从口袋里掏出奶瓶。

“来吧！小乖乖，”他边说边用晒得棕褐的手温和地将小羊毛茸茸的白色小头转过来，“这才是你要找的，吸吸这个吧！天鹅绒外袍上是吸不出什么的。你看——”他把奶瓶的橡皮奶嘴拉出来，塞到小羊的嘴巴里，它就开始贪婪陶醉地吮吸起来。

之后，他们就无所不谈了。小羊沉沉睡着之际，柯林和玛莉问了许多问题，迪肯都一一回答了。他告诉他们三天前的早晨，就在太阳刚刚升起时，他是怎么发现小羊的。当时他站在荒野上聆听云雀歌唱，看着它一直往上飞向天空，直到在高高的蓝天变成一个小点。

“若不是循着歌声，我绝对找不到它的踪迹。它似乎一下子就飞出世界之外，我正想知道如何才能再听见它的歌声——就在这时，我听到远远的荆豆丛里传来了别的声音。那是微弱的咩咩叫声，我知道那是一只刚出生的小羊肚子饿的叫声，而且要不是它失去了妈妈，也不会如此虚弱，于是我就开始寻找。啊！我找了又找。我在荆豆丛里里外外地找，我绕了又绕，而且总是走错方向。最后，我在荒野上端一块石头旁，看见一团小小的白色物体，我就爬上去，终于找到了这只又冷又饿、快要死掉的小羊。”

他说话时，“煤灰”煞有介事地从打开的窗户飞进飞出，呱呱地评论着风景；“胡桃”以及“果壳”则跑到外面的大树上，在树干上爬上爬下，探究着树枝；“队长”蜷曲着身子趴在迪肯身旁，迪肯则坐在壁炉前的地毯上。

他们一起看园艺书里的图画，迪肯知道所有花的俗名，还确切知道哪些花在秘密花园里已经长出来了。

“我不知道那叫什么名字？”他指着一株底下写着“毛茛科耧斗菜属”的植物说道，“不过我们都叫它斗儿菜。那边是金鱼草，这两种都长在野外的树篱旁，不过这图里的是种在花园里的，它们比较高大。它们开花时，花圃里好像飞来了蓝蓝白白的正扑扇着翅膀的蝴蝶一样。”

“我要去看看，”柯林叫道，“我要去看看！”

“是啊！你一定要去，”玛莉相当严肃地说，“而且一点儿都不能耽搁。”

第二十章 “我会永远活下去”

不过，他们得多等一个星期，因为一连几天刮了大风，接着柯林又有患感冒的迹象，两件事接连发生，难怪他情绪不好。不过，他们还是有许多谨慎秘密的计划要实行，即使只待片刻的时间，迪肯还是几乎每天都来，他会谈谈荒野上、林径里、树篱中，还有小溪边发生的事情。迪肯所说的关于水獭、獾，还有河鼠洞的事，已让人听了兴奋得几乎颤抖，更别提鸟巢、田鼠和它们的地洞的事了。因为当你从一个会迷住动物的人那儿，听到这些细节时，就会了解到整个忙碌的地底世界正热烈急切地活动着。

“它们和我们人类一样，”迪肯说，“只是它们每年都要盖新窝，整天忙个不休，直到把窝盖好为止。”

然而，最让人全心全意投入的事，便是秘密将柯林带到花园之前的准备工作。他们不希望有人看见。日子一天一天过去了，柯林越来越确切地感觉到笼罩着花园的神秘气氛，是吸引他的最主要原因。谁都不能破坏那样的神秘气氛，所以不能让任何人猜到他们有秘密。必须让他们认为，他愿意跟玛莉和迪肯出去，只是因为他喜欢他们，不会拒绝让他们俩在户外看着他。他们花很长的时间开心地讨论去花园必经的路线。他们要从这条小径走过去，再从那条小径走回来，越过另外一条后，再绕着喷泉旁的花床走，就像观赏园丁领班罗奇先生种植在花床里的植物那样。这似乎是再合理不过的事了，没有人会对他们有丝毫的怀疑。然后他们会转进灌木丛步道，佯装迷路，直到来到长墙边。他们严谨精心想出来的路线，与战时伟大将军设计出来的行军路线相比毫不逊色。

在这个病童房间里发生的新奇事情，已经从仆人大厅传到马房，又在园丁当中传开来了。尽管这样，当有一天罗奇先生接到柯林小主人的命令，要他到他房间报到时，他还是很惊讶，因为这个病童要亲自和他说话。

“嗯，”他匆匆换上外套时，喃喃自语，“会是什么事呢？这个王子殿下一向不喜欢让别人看到他，今儿个怎么想起要召见一个他从没见过的人？”

罗奇先生非常好奇。他从未见过这个男孩儿，却听说过许许多多夸张的传言，说他外貌古怪奇特，举止脾气疯疯癫癫，等等。他最常听到的就是柯林随时都可能死掉的事，还有许多对他的驼背和无助的四肢奇奇怪怪的描述，而说这些事情的人从来就没见过柯林。

“这栋屋子的一切开始改变了，罗奇先生。”梅拉克太太一边说，一边领他走上通往回廊的后楼梯，来到这个神秘的房间。

“希望是往好的方向，梅拉克太太。”他回答。

“不会变得糟糕就是了。”她继续说，“奇怪的是，所有的仆人都发现他们的工作更轻松了。罗奇先生，待会儿要是你发现自己身处于一群动物当中，不要太惊讶。玛莎·索尔比的弟弟迪肯比你或我还更自由自在、无拘无束呢！”

迪肯确实具有一种类似魔法的能力，就像玛莉所相信的那样。当罗奇先生听到他的名字时，便慈祥地微笑起来。

“不管是在白金汉宫[1]或矿坑底下，他都能无拘无束。”他说，“他并非鲁莽、不懂事。他是个好孩子。”

幸亏罗奇先生早有心理准备，不然一定会被吓到。当房门打开时，一只大乌鸦似乎很自在地栖在高高的雕刻椅背上，大声地“呱——呱”叫着，好像在宣告有客人来了。虽然梅拉克太太提醒过，但罗奇先生还是好不容易才抑制住自己，没有有失体面地往后跳去。

小王爷没躺在床上也没坐在沙发上，他坐在一张扶手椅里。一只小羊站在他旁边，摇着尾巴要人喂奶的样子，而迪肯则跪下来拿着奶瓶喂它。一只松鼠栖在迪肯弯下来的背上，专注地轻轻咬着坚果子。印度来的那个小女孩儿，坐在一张大脚凳上观看。

“柯林小主人，罗奇先生来了。”梅拉克太太说。

小王爷转过来仔细打量着他的仆人——至少那位园丁领班当时是这样感觉的。

“哦！你就是罗奇吗？”他说，“我叫你来是有重要的事情嘱

1　白金汉宫：英国君主的伦敦官邸。

咐你。”

“小主人，请说。”罗奇一边回答，一边在想会不会是要他将庭园里的所有橡树砍下来，或者是把果园改成水上花园。

“我今天下午要坐轮椅出去，”柯林说，“如果我能适应新鲜空气，我可能会天天出去。我出去时，任何园丁都不允许靠近花园围墙旁的长步道，任何人都不许到那里。我两点钟左右会出去，大家都要走开，等我说他们可以回到工作岗位上时，才可以让他们回去。”

“是的，小主人。”罗奇先生回答，听到橡树保留下来，果园也安全，他感到松了一口气。

“玛莉，”柯林转向她说，“在印度，若是吩咐完毕要仆人离开时，你都怎么说呢？”

“我会说：‘你可以下去了。’”玛莉回答。

小王爷挥挥他的手。

“你可以下去了，罗奇。”他说，“不过，切记，这是很重要的事。”

“呱——呱！”白嘴乌鸦嘶哑而不失礼貌地叫着。

“是的，小主人。谢谢您，小主人。”罗奇说完，梅拉克太太将他带出房间。

来到外面的回廊，这位好脾气的先生实在忍不住了，几乎要大笑出来。

“天哪！”他说，“他的举止态度还真像个君王！简直集所有皇族的尊贵于一身！”

“唉！”梅拉克太太辩驳道，“他向来都将我们踩在脚下，好像大家生来就是为了让他踩似的。”

“如果他能活下来的话，长大后也许会改变吧！”罗奇先生试探地说道。

“嗯，有件事倒是可以相当确定，”梅拉克太太说，“如果他能活下来，而且印度来的女孩儿也留在这里，我保证，她会让他明白其实整个橘子并不是他一个人的，就像索尔比说的那样。他也可能会渐渐明白属于他的那部分究竟有多少了。”

房间里，柯林正背靠垫子坐着。

“现在，一切都安全无虑了，”他说，“今天下午我就可以看到花园了——今天下午我就可以进到花园里了！”

迪肯带着他的动物回到花园，玛莉留下来陪柯林。她觉得他看起来并不疲累，不过午餐前却显得很安静，吃午餐时也都不讲话，玛莉觉得奇怪，便问他是什么缘故。

“柯林，你的眼睛睁得好大啊！”她问，“你在想事情的时候，眼睛大得就像茶碟一样，你在想什么呢？”

“我忍不住想，它究竟会是什么样子呢？”他回答。

“花园吗？”玛莉问。

“是春天，”他说，“我在想以前我从不曾真正看过春天呢！我几乎不出门，即使出去了也从不看，我甚至想都没想过。”

“在印度我从没看过春天，因为印度没有春季。”玛莉说。

由于柯林一直都过着幽闭病态的生活，他比玛莉更有想象力，至少长期以来他看过许多精美的书籍和图画。

“那天早晨，当你跑进来说，‘它来了！它已经来了’时，我觉得很奇怪，因为听起来就像是浩浩荡荡的游行行列，夹杂着响亮的欢呼声还有阵阵的音乐声走来似的。在我的一本书里有一张像这样的图画——一群可爱的大人和小孩儿，戴着花环，举着花枝，手舞足蹈地唱歌，推来挤去，还吹着笛子。所以我才对你说‘或许我们能听到金喇叭的吹奏声’，而要你打开窗户。”

“真有趣啊！”玛莉说，“春天的感觉真的就像那样。如果所有的花草树木、鸟儿和动物们一起跳舞经过，那会是多么可爱的场景啊！它们一定会手舞足蹈、唱歌、吹笛子，还会传来阵阵的音乐声呢！”

他们俩都笑了，不过并不是因为这么想荒唐可笑，而是因为他俩都觉得这个想法真是太有趣了。

过了一会儿，保姆将柯林打理妥当。她注意到，柯林不再像以前那样躺着一动也不动，让人帮他穿衣服了，而是坐起来试着自己穿，还一直和玛莉谈天说笑。

“这些天他的情况都很好，先生。”克雷文医生顺路来看柯林时，保姆对他说，“他的精神很好，所以显得强壮多了。”

“下午他回屋子时，我再来看他，”克雷文医生说，“我得看看，外出对他是否合适。我希望，”他低声说，“他会让你陪同他出去。”

“我宁愿现在就辞掉这个工作，免得留下来让别人叫你卷铺盖走人。”保姆突然很坚定地回答。

“我并不是那个意思，”医生稍稍紧张地说，“我们倒可以试验看看。迪肯这个未经世故的孩子，是不是值得我们信任。”

一个最强壮的仆役将柯林抱下楼，把他放在屋外的轮椅里，旁边站着正在等候着的迪肯。男仆整理好柯林的毯子和垫子后，小王爷对他和保姆挥了挥手，说：“你们可以下去了。”两人便迅速退了下去。

迪肯开始慢慢平稳地推着轮椅。玛莉小姐在旁边走，柯林向后靠抬头仰望天空，穹顶看起来非常高，白雪似的云絮像白鸟展开羽翼般飘游在一片湛蓝下。荒野上吹来一阵轻柔的风，带来一股清新甜蜜的奇特香气。柯林挺起单薄的胸膛吸气，他的大眼睛仿佛代替耳朵在倾听着似的。

“有好多歌唱声、嗡鸣声和呼喊声啊！”他说，“风中飘着的香气是什么呢？”

“是荒野上的荆豆花开的香气。”迪肯回答，“啊！蜜蜂也飞来了，今天算是碰上好日子了！”

他们走过的路上，一个人也没有。事实上，园丁都已被支开了。他们在灌木丛间穿进又穿出，然后绕着喷水池旁的花床走，这样做自有一种神秘的乐趣。他们小心翼翼地沿着他们计划的路线走着，最后转到常春藤墙旁的长步道时，一种冒险刺激的兴奋感觉，使他们不知不觉地轻声低语。

“到了，”玛莉吸了一口气说，“这里就是我经常走来走去，苦苦思索的地方。”

“就是这里吗？”柯林叫着，同时用大眼睛好奇而急切地搜寻着常春藤。“可是我什么也没看到，”他小声说，“没看到门啊！”

“我当初也是这么想的。”玛莉说。

接下来是一段令人愉悦的静默，轮椅继续向前移动。

“这里是老班工作的花园。”玛莉说。

“是吗？”柯林说。

又走了十来步后，玛莉小声地说：“这里就是知更鸟飞过墙来的地方。”

“是吗？”柯林叫道，“哦！我真希望它再飞过来！”

“那里，”玛莉边说，边严肃又喜悦地指着一大丛紫丁香花底下，“那是它栖停的小土堆，它就是在那给我暗示钥匙在哪里的。”

这时，柯林的身子坐得笔直。

“在哪里？在哪里？那里吗？”他叫道，眼睛睁得大大的，就像《小红帽》故事里，小红帽难以忘却的那双大灰狼的眼睛一样。迪肯静静地站住，让轮椅停下来。

“还有这里，”玛莉边说，边走向靠近常春藤的花床，“这就是我和它谈话的地方，当时它待在墙头上对我啁啾着。而这就是当时被风吹开的常春藤。”她顺手握住垂下来的绿色帘幕。

“哦，就是这里——就是这里！”柯林都快喘不过来气了。

“这里是门把手，门在这里，迪肯，把他推进去——快把他推进去！”

迪肯一使劲儿将柯林平稳地推了进去。

然而，柯林还是倒回到靠垫上了，他因喜悦而喘着气。他用手捂住眼睛什么都不看，等到他们进到花园里面，轮椅仿佛被施以魔法似的停了下来，门也关上了。直到这时他才把手放开，像迪肯和玛莉那样环绕四周看了又看。围墙上、地上、树上、摇曳的小树枝和卷须上，都爬满一层美丽的绿薄纱般的柔嫩幼小的叶子。树下的草地、亭子的灰瓮，这里，那里，到处都抹上了一层金色、紫色和白色的色彩。柯林头上的树也开出了粉色和白色的花，枝丫迎风招展，处处都听得到轻声美妙的笛音和嗡鸣，花香满溢。阳光暖和地拂照他的脸，像是手舒服地抚触一般。玛莉和迪肯充满惊奇地站着看他。他看起来是如此的特别，一种粉红色光彩覆盖了他的全身——包括象牙般的白脸、脖子和双手。

“我会健康起来！我会健康起来！”他大声叫道，“玛莉！迪肯！我会健康起来！我会永远活下去！”

第二十一章　老　班

生命中最奇异的一件事，便是在偶然之间会确信，人会永远永远地活下去。有时是在这样的时刻，当我们在庄严柔和的破晓时分醒来，走到外面，独自站着，仰起头观看鱼肚白的天空慢慢转红，令人惊叹的未知事物渐渐出现，直到东方天空几乎让人发出惊叹之声，面对日出这样奇妙永恒的庄严，我们的心跳都快要停止了——千万年以来，清晨太阳恒常升起。片刻之间，我们知道人会永远活下去。有时候是在黄昏时刻，我们独自待在森林里，神秘沉静的金色夕阳穿过树枝斜斜洒落在树下，似乎一再缓缓诉说，我们无论如何都不能理解的事物。有时候是在深蓝色夜空无限的寂静中，千千万万的星星守候着、观看着，使我们确信这种想法是真实的。有时候是远远飘来的音乐，使你确信；有时候则是一个人眼神里的某种情愫。

当柯林在四周都是高墙的秘密花园里，第一次看到、听到、感觉到春天时，他的感觉就像那样。

那个下午，全世界似乎都全心全意想变得更完美、更光灿、更美丽，以最亲切友好的姿态迎接一个男孩儿。或许是出于上天全然的仁慈，春天才降临，让这个地方聚集许多美妙的事物。迪肯不止一次停下来，眼睛充满惊奇地静静伫立，然后轻轻地摇了摇头。

“啊！太美妙了！”他说，“我就快十三岁了，十三年中我从没有看过像今天下午这样美丽的花园。”

“是啊！真是太美了。”玛莉边说边喜悦地叹息着，“我敢保证，这是全世界最漂亮的花园了。”

“你们觉着，”柯林如梦如幻般小心地说，“这一切会不会是特地因为我才改变的呢？”

“天哪！”玛莉佩服地说，“你的约克郡方言说得挺好的啊！你是第一流的——真的。”

欢欣喜悦的氛围笼罩着三个孩子。

他们将轮椅推到李树下，树上一片雪白的李花，蜜蜂正嗡嗡哼着音乐，整棵树就像童话里国王头顶上的华盖一样。樱花到处盛开，苹果树也绽放出粉色与白色的花蕾。在华盖的空隙处，一小块一小块蓝天俯瞰着，像一双双奇妙的眼睛。

玛莉和迪肯这儿那儿地忙碌着，柯林在旁观看。他们拿来许多东西给柯林看——有绽放的花蕾、紧闭的花苞、几枝刚刚抽绿的小树枝、啄木鸟掉落在草地上的羽毛，还有刚孵出小雏鸟的空鸟蛋壳。迪肯推着轮椅缓缓绕着花园走，每隔一会儿就停下来，让柯林看看从地里钻出来或从树上垂下来的奇妙事物。柯林就像被带到一个有魔法的国度里，国王和王后正将所有神秘丰富之物拿给他看。

“不知道能不能看到知更鸟。”柯林说。

“待会儿就可以看到了，”迪肯回答，“当雏鸟孵出来之后，它会忙得一塌糊涂。你会看到它衔着几乎和它一样大小的虫子飞来飞去。它飞回来时，鸟巢里会闹成一团，它会一时慌乱，不知该把虫子先送入哪个的嘴巴里。四处都是张大的鸟喙和呱呱的叫声。妈妈说，当她看到知更鸟往雏鸟张大的嘴巴喂食物时，她觉得自己就像清闲无事的贵夫人一样。她说鸟儿们一定忙得满头汗水，然而人们看不到这些细微之处。”

三人快乐地咯咯笑着，不得不用手掩住嘴巴，因为不可以让人听到。几天前，玛莉与迪肯就告诉过柯林，在这里要轻声说话。他非常喜欢这种神秘感，所以尽量小声说话，可是在太高兴的时候，却很难不大声笑出来。

下午的每一个时刻都充满了新鲜，阳光也变得越加金光灿烂。迪肯将轮椅推回华盖下，然后坐在草地上。就在他正要拿出笛子时，柯林看到先前他没注意到的一样东西。

“那边那棵树很老了吧？”他说。

迪肯的目光越过草地看着那棵树，玛莉也看着，然后他们静默了半晌。

“是呀！”之后，迪肯用温和而低沉的声音说着。

玛莉凝视着树沉思。

“枝丫灰沉沉的，一片叶子也没有，”柯林继续说，“大概死了吧？”

“是啊！”迪肯承认道，“不过，当爬到上面的玫瑰藤长满了叶子和花朵时，就会将干枯的枝干盖住，到时看起来就不会死气沉沉的了，它会成为花园里最漂亮的树。”

玛莉仍然凝视着树沉思。

“有一根大树枝看起来好像折断了，”柯林说，“不知道为什么会这样。”

“多年以前就已经这样了，”迪肯回答，“啊！”他把手搭在柯林身上，突然松了一口气说，“你看知更鸟！它飞来了！它在给它的伴侣找食物呢。”

柯林差点儿就错过了，这只红胸鸟嘴里衔着东西急速飞掠过绿色植物，飞入花园里非常浓密的一隅，然后就看不见了。柯林再次靠回垫子上，轻轻笑起来。

“它给它的伴侣送下午茶去了。现在大概五点钟了吧，我想咱们也该喝下午茶了。”

他们总算平安无事了。

“是魔法差遣知更鸟来的，”事后，玛莉偷偷告诉迪肯，“我知道那就是魔法。”因为当时她和迪肯都担心柯林会问起十年前折断的那棵树的事情。他们一起讨论过这件事，迪肯站着，感到为难地抓抓头。

“我们要装出认为这棵树跟其他树一样的样子，”他说过，“我们不能让他知道树枝是怎么折断的，可怜的孩子。要是他提起这棵树的事，我们得——我们得装出高兴的样子。”

“对，我们一定得这样。”玛莉这样回答。

不过，当玛莉凝视这棵树时，她似乎无法表现出高兴的样子。

那时候，她一直在想，迪肯所说的另一件事是不是真实的。他一直感到困惑地抓着红棕色的头发，不过，蓝眼睛渐渐露出宽慰的表情。

“克雷文太太是个年轻漂亮的女士，”他吞吞吐吐地继续说，“妈妈还说，或许克雷文太太曾多次回到密塞威特庄园，为了看看柯林小主人，就像所有离开人间的妈妈那样。她们一定会回来，可能会在花园里，可能就是她让我们动工修整花园，然后要我们把柯林带来的。”

玛莉认为他所说的就是魔法。她是一个深信魔法的人，私底下她非常相信迪肯会对他身旁的东西施魔法，当然是指好的魔法。那就是为什么大家都这么喜欢他、小动物也把他当作朋友的原因。她确实想知道，是不是因为他的天赋，才在柯林问起危险问题的那一刻将知更鸟引了过来。她觉得整个下午都是他的魔法在发挥作用，使柯林看起来与之前判若两人。让人几乎无法相信他曾是个会尖叫，会对枕头又捶又咬的疯狂小孩儿。连他象牙白的皮肤也改变了。他刚进花园时，脸上、脖子和双手泛漾出来的淡淡光彩还没有完全消褪。他就是个有血肉的小孩儿，而不像象牙或蜡雕塑成的了。

他们看到知更鸟替它的伴侣送了两三次食物，柯林自然就想到了下午茶。

“等会儿我吩咐仆人，用篮子将茶点送到杜鹃花道上，”他说道，“然后你和迪肯再将它拿到这里。”

这个主意大家都赞同，而且很容易实行。他们将白色餐巾铺在草地上，上面摆着热茶、奶油吐司和松脆圆饼，然后开始愉悦地享用。几只为家务事忙碌的小鸟，停下来查看他们在做什么，然后活蹦乱跳地忙着啄食面包屑。“胡桃”和“果壳”抓着糕饼，匆匆爬上树去，“煤灰”衔住奶油圆饼，飞进一个角落，用嘴喙翻啄检视，呱呱叫着宣告检视结果，然后才决定高高兴兴地一口将它吞下去。

下午愉快的时光就这样慢慢过去了。金色的太阳渐渐西沉，蜜蜂回家了，飞翔的鸟儿渐渐少了。迪肯和玛莉坐在草地上，东西都收拾好在茶篮里，准备要带回屋子，柯林靠着垫子，前额浓密的发绺拨向两旁，脸色显得健康自然。

“我真不想让今天的下午就这样溜走了，”他说，“我明天还会来，还有后天、大后天、大大后天都要再来。”

“那么你就会呼吸到许多新鲜的空气，对不对？”玛莉说。

“我不想要别的东西，”他回答，“我现在已经看到春天了，我还要看夏天，我要看到所有的植物都长出来，我也要在这里种东西。”

“可以，”迪肯说，“我们还会帮助你学走路，不久，你就可以和其他人一样挖土了。”

柯林的面庞泛起红光。

“走路！”他说，“挖土！我真的可以吗？”

迪肯微妙谨慎地看了柯林一下。他和玛莉俩从不曾问过，关于他双腿的事。

“你一定可以，”他坚持地说，“你——你可以用自己的腿走路，和其他人一样！”

玛莉本来有点儿担心，听了柯林的回答后才安下心来。

“我的腿没什么毛病，”他说，“只是太瘦弱了，它们颤抖得很厉害，所以我不敢站立。”

玛莉和迪肯都松了一口气。

“你不再害怕的时候，你就可以站起来，”迪肯高兴地说，“很快你就不再害怕了。”

“真的吗？”柯林说，他静静地躺着，似乎在想什么。

他们静默了一会儿，太阳渐渐西沉，此刻万籁俱寂，他们度过了一个忙碌又兴奋的下午。柯林看起来正安逸地休息着，迪肯的小动物也不再到处乱跑，静静地憩息在他们旁边。“煤灰”栖息在一根低低的树枝上，缩起一只脚，垂下灰色的眼睑，一副昏昏欲睡的样子。玛莉心想，它大概快要打鼾了。

寂静中，令人大吃一惊的是，柯林突然抬起头，震惊地低声说：“那个人是谁？”

迪肯和玛莉连忙起身。

“有人！”他们俩用急促的声音低声叫道。

柯林指着高墙。

“你们看！”他兴奋地小声说，“你们看！”

玛莉和迪肯推转轮椅四处查看。原来是老班站在梯子上，正越过高墙，气呼呼地看着他们呢！他还对玛莉挥舞着拳头。

“你要是我的女儿，”他叫道，“我一定会痛打你一顿！”

他再登上一阶，仿佛气得想从墙上跳下来打她似的。可是，当玛莉朝他走去，他又改变了心意，停在他站立的梯子顶上，对下面的玛莉挥舞起拳头。

“我向来就不喜欢你！”他高声斥责着，“我第一眼看到你时，就对你没好印象，你这个脸色白兮兮、瘦巴巴的小鬼头，问题问个没完，还到不该去的地方四处探看。真不知道你怎么和我这么亲近的，要不是因为知更鸟的缘故——这讨厌的小东西——”

“老班，”玛莉呼吸恢复过来后喊着。她站在他底下，气急败坏地朝上叫道，“老班，是知更鸟为我指路的呀！”

听完，怒不可遏的老班似乎差点儿就爬过墙来。

“你这坏小孩儿！”他向下朝她叫道，“还把做的坏事怪到知更鸟身上——它对很多事都不上心罢了。它指引你！哎呀，你这小孩儿，”她知道他接下来会说什么话，因为他心里充满着疑团——“你到底是怎么进来的？”

“是知更鸟指引我的，”她固执地辩驳道，“它不知道自己做了这件事。如果你一直对我挥舞拳头，我没法好好告诉你这是怎么回事。”

就在这时，他突然停止了挥舞拳头，他的嘴巴张得大大的，因为他看到柯林坐着轮椅过来了。最初老班滔滔不绝地谩骂让柯林非常惊讶，他只是坐直倾听，仿佛被镇住一样。不过，等他清醒过来，便专横地对迪肯招手示意。

“推我过去！”他命令道，“让我靠近一点儿，就在他的前面停下来！”

这就是老班所看到的、使自己的嘴巴张得大大的情景——一辆铺着豪华垫子，盖着长袍的轮椅朝他推过来，就像是皇族的马车一样。靠坐在上面的是一个小王爷，他那有黑眼圈的大眼睛流露出尊贵的威严，他伸出一只苍白细瘦的手，傲慢轻蔑地指向老班。

“你知道我是谁吗?”小王爷问道。

老班看得目瞪口呆！他的红眼睛牢牢盯着眼前的人，仿佛看到了鬼似的。老班一直盯着他看了又看，然后吞下口水，一句话也说不出来。

“你知道我是谁吗?”柯林更加专横地问道，“回答我!”

老班举起他扭曲走形的手，掠触过他的眼睛，又摸摸额头，然后用古怪、颤抖的声音回答。

“你是谁?”他说，“是的，我知道你是谁——你妈妈的眼睛，不正从你脸上瞪着我看呢吗？天晓得你是怎么来这里的，你就是那个可怜的小驼背。”

柯林满脸涨红，突然挺直地坐起来。

“我不是驼背!”他生气地叫出来，“我不是驼背!”

“他才不是呢!”玛莉几乎是声嘶力竭地冲墙上喊叫着，“我亲眼看过的，他背上连一个小肿块也没有!”

老班又用手摸摸自己的额头，然后一直看着柯林，仿佛没看够似的。他的手在抖，他的嘴也在抖，连他的声音也是颤抖的。他是一个没什么文化又直性子的老人，他只记得他听说到的就是这样。

“你——你不是驼背吗?”他粗声粗气地说。

“不是!”柯林叫道。

“你——你的腿不是畸形吗?”老班的声音更加沙哑颤抖。

这真的太过分了。从不曾有人说过他的腿畸形——哪怕是窃窃私语也不曾听过——现在，这个一向存在的单纯完好的相信，却被老班的话语揭露出来，是身为小王爷所无法容忍的。他的怒气和受辱的自尊心使他忘记了一切，此时此刻他心里充满了一股前所未有的力量，一股非比寻常的力量。

“过来这里！”他对迪肯叫着，自己掀开覆盖在他腿上的毯子，“过来这里！过来这里！立刻过来！”

迪肯立刻走到他旁边。玛莉屏住气息，她觉得自己的脸色一定很苍白。

“他办得到！他办得到！他办得到！他可以的！”她急促地吸着气自言自语道。

柯林大力地抓起毯子，把它扔到地上，迪肯抓住柯林的手臂，他伸出细瘦的腿，瘦小的脚站立在草地上。柯林笔直地站立着——直得就像箭一样，而且看起来高得奇怪——他的头往后仰，古怪的眼睛闪着光芒。

“看着我！”他对着老班急速说道，“看着我——就是你！看着我！”

“他站得和我一样直，”迪肯叫道，“跟约克郡任何一个孩子没什么两样！”

此时老班的反应让玛莉觉得非常奇怪。他禁不住哽咽起来，倏忽之间老泪从他饱经风霜的脸颊流了下来，苍老的双手紧握在一起。

“啊！”他突然说话，“他们都胡说八道！你虽然骨瘦如柴，白得像鬼，不过身上一块肿块也没有。你会长成一个男子汉的，上帝保佑你！”

迪肯大力地抓住柯林的手臂，不过柯林并没有摇晃。他越站越挺直，看着老班的脸。

“我是你的主人，”他说，“我爸爸去世后，你就得服从我的命令。这是我的花园，不许你泄露出一个字！你快从梯子上下来，走到长步道去，玛莉小姐会去那儿将你带过来。我有话要告诉你。我们原本不想让你知道的，不过现在你也必须担负起保密之责。快一点儿！”

老班那张刻薄的老脸还因刚刚奇怪的流泪而湿蒙蒙的。他似乎还不能把眼睛从仰头站立、又瘦又直的柯林身上移开。

“啊，孩子，”他几乎是低语着，“啊！我的孩子！”然后忽然想起什么似的，摸摸他的园丁帽说，“是的，小主人！是的，小主人！”接着就恭敬地走下梯子离开了。

第二十二章　太阳西沉时

当老班的脑袋从墙头上消失时，柯林转向玛莉。

“去带他过来。”他说。玛莉就飞跑过草地，穿过常春藤底下的门。

迪肯定睛看着柯林。他的两颊通红，丝毫没有要跌倒的迹象。

“我可以站起来了。”他自豪地说，头仍抬得高高的。

“我告诉过你，只要你不再害怕，就可以站起来。”迪肯说，“你现在已经不害怕了。”

“是啊！我已经不害怕了。”柯林说。

这时，他想起玛莉曾经说过的话。

“你在施魔法吗？”他突然问道。

迪肯弯弯的嘴巴愉快地笑开来。

“是你自己在施魔法啊！”他说，“和让土里长出植物的魔法一样。”说着就用笨重的靴子，碰了一下草地上的一丛番红花。

柯林低下头看着它们。

“是啊！”他缓缓地说，“不可能有比这个更奇妙的魔法了——不可能。”

他站得比任何时候都要直。

“我要走到那棵树去。”他边说，边指着离他几步远的地方。

“威瑟塔来时，我要站着，累了就靠着树休息一下，想坐下来时，我就坐下来。不过现在我不想坐下，把椅子上的毯子拿给我。”

他走向那棵树，虽然迪肯扶着他的手臂，他却走得非常稳健。他靠着树干站立，显出并不太依靠树支撑的样子，不过仍然站得很直，看起来很高。

老班穿过墙上的门走进来时，他看到柯林站在那儿，然后听到玛莉低声喃喃自语。

“你在说些什么啊？”他不高兴地问着，因为他不想分心，不想让自己的注意力从那个瘦长直挺的男孩儿身上和他那骄傲的脸上移开。

然而玛莉没有告诉他。其实她是在说：“你办得到！你办得到！我说过你一定办得到！你办得到！你办得到！你可以的！”

她是对柯林说的，因为她想施魔法，好让他一直那样站着。要是他在老班面前失败放弃了，她会受不了的。然而他并没有放弃。玛莉突然觉得柯林虽然瘦巴巴的，看起来却非常俊美。他的眼睛牢牢盯着老班看，态度显得专横好笑。

“看着我！”他命令，“全身上下好好看清楚！我是个驼背吗？我的腿是畸形的吗？”

老班的情绪还没完全恢复过来，不过他稍微稳定一点儿了，然后就像平常那样回答。

"你不是，"他说，"一点儿也不是。你为何要如此对待自己呢——把自己隐藏起来，让人以为你是驼背、畸形儿呢？"

"畸形儿？"柯林生气地说，"谁说的？"

"傻瓜多了去了，"老班说，"这个世界上，到处都是说蠢话的傻瓜，他们只会胡说八道。你为什么要把自己关起来呢？"

"大家都以为我会死，"柯林很不高兴地说，"我才不会死！"

他的语气非常坚决，以至老班上上下下、仔仔细细打量着他。

"你会死？"他以冷淡幽默的口吻说，"没那种事！你勇气可嘉，当我看到你迅速地站在草地上时，我就知道你很健康。小主人，现在你快坐在毯子上，吩咐事情给我吧！"

老班奇怪的态度，掺杂着一种粗犷的温柔和精明的狡猾。刚才他们在长步道一起走时，玛莉告诉他要记住一件重要的事，那就是柯林已经好起来了——好起来了。是花园让他好起来的。不可以让他再记起驼背和活不长的事情。

小王爷屈尊在树底下的毯子上坐下。

"你在花园里都做些什么工作，威瑟塔？"他问。

"吩咐我做什么，我就做什么，"老班回答，"我留在这里是主子的恩典——因为她喜欢我。"

"她？"柯林问。

"就是你妈妈。"老班回答。

"我妈妈？"柯林说着，静静地看着四周，"这是她生前的花园，对不对？"

"是啊！"老班也看了看周围，"她很喜欢这个花园。"

“现在它是我的花园了，我喜欢它，我会天天来这里。”柯林宣布，“不过，这是个秘密，不许让任何人知道我们来这里。迪肯和我表妹会努力让它复苏过来。有时我会让你也过来帮忙——不过你来的时候，不能让别人看到。”

老班的脸因冷淡苍老的微笑而扭曲。

“以前我也曾经偷偷来这里。”他说。

“什么?”柯林惊叫起来，“什么时候?”

“最后一次来这里，”他揉揉下巴，看看四周，“大约是在两年以前。”

“可是已经有十年没有人进来过了!”柯林叫道，“而且没有门可以进来!”

“我可不是什么别的人，”老班淡淡地说，“而且我不是从门进来，我是爬墙过来的。这两年因风湿痛我就没再来了。”

“你来过，还修剪了一些枝叶，对吧?”迪肯叫道，“我一直很疑惑，为什么有的树枝看起来好像被修剪过一样。”

“她是那么喜欢这个花园!”老班慢慢地说着，“而且夫人是那么年轻貌美，有一次她笑着说对我说:‘班，如果我生病了，或者离开人间，你一定要替我照料这些玫瑰花。’她过世后，主人吩咐不许任何人进来这里，不过我还是照常进来，”他倔强地说，“我爬围墙进来的——直到后来我患了风湿痛才中断——我每年都会来稍微修整一下。是她吩咐我这么做的啊!”

“如果你没这么做，花园就不会这样活泼富有生气了。”迪肯说。

“我很高兴你修整了花园，威瑟塔，”柯林说，“你该知道如何保密的。”

“是啊！我知道，小主人，”老班回答，“而且对患风湿痛的人来说，从门进来比爬墙好多了。”

玛莉的铲子掉落在树旁的草地上，柯林伸手将它拾起来。他开始挖起土来。他细瘦的手实在太虚弱了，可是不一会儿，他们都看到柯林——玛莉更是兴奋得屏住了呼吸——他把铲子尖端插进了土壤里，翻搅起一些泥土。

“你办得到！你办得到！”玛莉自言自语说，“我跟你说过，你可以的！”

迪肯的圆眼睛充满了热切的好奇，不过他一句话也没说。老班很有兴趣地观看着。

柯林继续挖，他挖了几铲的土之后，欣喜若狂地用最标准的约克郡方言对迪肯说道：

“你说要帮助我，在这里学会像旁人一样走路——还要帮我学会挖土。我以为你只是想讨我开心说说罢了。可是今儿才头一天，我已经会走路了——还有你看，我还能挖土呢。”

老班听到柯林的话，嘴巴又张得大大的，不过接着又咯咯地笑起来。

“啊！”他说，“看来你相当聪明，你是地地道道的约克郡孩子。你还会挖土呢！你想自己种一点儿东西吗？要不我去抱一盆玫瑰花来给你？”

“去拿过来，”柯林边说边高高兴兴地挖着，“快点儿！快点儿！”

老班很快就把花拿来了，他已经忘记他的风湿痛。迪肯用他的铲子，将柯林刚刚用那瘦白的手挖出的坑挖得更深更宽一点儿。玛莉则悄悄跑出去，带回一只浇花水壶。迪肯挖坑，柯林则在一旁继续翻松柔软的泥土。尽管活动量并不大，但还是让他满脸通红，容光焕发。

“我想在太阳西沉之前把花种好。”他说。

玛莉心想，或许太阳会故意多逗留一会儿。老班从温室里将玫瑰花盆拿来了，他用蹒跚的步履迅速越过草坪，他也变得相当兴奋，跪在坑洞旁把花盆敲破。

“拿去吧，孩子！”他边说边将花株递给柯林，“你自己把它栽在土里，就像国王征服新的国土时做的那样。”

柯林细瘦的白手微微颤抖，当他握着花株，要将花放入土里时，他的脸颊变得越来越红了。老班则在一边固定住根部泥土。土坑填平压实了。玛莉跪着，双手撑在地上，向前探着身子。“煤灰”飞了下来，向前一蹦一跳，看他们究竟在做什么，“胡桃”和“果壳”则栖在樱桃树上，叽叽喳喳地谈论着。

“我把花种好了！”柯林最后说，“太阳才刚刚落到天边。扶我起来，迪肯。我要站着看它西沉，那也是魔法的一部分。”

迪肯扶他起来，这魔法——不论我们称它为什么——赋予他如此大的力量，所以当太阳落到天边去，结束了这个神奇美丽的下午时，柯林真的用他的两腿站在那儿——笑着。

第二十三章 魔 法

他们回到屋里时，克雷文医生已经等候多时了。原先他想，要不要差人到花园小径上看看。他们将柯林带回来后，可怜的医生神情严肃地端详着他。

“你不应该在外面待这么久的，”他说，“千万不要过于劳累啊！”

“我一点儿也不觉得累，”柯林说，“外出让我觉得好多了。明天早上我还要出去，下午也是。”

“我不太能确定能否允许你出去，”克雷文医生回答，“我担心这并非明智之举。”

“阻止我出去才非明智之举，”柯林相当严肃地说，“我要出去。”

玛莉早就发现柯林有一个明显的特点，就是他丝毫没有意识到，自己在命令别人时，就像一只粗鲁的小野兽。仿佛他一直都住在一个类似荒岛的地方，自己就是国王，只照自己的行为态度行事，没有人可以和他相比较。玛莉原本和他很像，自从她来到密塞威特后，才渐渐发觉到自己的行为态度和平常人不一样，而且不受欢迎。她自然就很乐意和柯林分享她的感想。所以克雷文医生一走，玛莉就坐下来好奇地看了柯林一会儿。她想让他问她为什么这样看他，果然，他问了。

“你为什么这样看着我?”他问。

“我在想我真替克雷文医生感到难过。”

“我也是，”柯林带着满意的神情平静地说，“他得不到密塞威特了，因为我不会死。”

“当然，我也是为了这点才替他难过的。”玛莉说，“不过我在想，十年来一直必须那么恭敬地对待一个粗鲁的男孩儿，一定是件很可怕的事。要是我绝对办不到。”

“我粗鲁吗?”柯林不为所动地问。

“如果你是他的孩子，他又是会掴人耳光的那种人，”玛莉说，“他一定会掴你耳光的。”

“不过他不敢。”柯林说。

“他是不敢，”玛莉小姐毫无偏见地思考着，然后回答，“没有人敢做出你不喜欢的事——因为大家都认为你活不长啊，还有等等等等的原因。你真是个可怜虫。”

“不过，”柯林坚定地宣布，“我不再是个可怜虫了，我不许别人再这样看我。今天下午我已经站起来了。”

“你总是只按自己的意愿行事，这让你变得很古怪。”玛莉边想边说了出来。

柯林转过头去，皱着眉头。

“我古怪吗？”他问道。

“是啊！”玛莉回答，“是很古怪，不过你不必气恼，”她非常客观地说，“因为我也很古怪——老班也是。但是在我开始喜欢别人，并且发现秘密花园后，就不再像以前那么古怪了。”

“我不想变得古怪，”柯林说，“我不想的。”他坚定地紧锁眉头说道。

他是一个很骄傲的男孩儿。他躺着想了一会儿，玛莉看到他美丽的笑容渐渐舒展开来，渐渐地，他脸上的表情整个都改变了。

“我不会再古怪了，”他说，“我会天天去秘密花园。那里面有魔法——好的魔法，你知道的，玛莉。我确信那里面有。”

“我也是。”玛莉说。

“即使不是真的魔法，”柯林说，“我们也可以假装它是真的。那里一定存在某种东西——一定有！”

“那就是魔法啊！”玛莉说，“不过不是妖术，它和白雪一样纯洁。”

他们总是称它为魔法，在接下来的几个月——奇妙的几个月——灿烂的几个月——这些令人惊奇的日子里，的确就像施了魔法似的。哦！那些在秘密花园发生的神奇之事！如果你从未去过花园，是无法了解的，如果你去过花园，就会知道需要花整本书的篇幅，才能描述完那里发生过的事情。首先是，绿色植物会不断地从土壤、草坪、花床，甚至墙的缝隙中，争着冒出来。然后，这些绿色植物开始长出花苞，花苞再绽放出五彩缤纷的花朵，有深深浅浅的蓝色、紫色，还有浓浓淡淡的红色。这些花儿每天快乐地在地上、坑洞里、角落里开放。老班目睹这样的情景，便将墙砖之间的灰泥刮出来，清理出几个地方，好让可爱的爬藤植物在上面生长。鸢尾花和白色百合花，一株株地从草坪上长出来，绿色小亭里满是一簇簇又高又直、开着蓝白花的飞燕草、耧斗菜与风轮草。

“她非常喜欢这些花草，”老班说，“她常说她喜欢向着蓝天生长的植物，但她并非看不起土地，其实她喜欢土地，只是她觉得，蓝天看起来是那么令人愉快。”

迪肯和玛莉种下的种子仿佛有花仙子庇护似的长出来了。一朵朵丝绸般五彩缤纷的罂粟花，在风中飞舞，愉快地与在花园里种了多年的花争奇斗艳。它们可能都觉得奇怪，新来的这些花族是如何拥进这里的。还有玫瑰花——这些玫瑰花！它们从草地上长出来，缠绕着日晷，盘绕着树干，从树枝上垂挂下来，爬上围墙布满墙面，形成长长的花圈，像瀑布般倾泻下来——它们一天一天、一个小时一个小时、分分秒秒都在复苏，焕发生机。鲜美的叶子，还有花蕾，起先是小小的花蕾，后来慢慢膨胀，经过魔法的工作，它们才绽放成芳香的杯子，香气袅袅地溢出杯沿，充溢在花园的空气中。

柯林目睹着这一切，观看每一个变化的发生。他每天都出去，只要不是下雨的日子，他便一直待在花园里。他会躺在草地上说要“观看植物生长起来”，还说如果看得久一点儿，就可以看到花蕾绽放开来。也可以熟悉一些昆虫奇异的忙碌活动，它们四处为各种未知却明显重要的差事奔波，有时候是搬运一小根干草，或羽毛，或食物，或沿着叶缘爬行，就仿佛那是棵大树似的，站在那顶上就可以看尽整个区域一样。

一只鼹鼠在它洞穴底端堆起一垄小土堆，然后用它长长指甲的足掌，凿出洞口伸了出来，像是林中小精灵的手一样，这足足让柯林专注观察了整个上午。蚂蚁、甲虫、蜜蜂、青蛙、鸟儿和植物的习性，为柯林开启了一个探究的新世界，当迪肯全都向他展示说明，又告诉他狐狸、水獭、白鼬、松鼠、鳟鱼、河鼠和獾的习性后，他们就有了谈不完、想不尽的话题。

柯林真正站起来的事实让他想了许多，玛莉告诉他她是怎样施展的魔法时，他很兴奋，而且对她的做法非常赞同。他还常常提到这件事情。

“这世界当然确有许多魔法存在，”有一天，他很有哲理地说道，“不过人们并不知道它像什么，如何施展。或许一开始只是有人说了吉利话，说好的事情就要发生了，然后好事果然就出现了。我也准备做实验试试看。”

第二天早晨，他们到秘密花园时，他就把老班叫来。老班迅速赶来，发现小王爷站在树下，看起来很威严，不过仍带着迷人的微笑。

“早安，班·威瑟塔，”他说，“我要你、迪肯和玛莉小姐站成一排听着，因为我有很重要的事要告诉你们。”

“是的，是的，小主人！”老班把手举到额头边敬礼边回答（长久以来老班隐藏的迷人之处，就是他年少时曾离家在海上航行，所以应答时总有几分水手的派头）。

“我要做一项科学实验，”小王爷解释说，“等我长大后，我要从事伟大的发明，我现在就要开始这项实验。”

“是的，是的，小主人！”老班立刻回答，虽然这是他第一次听到“伟大的发明”。

玛莉也是第一次听到这个名词，不过，这时她才发现，柯林虽然古怪，却从书上知道许多奇异非凡的事物。他是一个非常令人信服的男孩儿。尽管他未满十一岁，但当他仰头用奇特的眼睛盯着你看，你就会不由自主地相信他。此刻，他显得令人信服，因为他忽然之间来了兴致，正像个成人般发表着演说。

“我正要实验的伟大科学发明，”他继续说着，“就是关于魔法。魔法是非凡的东西，除了古书里的少数人外，几乎没有人知道它——玛莉知道一点儿，因为她在印度出生，那里有托钵僧。我相信迪肯懂一些魔法，不过，或许他不知道自己懂得，他能迷住动物和人。倘若他不是个小动物驯养师——而且还是个小孩儿驯养师，因为小孩儿也是小动物——的话，我想我不会让他来看我。我确信魔法存在于一切事物中，只是我们的敏锐力不够，无法像利用电力、马匹和蒸汽那样掌握它，让它为我们做事。”

他的话听起来是那么充满智慧，老班相当兴奋，都按捺不住了。

“是的，是的，小主人。”他说着，把身体挺得更直了。

“玛莉发现秘密花园时，它看起来死寂一片，”演说家继续说道，“接着好像有什么东西开始将植物从土里推挤出来，使这一切从无到有。这些植物原先并不在那里，之后却长出来了。我以前不曾看过植物生长，所以非常好奇。科学家都是很好奇的，因此我也要成为科学家。我经常问自己：‘它是什么？它是什么？’一定是存在着什么力量！我不知道它叫什么，所以称它为魔法。我从没见过日出，可是迪肯和玛莉见过，从他们的描述中，我觉得那一定也是魔法，一定有什么力量将太阳推挤出来。有时候我在花园里，我会穿过树丛仰望天空，那时我会感觉到一股奇异的快乐，仿佛有什么在我胸腔里推挤，使我呼吸加快。魔法总是能无中生有。一切东西都是魔法变出来的，叶和树、花和鸟、獾、狐狸、松鼠和人都是。所以它一定存在于我们周遭，存在于花园里——存在于所有地方。秘密花园里的魔法使我站起来，并且知道我会长大成人。我要将它放在自己身上，进行这项科学试验，让它推挤我，使我强壮起来。我不知道要如何做，不过我在想，如果一直想着它，呼唤它，或许它就会来到。或许这是获得魔法最幼稚的方法。我第一次试着站起来的时候，玛莉一直对自己说：'你办得到！你办得到！'我真的办到了。当然，当时我自己也努力了，但是玛莉的魔法帮助了我——还有迪肯的。每天晨昏，以及只要我记得的任何时刻，我都会说：'我身上有魔法！魔法使我好起来了！'我会和迪肯一样强壮，和迪肯一样强壮！你们也都必须参与，这是我的实验，班·威瑟塔，你会帮助我吗？"

"会的，会的，小主人！"老班说，"我愿意，我愿意！"

"如果你们每天像军人一样规律地练习，我们就可以从发生的变化看看实验有没有成功。你们都是靠一再的谈论、思考来学习事物的，直到永远地牢记在心里，我想学习魔法也是一样。如果你们经常呼唤它来帮助你，它就会成为你们的一部分，留在你们心里成就事情。"

"我曾在印度听过一位军官和我妈妈说起托钵僧的事，说他们会将字句，重复念上千遍。"玛莉说。

“我听过杰姆·费都渥斯的太太说过上千遍同样的话——她说杰姆是个酒鬼，”老班冷淡地说，“结果杰姆就痛打她一顿，然后到‘蓝狮’去喝个烂醉如泥。”

柯林皱着眉头想了一会儿，然后又恢复了兴致。

“你看吧！”他说，“魔法发生作用了，她用错了魔法才遭到他的痛打。如果她用对魔法，对他说些好话，或许他就不会去喝得烂醉如泥，或许——或许他还会买顶新帽子给她呢！”

老班咯咯地笑起来，苍老的眼睛流露出钦佩的目光。

“你是个聪明的孩子，柯林小主人，”他说，“下次我见到贝丝，会给她一点儿提示，让她知道魔法可以帮助她。要是你的科学实验有效果，她一定会露出难得一见的笑脸——杰姆也会乐得合不拢嘴。”

迪肯站着聆听着柯林的演说，圆圆的眼睛闪耀着奇异的喜悦。“胡桃”和“果壳”栖在他的两肩上，他怀里抱着一只长耳朵的白兔子，他轻轻地抚摸它，它把耳朵垂贴在背上，享受着这样的爱抚。

“你认为实验会产生效果吗？”柯林问迪肯，想知道他的想法。当柯林看到迪肯带着快乐的笑容，凝视着他或小动物时，他很想知道迪肯在想什么。

他现在正笑着，笑容比平常更灿烂。

“会的，”迪肯说，“我相信会的，就像太阳照在种子上会使它长出来的效果一样。实验一定会成功。我们可不可以现在就开始呢？”

柯林和玛莉都很高兴。柯林受到图画里的托钵僧和皈依者的激发联想，建议大家盘腿坐在树下，将树荫当作头顶上的华盖。

“这就像坐在寺庙里一样,”柯林说,“我累了,想坐下来。”

“啊!”迪肯说,“你不可以一开始就说你累了,这会坏了魔法的。”

柯林转过来看着迪肯天真无邪的圆眼睛。

“你说得没错,”他慢慢地说,“我必须只想着魔法。”

他们围着圈坐着,似乎每个人都显得庄严又神秘。老班觉得好像被引导进入祷告会中。通常他对所谓的“祷告会的代祷人”存有偏见,不过,这是和小王爷有关的事,所以他不会讨厌,反倒感激自己被叫来协助。玛莉小姐感到一股庄严的喜悦。迪肯抱着白兔子,也许他发出别人听不到却能吸引动物的信号,因为当他像其他人盘腿坐下时,白嘴乌鸦、小狐狸、松鼠和小羊都慢慢靠近,加入了他们的圆圈,一一坐入其他的位子,仿佛是出于自己的意愿似的。

“小动物都来了,”迪肯严肃地说,“他们想帮助我们。”

玛莉觉得柯林非常迷人。他将头高高仰起,仿佛祭司一样,他那双古怪的双眼向他们投去奇妙的目光,阳光穿过华盖的叶子洒在他身上。

“现在,我们开始吧!”他说,“玛莉,我们是不是要前后摆动身体,像苦行僧那样呢?”

“我不能做前后摆动的动作,”老班说,“我风湿痛。”

“魔法会消除你的风湿痛。”柯林用高等祭司的语气说,“等你风湿痛好了,我们再来做吧!我们先来诵唱。”

“我不会诵唱,”老班说,“我唯一一次在教堂里唱诗歌时,没唱几句就被他们逐出来了。”

谁都没有笑，大家都很认真严肃。柯林脸上丝毫没有愁虑的样子，他只想着魔法。

“那么我来唱，”他说，接着就像个奇异的小精灵般唱起来，“太阳照耀着——太阳照耀着，这就是魔法。花儿开了——根活动了，这就是魔法。活着就是魔法——身体强壮就是魔法。魔法在我身体里面——魔法在我身体里面。它在我里面——它在我里面。它在我们每个人里面。它在班·威瑟塔的背上。魔法！魔法！来帮助我们吧！”

他说了许多遍——还没说到一千遍，不过确实说了许多遍。玛莉听得入了迷，她觉得这赞美诗听起来既古怪又迷人，她希望他继续说下去。老班觉得好像置身于安适的梦中一般，整个人都舒缓了下来。

蜜蜂在花丛里的嗡嗡声混合着诵唱声，令人昏昏沉沉想打瞌睡。迪肯手里抱着熟睡的兔子盘腿而坐，将另一只手放在小羊身上。“煤灰”推开一只松鼠，缩成一团，栖在迪肯的肩上，它灰色的眼睑垂盖着眼睛。柯林终于停止诵唱了。

“我现在要绕着花园走走。”他宣布。

老班的头刚刚向前低着，这时猛然抬起来。

“你睡着啦？”柯林问。

“没这回事，”老班喃喃说着，“你讲道讲得很好，不过在募捐之前，我要赶快出去。”

他还没完全清醒过来。

“你并不是在教堂里啊！”柯林说。

“我当然不是在教堂里，”老班挺挺身子说，“谁说我在教堂里？

你的讲道我每个字都听进去了，你说魔法在我的背上，医生却说那是风湿症。”

小王爷挥挥他的手。

“医生说的是错的魔法。”他说，“你会好转的，现在你可以回去干活儿了。不过，明天还要再来。”

“我还想看你是怎么绕着花园走呢。”老班嘟哝着说。

他的嘟哝并非不友善，但毕竟是抱怨。事实上，他是个固执的老人，对魔法没有信心，因此他决定要是被遣离，他就要爬上梯子从墙上观看他们。如此一来，万一柯林小主人不小心跌倒，他就可以随时蹒跚走回来帮他。

小王爷不反对老班留下来，于是他们排成像游行一样的队伍。柯林走在最前头，迪肯和玛莉分别排列在他两边，老班走在他们后面，小动物跟随在后。小羊和小狐狸紧靠着迪肯，白兔沿路蹦蹦跳跳，或是停下来咬东西，“煤灰”则像负责人一样跟着他们。

这支队伍缓缓移动，看起来十分庄严。他们每走几步就停下来休息一下，柯林会靠着迪肯的手臂，老班偷偷地密切注意他，不过柯林会不时地脱离迪肯支撑的手，自己走上几步。他的头一直都抬得高高的，显得十分神气。

“魔法在我的身体里面！”他不断地说着，“魔法使我变强壮了！我可以感觉到！我可以感觉到！”

非常确定的是，似乎有什么力量在支撑着他。他走着，然后停坐在小亭的座椅上，有一两回他在草地上坐下来，还有几次他在小径上停下来，靠着迪肯休息，不过他一直都没有放弃，直到绕完整个花园。当他回到华盖树下，已经满脸通红，如凯旋一般。

“我办到了！魔法产生效果了！”他叫道，“这是我第一次的科学实验。”

“不知道克雷文医生会怎么说呢？”玛莉突然说道。

“他什么都不会说的，”柯林说，“因为他不会知道。这是我们之间最大的秘密。等到我强壮到像其他小孩儿一样可以走、可以跑时，才可以让别人知道这件事。我会每天坐轮椅来这里，再坐着被带回去。我不想让别人窃窃私语、问东问西，也不让我爸爸知道这件事，直到我的实验成功。当他回到密塞威特时，我要走进他的书房里，跟他说：‘你看，我和其他小孩儿一样。我很健康，我会长大成人，这都是科学实验所成就的。’”

“他一定以为自己是在梦中，”玛莉叫道，“他一定不相信自己的眼睛。”

柯林得意扬扬，满脸通红。他相信自己会健康起来，如果他能意识到这点，就已经获得一半胜利了。

另一个更激励他的想法是，他在想象当他爸爸看到儿子就跟其他小孩儿一样挺直强壮时，会有什么表情。在他过去病态的岁月里，最阴郁凄惨的一件事，就是憎恨自己如此病弱，如此佝偻，连自己的爸爸都因害怕而不愿正眼看上一眼。

“过不了多久，我们就可以送你去参加拳击赛了。”老班说，“你一定会赢，成为全英国拳击比赛冠军。”

柯林严肃地盯着他。

“威瑟塔，”他说，“你太无礼了，你不能因为知道秘密，就变得放肆。无论魔法多成功，我也不会成为拳击手，我要做一名科学发明家。”

“啊，对不起——对不起，小主人。”老班举手敬礼回答，“我不应该开这种玩笑。”不过，他说的时候眼睛里闪烁着光芒，显出非常高兴的样子。他并不在乎被责骂，因为柯林能骂人表示他的身心已经很强健了。

第二十四章 “就让他们笑吧”

秘密花园并非迪肯唯一出力干活儿的地方。荒野上小屋舍周围，有一块被粗石矮墙围起来的土地。清晨或黄昏时分，以及柯林和玛莉没看到他时，迪肯会在那里照料他妈妈的马铃薯、甘蓝、芜菁、胡萝卜和香草。有小动物陪他在那里制造惊奇之事，他似乎从不觉得厌烦。他一边挖土、拔草，一边哼唱一些约克郡荒野小曲，跟“煤灰”或是“队长”，或是来帮忙的弟弟妹妹说话。

“若不是有迪肯在照料园圃，我们也不会过得这样舒适，”索尔比太太说，“凡是他播的种子都会长出来，他种的马铃薯和甘蓝有别人种的两倍大，风味还特别独特。”

索尔比太太一有空闲，就喜欢出去和迪肯说话。晚餐后是她休憩的时刻，她会坐在矮墙上看着迪肯，听他聊聊一天所发生的事情。她很喜欢这个时刻。园圃里种的不光是蔬菜。迪肯还会不时买些花种子，将这些鲜丽、芳香的植物种在醋栗丛甚至甘蓝当中。他还种了一些木樨草、石竹花和三色紫罗兰，他可以将这些花种子年复一年地保存下来，让它们在每年的春天开花，时间一久就盛放成了花丛。矮墙也是约克郡最美丽的景点之一，因为迪肯会在每个缝隙里种上荒野地的指顶花，它们长得非常茂密，以至于只能偶尔瞥见露出缝隙的矮墙。

“妈妈，要让它们长得茂盛，我们要做的——”迪肯说，“就是和它们成为朋友。它们就像那些小动物一样。要是它们渴了，就给它们水喝；要是它们饿了，就给它们一点儿食物。它们要和我们一样活着。要是它们死了，我就会觉得自己是个坏孩子，没能好好对待它们。”

就是在这些个薄暮时刻，索尔比太太知道了在密塞威特庄园发生的所有事情。起初她只听到柯林小主人很喜欢和玛莉待在花园里，因为那对他有所助益。不过不久之后，他俩都同意也让迪肯的妈妈“知道他们的秘密”。不知道为什么，他们都相信她是“确实可以信赖的”。

所以，在一个美丽宁静的傍晚，迪肯说出了所有的故事，还包括许多惊险刺激的细节：埋起来的钥匙啦、知更鸟啦、死寂一片的灰色雾气啦，还有玛莉小姐永远不打算透露的秘密。还有，迪肯出现之后，玛莉如何将秘密告诉他，柯林小主人怎么起的疑心，还有最后他被引进秘密花园发生的戏剧化情景，再加上老班恼怒的脸出现在围墙上探看的意外事件，以及柯林小主人突然发怒，力量大增，等等。索尔比太太听了之后，那张好看的脸惊异得变了几次颜色。

“天哪!”她说，“那小姑娘来到庄园确实是一件好事。既使她自己成长改变，又成就了柯林。柯林居然自己站起来了！人们都以为他是个可怜的孩子，身体里没有一根骨头是直的。”

她问了许许多多的问题，蓝色的眼睛里充满了疑问。

“到底是怎么回事——他变得这么健康、这么活泼快乐，也不再抱怨了？”她问道。

“我也不清楚怎么回事，”迪肯回答，“他的脸每天看起来都不一样，脸越来越圆，看起来不再那样尖瘦，蜡白的脸色也消失了。不过，他偶尔还是会抱怨一下。”迪肯打趣地笑着说。

“天哪！为什么呢？”索尔比太太问。

迪肯咯咯笑起来。

“他是为了避免大家胡乱猜想。要是医生发现柯林可以自己站起来，他可能会写信告诉克雷文主人。柯林小主人故意保守这个秘密，想自己告诉爸爸。他想每天在自己的腿上实验魔法，等到他爸爸回来，柯林要走到他的房间，让他看看，自己就跟其他小孩儿一样挺直。不过柯林和玛莉认为最好的计策，就是偶尔抱怨或发个脾气，好让大家不起疑心。”

迪肯还没说完，索尔比太太便开心地低声笑起来。

“啊！”她说，“我保证他们俩一定玩得很开心。他们一定演了许多戏，而小孩儿最喜欢的就是演戏了。快告诉我他们演了些什么，迪肯。”

迪肯停下手里除草的活儿，蹲坐在脚跟上，准备好好地说一说。他的眼睛闪烁着调皮的光芒。

“柯林小主人每天出去时，都被背到楼下的轮椅上。”他解释说，“他会故意对男仆约翰发脾气，责怪他背他时不够小心谨慎。

他会尽量装作没力气的样子，直到屋子里的人都瞧不见我们，他才会抬起头来。当他被安放在轮椅上时，一直都在抱怨、生气。柯林和玛莉两人都闹得很开心，他在呻吟抱怨时，玛莉总会说，‘可怜的柯林，你真的那么痛吗？可怜的柯林，你真的那么虚弱吗？’不过麻烦的是，有时候他们实在忍不住了，就会笑出来。等到我们安全抵达花园后，他们就会一直笑，笑到喘不过气来。他们还把脸埋在柯林的垫子里，免得让附近的园丁听到。”

“他们笑得越开心，对他们的身体越好！”索尔比太太说着自己也笑了，“健康小孩儿的笑声，比任何的药物治疗都好。他们俩一定都会长得胖胖的。”

“他们真的变胖了，”迪肯说，“他们常常饿极了，却不知道如何饱食一顿，才不会让别人起疑心。柯林小主人说，要是他叫仆人们送更多的餐点来，他们就会起疑心。玛莉小姐说，她可以把她自己的食物分给他吃，但是他说若是她饿着肚子，她会变瘦，他们俩必须一起快些长胖起来。”

索尔比太太听到这个难题后，开怀地笑了起来。她穿着蓝色斗篷的身子笑得前仰后合，迪肯也和她一起笑了。

“我告诉你，孩子，”索尔比太太笑完后开口说，“我想到可以帮助他们的方法了。早上你去他们那儿时，带一桶新鲜的牛奶，我会烘焙一条香脆的家常面包，或者一些甜的小圆面包，你也顺便带去。没有什么食物比新鲜的牛奶和面包更好了。这样他们在花园里玩时，就不会那么饿了，等回屋里吃那些好食物时，也不会饿得把它们全吃光。”

“啊！妈妈！”迪肯佩服地说，“你太了不起了！你总是能想出方法解决难题。昨天他们玩得天翻地覆、肚子饿得咕咕叫却不知道该怎么办。”

“这两个小孩儿正在快速地成长呢，很快就会健康起来的。这样的小孩儿看到食物，就像小狼看到血肉一样。”索尔比太太说。接着，她笑着说道：“啊！不过他们一定玩得很开心。那弯弯的嘴角跟迪肯一模一样。”

这个了不起、头脑聪明的妈妈说得很对——她说“演戏会让他们很开心”，说得对极了。柯林和玛莉的确觉得那是一件最刺激的乐事。起先是由于感到困惑的保姆，后来有了克雷文医生的话语暗示，才让他们萌生了要小心谨慎以免让人怀疑的想法。

“柯林小主人，你的胃口大有长进啊。”有一天保姆这样说，“你以前都不吃东西的，什么食物都不合你的胃口。”

“现在没什么东西是不合我胃口的。”柯林回答，然后看见保姆正好奇地看着他，他又改口说道，“至少，许多东西已不像以前那样，老是不合我胃口了，这都是新鲜空气带给我的好处。”

“或许吧！”保姆说道，仍带着困惑的表情看着他，“不过，我必须把这件事告诉克雷文医生。”

“她瞪着眼睛看着你呢！”保姆走后，玛莉说道，“好像她觉得这里一定有什么秘密似的。”

“我不会让她发现任何秘密的，”柯林说，“还没有人可以这样做。”

那天早上克雷文医生来了，他似乎也感到很困惑。他问了许多问题，令柯林苦恼万分。

“你常常待在外面花园里，”他问道，“都去哪些地方？”

对克雷文医生的问题，柯林采取自己最喜欢的高高在上、旁若无人的态度回应。

“我不会让任何人知道我去哪里。”他回答，“我去一个我喜欢的地方，每个人都必须听命不准在附近出现，我不喜欢别人盯着我看，你知道的！”

“你似乎整天都待在外面，不过我看似乎对你没有坏处——我想应该是这样。保姆说你吃得比以前多很多。”

“大概是，”柯林突然灵机一动，“大概是不正常的食欲吧！”

“我不这么认为，食物似乎很合你的胃口，”克雷文医生说，“所以你这么快就长胖了，而且气色比以前好。”

“大概是——大概是我发烧，”柯林边说，边装出一副沮丧抑郁的样子，“快要死掉的人常常都是——和常人不一样。”

克雷文医生摇摇头。他握住柯林的手腕，把袖子往上推，然后摸摸他的手臂。

“你并没有发烧。”他若有所思地说，“你这种胖是健康的，如果你继续保持下去，孩子，你就不必再嚷着会死掉了。你爸爸听到你的健康大有进展一定会非常高兴的。”

“不准你告诉他！”柯林突然大声地说，“万一我的健康再度转坏，只会让他更加失望——我很可能今晚就会病发，也许会发高烧，我现在觉得好像就要开始发烧了。不许人写信给我爸爸——我不许——我不许！你让我很生气，你知道那对我不好。我觉得现在已经开始全身发烫了。我讨厌别人写信谈论我，就跟我讨厌被盯着看一样！”

“嘘，安静点儿！孩子，”克雷文医生安慰他，“没有你的许可，没有人会写信的。你太过敏感了。你千万不可以让目前良好的状况前功尽弃。”

于是，医生就不再提起写信给克雷文先生的事了。当他见到保姆时，也私下提醒她，不可再向病人提起这件事。

“这孩子的健康已经大有好转。”他说，“他身体的进步几乎有点儿不正常。不过，以前我们无法让他做的事，现在他自己愿意去做了。但是他还是很容易激动，不可说话激怒他。”

柯林和玛莉相当惊慌，焦急得一起商讨对策。从这个时候起，他们开始计划“演戏”的事。

“我可能得再大发雷霆一次，”柯林遗憾地说，“我并不想再发脾气，而且现在我也没惨到想大发雷霆。或许我再也不可能发脾气了。现在我也不觉得心里难过，我想到的都是好事而非可怕的事。不过如果他们提起要写信给我爸爸，我就必须采取行动。”

他决定吃少一点儿，不幸的是，这个聪明的主意却无法实现。因为他每天早晨醒来时，胃口都非常好，而且沙发旁的餐桌上总是摆好了丰盛的早餐，包括自制面包、新鲜奶油、雪白的鸡蛋、覆盆子果酱，还有浓缩奶油。玛莉总是和他一起吃早餐，当他们坐在餐桌前——特别是，当美味的火腿片从热烘烘的银盖子底下散发出诱人的香味时，他们俩就会彼此相视，一筹莫展。

“玛莉，我想今天的早餐我们要全吃掉，”最后柯林总是这样说，“午餐可以少吃一些，晚餐只吃一点点就好。”

但是他们从未做到把食物留下不吃。当吃得干干净净的盘子送回餐具室时，大家又开始议论纷纷。

“我真希望，”柯林有时也会说，“我真希望火腿片厚一点儿，一人才一块松饼是不够的。”

玛莉第一次听他这么说时，回答道：“对一个快要死掉的人来说已经足够了。不过，对要活下去的人而言是不够的。有时候，如果有清新好闻的石南和荆豆花香气从荒野上吹来，涌进这个敞开的窗户，我觉得自己几乎可以吃下三块松饼。”

早上，他们在花园里尽情地玩了约两小时后，迪肯走到一株大玫瑰丛后面，取出两个锡桶，有一桶装着满满的鲜牛奶，上面还浮着一层鲜奶油；另一桶则装着用蓝白相间的干净餐巾裹住的家常葡萄干小圆面包，由于裹得很严实，面包还是温热的，柯林和玛莉惊喜得嚷成一片。索尔比太太想到的主意太棒了！她真是一个又好心又聪慧的女人！那些小圆面包多好吃啊！新鲜牛奶多鲜美可口啊！

“索尔比太太拥有魔法，如同迪肯拥有魔法一样，”柯林说，“魔法总是使她想到好主意。告诉她我们很感激她，迪肯——真是感激不尽啊。”

有时候，他会像大人那样讲话。他很喜欢也很高兴说这样的话，有时候也会过度修饰。

“请告诉令母，她绝对是个慷慨大度之人，我们真是感激不尽。”

接着，他就忘了自己的威严，开始将小圆面包往嘴里塞，大口地喝着桶里的牛奶，跟其他做完大量的运动又饿极了的小男孩儿没什么两样。

他们了解到一点，那就是索尔比太太自己也要供给十四口人的三餐，可能无法每天满足柯林与玛莉的胃口，所以他们希望她，接受自己的一些小钱，当作他们买食物的费用。

迪肯告诉他们一个令人振奋的发现，那就是秘密花园外庭园的林子里，也就是玛莉最初看到他对着小动物们吹笛子的地方，那儿有一个小小的洞，可以用石头堆一座小烤炉，他们可以在里面烤马铃薯和鸡蛋。热腾腾的马铃薯上面撒些盐，涂些鲜奶油，是再美味不过的食物了。他们可以多买些马铃薯和鸡蛋，想吃多少就吃多少。这样一来就不必感到内疚，觉得自己像是从十四个人那里“虎口夺食”了。

每个美丽的早晨，他们在李树下围成一个神秘的圆圈，然后开始施展魔法。短暂的花期过后，浓密的枝叶给他们撑起一个繁茂的华盖。仪式之后，柯林总要练习走路，时而试验他新获得的力量。

他一天天变强壮了，走得更稳健了，也走得更远了。他对魔法的信念一天天地增强——魔法本身也是这样。柯林觉得自己身体变强壮后，就开始进行一项接一项的实验，做着这样或是那样的动作，而其中最正确的练习方式就是迪肯传授给他的。

有一天，迪肯没来，第二天早上，他来了以后说：“昨天，我替妈妈到威特村办事，在蓝牛旅店附近碰到鲍伯·哈沃斯，就是那个荒野上最强壮的小伙子。他是角力赛的冠军，跳得比其他小伙子还高，铁锤丢得比谁都远。有几年，他还跑到苏格兰参加运动比赛。我小时候他就认识我了。他对人很友善，村里有名望的人都称他为运动家，我问了他一些问题：‘鲍伯，你是如何将肌肉练得这样结实的？你是不是有什么特别的方法，才练得这么强壮？’他回答说：‘没错，孩子，我的确有些方法。有一位大力士曾来威特村表演，他教我怎样锻炼手臂、腿和身体的肌肉。’于是，我问他：‘体弱的小孩儿那样锻炼，也会变得更强壮吗，鲍伯?’他笑着说：‘体弱的小孩儿——就是指你吗?’我说：‘不是我，不过我认识一位小绅士，他长期生病，正在康复中，我希望可以帮助他。’我没有说出名字，他也没有问。他就像我说的那么友好，他起身很亲切地给我示范，我模仿着，直到现在都牢牢记在心里。”

柯林听得兴奋极了。

“你可以练给我看吗?”他叫道，“可以吗?”

“没问题，”迪肯回答后，站起身来，“不过他说，一开始你要慢慢练，不能把自己累坏了。练一练就要休息一下，再继续练，而且要深呼吸，不可过度。”

“我会小心的，”柯林说，“练给我看！快练给我看！迪肯，你真是全世界最有魔力的男孩儿!”

迪肯站在草坪上，慢慢地做完一整套简单的肌肉运动。柯林瞪大双眼看着他练。开始，他是坐着练习，不久，他就开始稳健地站着练习。玛莉也开始跟着练。“煤灰”飞离树枝，到处不停地蹦蹦跳跳，也想跟着练习。

从那时起，运动练习和施展魔法一样，成了他们每天的功课。柯林和玛莉两人的练习时间一次次增加，结果他们的胃口也大增。要不是迪肯每天早上带来放在灌木丛后那篮食物，他们一定会饿坏的。林子里的小烤炉烤出来的马铃薯和鸡蛋，还有索尔比太太慷慨的馈赠，使他们感到满足。于是，梅拉克太太、保姆和克雷文医生又开始感到困惑了。

“他们几乎什么都不吃，”保姆说，“他们要是再不听劝，再不吃点儿营养的东西，就会饿死了。不过，看他们的气色还不错。”

“气色！”梅拉克太太气愤地喊道，“我都快被他们气死了。他们简直就是一对小魔鬼。今天他们吃到要胀破肚皮，明天却又对厨子精心烹制的美味佳肴嗤之以鼻。昨天那只美味的嫩鸡和可口面包果酱他们一口都没尝——那个可怜的女厨子还特地为他们烤了新的布丁——结果还是一动没动就全送回来了。厨子几乎都要哭了，她担心自己会受到责罚。”

克雷文医生来了，仔细诊看了柯林很久。保姆把特地保留下来、几乎都没碰的早餐碟子拿给他看，他的表情极为忧虑。当他坐在柯林的沙发旁替他检查时，则显得更为忧虑了。之前他去伦敦看诊，将近两个星期没来看柯林了。现在，蜡白的肤色已经从柯林脸上消失了，取而代之的是白里透红的健康颜色，他那漂亮的眼睛非常清澈，眼睛下方、脸颊和太阳穴的凹陷处，都变得丰满了。他一度暗沉浓厚的鬈发，现在看起来像是从他的额头上健康蓬勃地冒出来的，显得生机勃勃和富于朝气。他的嘴唇更加饱满了，颜色也更加正常了。克雷文医生用手托起柯林的下巴，沉思着。

“听说你都不吃东西，我感到很难过。”他说，“不可以这样，否则你会前功尽弃的——你已经有了惊人的进步了。不久以前，你的三餐还都很正常，吃得也很香。”

“我说过那是不正常的食欲啊！”柯林回答。

玛莉坐在旁边的凳子上，突然发出一种非常奇怪的声音，她正努力压制它，最后差点儿把自己给噎到。

“怎么了？”克雷文医生转过去看她。

玛莉做出一副再正经不过的样子。

“我好像要打喷嚏又好像要咳嗽，”她带着责怪自己的语气，严肃地回答，“结果喉咙就给噎到了。”

“不过，”事后她对柯林说，“我实在忍不住了，就想笑出来。因为我想起，你张大嘴巴咬下那片涂着果酱和浓缩奶油、香脆可口的厚面包的样子。”

“两个孩子会不会偷偷取得食物呢？”克雷文医生询问梅拉克太太。

“没有，除非他们从地里挖出来，或者从树上采下来，”梅拉克太太回答，“他们整天待在外面庭园里，他们谁也没看到。而且，如果他们想要吃什么，只要一吩咐，仆人就会送去。”

“好吧！”克雷文医生说，“只要没有什么重大问题，我们不必烦心，柯林已经大不一样了。”

“那个女孩儿也是，”梅拉克太太说，“自从她的小脸看起来不再一副不高兴的样子之后，真可说是漂亮多了。她的头发浓密了，人看起来很健康，容光焕发。以前她是个闷闷不乐、性情古怪的小女孩儿，现在却和柯林小主人像一对小疯子一样笑在一起。或许他们因为这个才变胖的。”

“或许是，”克雷文医生说，“就让他们笑吧！”

第二十五章　帘子拉开了

秘密花园里的花不断盛开，每天早上都有新的惊奇事物出现。知更鸟的窝巢里，它的伴侣正栖坐在里面孵蛋，用它羽毛柔软的胸部和翅膀小心翼翼地为鸟蛋保暖。起初它显得非常紧张，知更鸟自己也气愤地警戒着。那些日子里，甚至连迪肯都不敢走近那个枝叶茂密的角落，他只是安静地施展神秘的魔法，向这一对小鸟的心灵传达着信息：花园里的一切都和它们一样——都知道发生在它们身上的奇妙事情——这些“蛋”是具有柔情万种、惊心动魄、令人心碎的美丽和庄严特质的奇迹。花园里的所有生物都打心底明白，如果有一颗鸟蛋被拿走或被伤害，整个世界将会在太空中震动旋转直至毁灭——如果有一个人无法感受到这点，没有依照规矩行事，那么即使在那样满是金色阳光的春日，也绝对不会有幸福存在。

起初，知更鸟极为焦虑地防备玛莉和柯林。而因为某种神秘的原因，它知道并不需要警戒迪肯。当它第一次用那露珠般明亮的黑眼珠看着迪肯时，就知道他不是陌生人，而是另一种没有嘴喙或羽毛的知更鸟。他能说知更鸟的语言（那是相当特殊的语言，不可能被误认为其他的语言）。用知更鸟的语言和知更鸟沟通，就像用法语和法国人沟通一样。迪肯总是用那样的语言和知更鸟说话，迪肯的一举一动也像知更鸟一样，他从来不会惊吓到它，也不会让它们觉得危险或受到威胁。任何知更鸟都了解迪肯，所以他出现时，它们都不会觉得受到打扰。

但是，知更鸟觉得需要对其他两人加以警戒。首先是，那个男孩儿并不是走进花园的，而是坐在轮椅上被推进来，身上还盖着野兽的毛皮，这样就够令人怀疑了。接着，当他站立起来绕着到处走，样子也是异乎寻常的古怪，有时候还得有人扶着他。知更鸟习惯躲在灌木丛里，紧张地窥视他们，它的头先偏向一边，又再偏向另一边。这样缓缓摆动，表示它已经准备好要像猫一样扑跳起来了。当猫准备出击时，总会先在地上慢慢爬行。有几天知更鸟和它的伴侣常常谈起这件事，可是后来知更鸟就不再对它提起了，生怕会对孵蛋有不利的影响。

当那个男孩儿开始自己走路，甚至走得更快时，知更鸟松了一口气。不过有很长一段时间——或者对知更鸟来说，这是一段很长的时间——柯林是它焦虑的来源。他的行为动作和其他人不一样，他似乎很喜欢走路，走一会儿后他会坐下或躺卧一会儿，然后再站起来。

有一天，知更鸟想起自己被迫学飞时，也是这样的情况。它先学飞短短几码远，然后停下来休息，所以它会觉得这个男孩儿正在学飞——或者说是在学走路。它对它的伴侣提起这件事，它说等它们的蛋孵出来，小知更鸟长出羽毛后，可能也会像柯林学走路那样，它的伴侣听了感到很安慰，于是变得极有兴趣地在窝巢边注意看他，并且从中获得了很大的乐趣——它觉得它们的蛋会更聪明，学得更快。所以它骄傲地说，人类比它们的蛋还笨拙、迟钝，他们大多从未真正学会飞翔，它们从来也没有在空中或树梢上遇到过他们。

这三个小孩儿有时也会做些不寻常的事。他们会站在树下，晃动手臂、腿和脑袋，动作既不像走路，也非跑或坐。他们每天闲歇地练习这些动作，知更鸟无法对它的伴侣解释，他们到底在做什么或想做什么。它只能确定，这不是小知更鸟的鼓翼拍飞。不过，既然那个会说流利知更鸟语的男孩儿也跟着他们一起练，所以鸟儿可以十分确定，他们的行为动作对它们不会有害。当然，知更鸟和它的伴侣都没听过角力冠军手鲍伯·哈沃斯，更不清楚把肌肉练结实的运动。知更鸟类不像人类那样，它们的肌肉学飞时就开始锻炼，所以很自然就健康发展起来。而且它们每天都得飞出去寻找三餐的食物，所以肌肉很有力量。

当那个男孩儿像其他人一样到处走动跑步，又挖土又拔草时，角落的鸟巢也笼罩在一片平静满足的气氛里。知更鸟担心害怕的时期已过去了，它们知道，它们的蛋就像锁在银行保险库里一样安全，而看着这么多稀奇古怪的事，实在是一件很有趣的事。遇到下雨天，小孩儿都没来花园，知更鸟们甚至还会觉得有点儿无聊。

不过即使在下雨的日子，玛莉和柯林也不会觉得无聊。一天早晨，雨下个不停。柯林有点儿烦躁不安，因为他必须待在沙发上，如果他站起来四处走动，担心会被发觉，这时玛莉突然有了一个灵感。

“我现在是个真正的男孩儿了，”当时柯林说，“我的腿、手臂和全身都充满了魔法，我不能让它们静止不动，因为它们随时都想做些事情。玛莉，你知道吗？每天早晨我醒来的时候，鸟儿在外面啁啾，一切似乎都在欢呼——甚至树和一些我们听不到的东西也是如此——我也很想跳下床，大声欢呼。如果我真的欢呼起来，你猜猜会发生什么事？”

玛莉抑制不住地咯咯笑起来。

“我想保姆和梅拉克太太都会跑来，他们一定会认为你发疯了，然后赶紧把医生找来。”她说。

柯林自己也咯咯笑起来。他会看到所有人的样子——被他的大叫声吓到，若又看到他直挺挺地站立着，一定会万分惊讶。

“我真希望我爸爸快点儿回来，”他说，“我要亲自告诉他。我一直在想这件事——我们不能再继续这样下去了，我无法忍受躺在床上装病。真希望今天没下雨，我可以到花园里活动一下。”

就在这个时候，玛莉的灵感产生了。

“柯林，”她神秘兮兮地说，“你知道这栋屋子里有多少间房间吗？”

“我猜大概有一千间吧！”他回答。

“其中约有一百间都没有人进去过，”玛莉说，“有一个下雨天，我四处看了许多房间，没有人知道这事，只是差点儿被梅拉克太太发现。我在返回时迷路，也就是那时候，我第二次听到你的哭声。”

柯林从沙发上跳起来。

“一百间房间都没人进去过，”他说，“这听起来就像秘密花园一样，我们去看看吧！你可以推着我去，没有人会知道我们去哪儿。”

“我也这么想，”玛莉说，“没有人敢跟踪我们。那里有很多大房间，你可以跑来跑去，我们也可以做运动。还有一间有印度摆饰的小房间，里面有一个摆满象牙雕刻的橱柜。还有各式各样的房间呢。”

“帮我按铃。”柯林说。

保姆进来后，他下了命令。

“将轮椅推过来，”他说，“玛莉小姐和我要去屋子的空房间转转。约翰可以将我推到画廊走道，然后让他离开，我们自己单独去看，直到我再叫他，他才可以过来。”

那天早上虽然下着雨，却不令人觉得沉闷无聊了。仆役将他推到画廊走道，听命走开了，只留下他们两人。柯林和玛莉彼此高兴地看着。

玛莉一确定约翰已回到楼下的仆人厅，柯林就从轮椅上站了起来。

“我要从画廊走道的这一端跑到另一端，”他说，“然后我要蹦跳，接着再练习鲍伯·哈沃斯的运动。”

除了做运动，他们还到处看肖像画，也找到了那个穿绿色织锦洋装、手指上停着一只鹦鹉、长得不漂亮的小女孩儿。

“这些人，”柯林说，“一定是我的亲戚，很久以前他们住在这里。我相信那个鹦鹉女孩儿，一定是我的一位曾曾曾曾姑妈。她长得很像你，玛莉——不过不像你现在的样子，比较像刚来时候的你。你现在看起来胖多了，也好看多了。”

“你也是。”玛莉说，然后他们两人都笑了起来。

他们走到有印度摆饰的房间，和那些象牙雕刻的大象开心地玩起来。他们也找到玫瑰色织锦装潢的夫人客厅，也见到了坐垫上老鼠留下的窝洞，不过老鼠都已经长大跑掉了，洞里空空的。他们看了很多的房间，发现很多的事物。他们发现了新的回廊、转角、楼梯以及他们喜欢的古董画，还有不明用途的古怪东西。这真是个奇异有趣的早上，与可爱的小伙伴一起探险，令他们俩十分着迷。

“我很高兴，”柯林说，“我从不知道自己是住在这样古怪老旧的大房子里。我喜欢这房子，以后每个下雨天，我们都来这里游逛，应该会有许多新奇的发现。”

那天早上，他们逛累了，胃口也大开，将美味的午餐一扫而光。

保姆把餐盘端下楼，将它们用力地摔在厨房烹调台上，厨子露米斯太太看到碟盘都吃得干干净净，简直连洗都不用洗了。

“看看！”她说，“这屋子真神秘，而这两位小孩儿又是里面最神秘的。”

“要是他们每天继续这样下去，”强壮的年轻仆役约翰说，“我想柯林小主人的体重会比现在重一倍。我得赶紧辞掉这个差事，我担心落下肌肉劳损的病根。”

那个下午，玛莉注意到柯林的房里有新的变化发生——画像前的丝绸帘子拉开了。昨天她就注意到了，不过她没说出来，因为她想这可能只是个偶然事件。

“我知道你想要问什么，”柯林说，“我总是能明白你想知道什么。你一定在想为什么丝绸帘子拉开了。我想要让它一直这样。”

“为什么?”玛莉问。

“因为看着她笑，已经不会再让我感到生气了。两天前，我在明亮的月光中醒过来，感到魔法充满了房间，让屋里的一切显得那么辉煌奇妙。有一片月光投射在丝绸帘子上，不知道为什么，我就走过去拉拉绳子，她向下凝视着我，好像在笑，因为很高兴看到我站在这里。这使得我也喜欢对着她看。我希望一直看着她那样笑，我想，或许她生前也是个有魔法的人。”

“你现在看起来很像她，”玛莉说，“有时，我在想或许你就是她的灵魂变成的男孩儿。”

这个想法深深地打动了柯林。他仔细地想了一想后，慢慢回答玛莉。

“如果我是她的灵魂化身——我的爸爸一定会喜欢我。”

“你想让他喜欢你吗?”玛莉问。

“我一直都很恨这点，因为他不喜欢我。如果他开始喜欢我，我想应该把魔法的事告诉他，或许这会让他更快乐些。”

第二十六章　“那是妈妈”

他们对魔法的信念一直持续着。早上念过咒语后，柯林有时候会发表一番关于魔法的演讲。

“我喜欢发表演讲，”他解释说，“因为当我长大，做出更多的科学发明后，我就得发表关于它们的心得演讲，现在正好可以练习。我只能发表短短的演说，因为我还小，而且说得太长，老班会觉得像在教堂听布道一样，想打瞌睡。”

“演讲最了不起的地方，”老班说，“就是人可以站起来，想说什么就说什么，而且没有人可以反驳。没准儿我哪天也会来上一小段呢。”

不过当柯林在树下开始演说时，老班渴望的眼睛却牢牢地盯着他看。他怀着挑剔又疼爱的眼光端详着他。令他兴致盎然的倒不是柯林的演讲，而是他日渐强壮的双腿。他的头抬得高高的，一度尖瘦的下巴和凹陷的脸颊变得更丰满了，一对眼睛也开始发出和老班记忆中的另一双眼睛同样的光彩。有时候，柯林从老班诚挚的眼神中，看出老班对他的演讲的钦佩之情，他想知道老班在想些什么。有一次老班似乎听得入迷了，柯林就问他。

“你究竟在想什么，班·威瑟特?”他问道。

“我在想，”老班说，“你这星期一定又胖了三四磅了。我刚才仔细地看了看你的小腿和肩膀，我真想把你放在磅秤上称称看。”

“都是魔法的效果，还有——还有索尔比太太的小圆面包、牛奶和那些食物的缘故，”柯林说，“你看吧！科学实验已经成功了。”

那个早上，迪肯没赶上听演讲。他从家里一路跑来，脸颊非常红润，他那张有趣的脸看起来比平常还容光焕发。雨水提供了有益于花儿生长的湿气水分，同时也助长了杂草的蔓延，冒出来的小草叶必须要在根部深深扎进泥土前拔除干净。因此，雨天之后会有很多活儿要干。柯林不仅学会了拔草，而且还能一边拔草一边演讲。

“当你干活儿时，最能施展魔法的效果，”他说，“你可以从你的骨骼和肌肉里感觉出来。我要看一些有关骨骼和肌肉的书籍，然后写一本关于魔法的书。我现在已经着手进行了。我一直在寻找新的发现。”

他站直身子，高兴地伸出手臂。他红光满面，奇异的眼睛因愉快而睁得大大的。他放下铲子的动作让玛莉和迪肯觉得他肯定想到了什么。

“玛莉！迪肯!”他叫道，“你们看看我!”

于是他们停止拔草，看着他。

“还记得你们第一次带我来这里的那个早上吗?”他问道。

迪肯专注地看着他。因为他是个会吸引动物的人，他能感知很多常人无法察觉的现象，其中有许多是他从来没对人说起过的。现在他也在这个男孩儿身上看到了这些迹象。

“是啊！我们都记得。”他回答。

玛莉一副专注的样子，不过她没说话。

“就是现在，”柯林说，“我想起了这件事——当我看到我的手拿着铲子挖土时——我不得不站起来看看是不是真的。结果是真的！我好了——我真的好了！”

“你身体真的好了！”迪肯说。

“我身体好了！我身体好了！”柯林满脸通红，一遍又一遍地说着。

他曾盼望如此，盼望自己能感觉到这种情况，不过就在这一刻，有一样东西急速流过他全身——一种狂喜的信念和领悟，如此的强烈，使他不得不喊出来。

“我会永远活下去！”他神采飞扬地喊道，“我会发现千千万万的新事物，我会发现人、动物和一切生长的植物——像迪肯那样——我不会停止施展魔法。我身体好了！我身体好了！我真的很想大声地喊叫，表达我感激、快乐的心情！”

老班原本在玫瑰花丛旁干活儿，这时他上上下下打量着柯林。

“你可以唱颂赞歌了。”他语气冷淡地咕哝着。他对颂赞歌没什么好印象，他并不是因为有特别敬意，才提出这个建议的。

不过，虽然柯林对颂赞歌一无所知，却是个相当有探究心的人。

“颂赞歌是什么？”他问道。

“迪肯会唱，我敢肯定。”老班回答。

迪肯微笑着回答。

“那是他们在教堂里唱的诗歌，”他说，“妈妈说她相信云雀每天醒来后也会唱颂赞歌。”

“如果她这么说，那一定是美妙的歌曲。”柯林回答，“我自己从没去过教堂，因为我总是生病。唱唱看，迪肯，我想听听。”

迪肯是个很单纯的人。他比柯林更了解柯林的感觉，这是出于一种自然的本能，但他不知道这种本能就是悟性。他摘下帽子，依旧微笑看着柯林。

“你要把帽子脱下来。”他对柯林说，“你也得摘，老班，你还得站起来，这你是知道的。”

柯林脱下帽子，专心注视着迪肯。这时阳光闪耀，晒热了他浓密的头发。老班从地上爬起来，也脱下帽子，困惑的老脸上露出略带怨恨的表情，好像一点儿都不明白，为何自己要参加到这一不可思议的举动里来。

迪肯从树丛和玫瑰丛中站了出来，开始以嘹亮动人的童音、不加修饰地唱了起来：

赞美赐福的上帝，一切幸福都源于他，
赞美他，我们下界的芸芸众生，
都赞美上主，
赞美圣父、圣子和圣灵。
阿门。

当他唱完，老班静默站立着，他的下巴固执地紧缩着，盯着柯林的眼睛充满困惑。柯林沉思着，脸上呈现出欣赏的表情。

“这首歌很好听，”他说，“我喜欢，或许它表达出了我想喊出感谢魔法的感情。也许这两件事是一回事呢。我们无法知道每件事物确切的名称。再唱一遍，迪肯。我们也试试，玛莉。我也想唱。那就是我的歌了。”

接着，他们又唱了一遍，玛莉和柯林尽量提高嗓门，迪肯的声音则嘹亮又悦耳——唱到第二句时，老班大声地清了清他的喉咙，唱到第三句时，他又加了进来，声音充满活力。而当最后唱“阿门”时，玛莉看到老班得知柯林并非瘸子时那种反应又出现了——他的下巴扭曲，眼睛凝视着柯林，不停地眨眼，粗糙的老脸上满是泪水。

“我以前从不觉得颂赞歌有什么意义，”他声音粗哑地说，“不过现在我的想法改变了。我想说这个星期你应该又长胖五磅了吧！柯林小主人，五磅呢！”

柯林突然露出惊讶的表情。

“是谁进来了？”他急切地说，“那是谁？”

常春藤墙上的门被轻轻推开，一个女人走了进来。她站在常春藤前，静静地聆听他们唱歌，阳光透过树间洒进来，斑斑点点的光圈落在她蓝色的长斗篷上。

她的脸清新好看，正对着另一端的绿树丛微笑，就像柯林图画书里色彩柔和的人像画。她美妙慈爱的双眸似乎将一切尽收眼底，包括老班、小动物和每一朵盛开的花。即使她的出现出人意料，却没有人当她是个闯入者。

“是妈妈——那是妈妈！”迪肯叫出来，然后越过草坪跑了过去。

柯林也开始向她走过去，玛莉紧紧地跟着。他俩都觉得自己心跳加快。

“是妈妈！”迪肯说道，“我知道你们想见她，所以就把门的入口告诉了她。”

柯林满脸通红，高贵又羞怯地伸出他的手，眼睛则专注地凝视索尔比太太的脸。

“即使在我生病期间，我也很想见您，”他说，“希望见到您、迪肯还有秘密花园。我以前从没想要见任何人或任何东西。”

看到柯林高高仰起的脸，索尔比太太脸上的表情也瞬间改变了。她红着脸，嘴角颤抖，眼睛似乎掠过一层雾气。

“啊！亲爱的孩子！”她声音颤抖、怯懦地叫出来，“啊！亲爱的孩子！”似乎不知不觉就说出来了。她并没有叫“柯林小主人”而是叫“亲爱的孩子”。看到迪肯脸上有什么令她感动的表情时，她也会这样叫他。柯林很高兴有人这样叫自己。

“您会为我这么健康感到惊讶吗？”他问。

她将手放在他的肩膀上，微笑着擦去眼中的雾水。

“是啊，我真的很惊讶！”她说，“可是你跟你妈妈长得真像，让我的心猛跳了一下。”

“您认为，”柯林有点儿局促不安地说，“这会让我爸爸喜欢我吗？”

“是啊！一定会的，亲爱的孩子，”她回答，然后轻快地拍他的肩膀，“他一定得回来——他一定得回来。”

"索尔比太太啊!"老班一边走近她，一边说道，"你有没有看到这孩子的腿？两个月前，它们就像穿了袜子的鼓槌一样——我还听人家说，他的腿又是内八字又是罗圈儿。现在你看看!"

索尔比太太泛起了舒心的笑容。

"这孩子的腿再过不久，就会变得更加强壮。"她说，"让他在花园里玩耍、干活儿，吃丰盛一点儿的食物，喝大量鲜美的牛奶，他的双腿一定会成为约克郡最健壮的。感谢上帝。"

她将双手放在玛莉小姐的肩膀上，像妈妈那样端详着她的小脸。

"还有，你也是!"她说，"你就要长得和我们家伊丽莎白·艾伦一样健壮了。我保证你也长得像你妈妈。我家玛莎告诉我，梅拉克太太曾听说你妈妈长得很漂亮。你长大后一定会像朵红玫瑰。我的小姑娘，祝福你。"

她没提到玛莎休假回家时，曾对她形容过这个脸色不好看、又不漂亮的小女孩儿。玛莎不相信梅拉克太太所听来的传言。"这么不讨人喜欢的小女孩儿，她的妈妈怎么会是一个漂亮的女人呢?"她固执地说。

玛莉以前没时间去注意自己脸上的变化。她只知道自己看起来"不一样"了，而且头发似乎长得比以前更多、更快了。不过，她想起过去看着"夫人"的情景，她很高兴听到，有一天她会长得像她一样。

索尔比太太随他们绕着花园走，他们告诉她关于花园的点点滴滴，将每一株苏醒的灌木和树指给她看，柯林和玛莉分别走在她的两旁。他们俩看着索尔比红润安乐的脸庞，对她带给他们的愉快——一种支持他们的温馨感——感到非常温暖。她非常了解他们，就像迪肯了解小动物那样。她弯下身和这些花儿说话，就像和小孩儿说话那样。“煤灰”跟着她，偶尔对她叫一两声，还飞到她的肩膀上，好像那就是迪肯的肩膀似的。他们告诉她关于知更鸟的事，还说小知更鸟已经开始学飞了，她慈祥地轻轻笑了起来。

“我想，教鸟儿学飞就像教小孩儿学走路一样。不过，要是我的孩子长的是翅膀而不是脚，我就会担心不知该如何教他们飞了。”

她是个善良的荒野村妇，所以他们决定把魔法的事告诉她。

“您相信魔法吗？”柯林在解释过印度苦行僧的事后问道，“我希望您会相信。”

“我相信，孩子。”她回答，“只是我以前不知道它是这样称呼的，其实什么称呼都没关系。我敢说每个国家对它的称呼都不一样。有一个稳定、确定的名称并不重要，重要的是，它会使种子膨胀、阳光普照，使你健康成长，它还会继续创造许许多多的美好的事情——就像我们的世界一样。不要停止相信‘大好的事’的存在，要知道世间这样的东西无处不在，你喜欢称呼它什么都可以。我刚刚走进花园时，听到你们正在唱歌颂赞它。”

“我觉得好快乐啊。”柯林睁大美丽奇异的眼睛看着她说，“突然之间，我感觉到自己和以前是多么不同——我的手臂和腿是多么强壮——我还会挖土，可以站立，还可以跳跃，对所有听得见的事物大声喊出一些话来。”

“当你们在唱颂赞歌时，魔法都听见了，无论你们唱的是什么，它都会听见。最重要的是要快乐。啊！孩子，孩子——快乐的源泉该叫作什么呢?”她又轻快地拍了一下他的肩膀。

今天早上，索尔比太太提了一篮如往常般丰富的餐点。大家觉得饿了，迪肯就把它拿出来，索尔比太太和他们一起坐在树下，看到他们狼吞虎咽，就笑了起来，因他们的胃口而感到心满意足。她非常风趣，说了许多古怪的趣事，让他们开怀大笑。她又用约克郡方言说故事给他们听，还教他们新的字词。他们讲到柯林要佯装成坏脾气病人真是越来越难了时，她不禁笑了出来。

“您看吧！我们在一起时，几乎一直都在笑，”柯林解释，“一点儿也不像生病的样子。我们想忍住不笑，但总是忍不住，结果反而笑得更厉害。”

“我常常想到一件事，”玛莉说，“我一想到这件事，就会忍不住笑出来。我一直在想，要是柯林的脸变得像满月一样，会是什么样子。现在还不像，不过他每天一点儿一点儿地变胖——要是有一天早上，他的脸真的变成了满月一样——那我们该怎么办?”

“上帝保佑，看来你们还得继续‘演戏’。”索尔比太太说，“但是我想不会演太久的，克雷文主人就要回来了。”

“他会回来吗?”柯林问。

索尔比太太轻声咯咯笑了起来。

“我想如果你不能亲自告诉他你的身体已经好起来了，一定会很难过，”她说，“晚上还会因为在计划这件事而睡不着。”

“我受不了别人告诉他这件事。”柯林说，“我每天都在计划用不同的方式告诉他，我现在想到的是跑到他的房间告诉他。”

“那他一定会很惊喜，”索尔比太太说道，“我想看看他惊喜的样子，孩子。真的！他一定要回来——一定要。”

他们谈到的另一件事情，就是计划拜访索尔比太太的小屋舍。他们计划坐马车越过荒野，再到户外的石南丛野餐。他们将会看到十二个小孩儿，参观迪肯的园圃，一直玩到累了才回家。

最后，索尔比太太站起来，准备回到梅拉克太太那儿。柯林也该被推回屋里了。在坐回轮椅之前，他靠近索尔比太太，用渴望的眼光盯着她看，突然紧紧抓着她的蓝斗篷。

“您就是我需要的——我需要的人。”他说，“我真希望您也是我妈妈！”

索尔比太太弯下身，用温暖的手臂将柯林拥抱入怀——像是拥抱迪肯的兄弟那样。泪水形成薄雾迅速掠过她的眼睛。

“啊！亲爱的孩子！”她说，“我相信你妈妈一定也在这个花园里，她不可能离开这里。你爸爸一定会回来看你——一定会！”

第二十七章　在花园里

自从开天辟地以来，每一个世纪都有美妙的事物被发现。上世纪发现的惊奇事物，比以前任何世纪都多。上世纪人们发现的一件新奇事物就是思想，好的思想就跟电池一样强劲有力——就像阳光一样对人有益处。不好的思想，就像猩红热细菌进入体内，是件危险的事情。这样的思想若不清除，就会跟着你一辈子。

玛莉以前对于她讨厌的事物充满不愉快的想法，对人存有偏见，所以她决定不去喜欢任何事物，也不想对任何事感兴趣，所以她一直都是个面黄肌瘦、又无聊又讨人厌的小孩儿。然而，环境的变化对她真的很有助益，可她一点儿都没有察觉到。它们一直在将她往好的方向推。知更鸟、挤满小孩儿的荒野小屋舍、古怪又坏脾气的老园丁、平凡普通的约克郡小女仆、春天、一天天苏醒过来的秘密花园，还有一个荒野上的男孩儿和他的小动物，逐渐充满了她的内心，因此没有不愉快的思想的立足之地，正是这些不健康的思想影响她的健康成长，使她面黄肌瘦。

柯林以前把自己关在房间里，净想着他的恐惧和病弱，他憎恶那些盯着他看的人，每天都想着生病的事儿，因此变成了一个歇斯底里、有点儿疯狂的男孩儿，不知道什么是阳光和春天，也不知道如果他愿意尝试，他可以好起来或站起来。当新的美丽的思想，开始将这些旧有的讨厌的想法推挤出去后，生机又回到他身上，他的血液健康地流过血管，力量像洪流般涌入他的身体。他的科学实验相当简单实用，一点儿也不奇怪。当一个人心里有了不愉快或沮丧的念头，只要及时将它推开，那些愉快、鼓舞人心的想法会让许多美妙的事情发生。有诗为证：

在你照料玫瑰花的地方，我的孩子，
荆棘是不会长出来的。

当秘密花园苏醒过来，这两个小孩儿也变得健康之后，有一个人正在遥远美丽的挪威峡湾和瑞士的山区、溪谷间漫游，十年来，他的内心被阴郁的思念和伤心的记忆填满。

他在蓝色湖畔一边漫游一边想着这些伤心事。他躺在山坡上，身边是一大片盛放的深蓝色龙胆花，花香弥漫在空气中，可他并不快乐。他的生命曾经快乐过，一件可怕的伤心事的发生给他的灵魂涂上了灰暗之色，并且固执地拒绝让哪怕一丝的光穿透进来。他将家庭和责任抛之脑后。当他到处旅行时，始终有一抹阴影随处笼罩着他。他的忧郁气息甚至会影响到周遭的空气。大部分陌生人都认为他有点儿疯，或者他灵魂深处藏有不为人知的罪孽。

他身材高大，脸部表情忧郁，住宿旅馆时总是这样登记名字地址：“阿齐保·克雷文，密塞威特庄园，约克郡，英国。”

自从他在书房会见玛莉小姐，并且告诉她可以有自己的“一小块地”之后，他已经旅行过许多地方了。他曾到过欧洲最美丽的地方，但从未在一个地方待过很长的时间。他选择的都是最宁静、最远僻的地点。他曾到过耸入云霄的高山，在日出时分俯瞰其他山峰，曙光从群山之间照射出来，世界仿佛刚刚诞生一样。

然而曙光从未触及过他，直到有一天，一件奇异的事发生了。他在奥地利提洛尔美丽的山谷里独自散步，沿途的美景似乎可以将灵魂的阴影一扫而空，可是他走了很久仍无法挥去他心中的阴霾，最后他走累了，在溪畔的一片苔藓地上休息。那是一条清澈的小溪，沿着狭窄的河道活泼快乐地流动着，穿越两旁芳香湿润的绿茵地。有时，溪水会在石头周围激起泡沫，发出像低低的笑声那样的流水声。他看到不时有鸟儿飞来，低下头啄饮溪水，然后拍拍翅膀又飞走了。

当阿齐保·克雷文凝视着潺潺流过的清澈溪水时，逐渐感到身心安静下来了，就像溪谷一样安静。他凝视着闪耀着阳光的水面，还注意到溪边生长的一大片美丽的蓝色勿忘我，因为太靠近水边，叶子都被溪水溅湿了。他看着这些花时，突然想起多年前的一幕。他内心柔和地想着，这些花是多么美丽，好几百朵的小花蓝得令人惊奇。一个单纯的想法，慢慢充满了他的心灵——不断地充满，直到其他想法轻轻被推到一边。仿佛一股甜美清净的泉水从一潭死水中不断涌出来，直至终于将污水排除干净。当他凝视这片鲜艳娇柔的蓝色花朵时，溪谷似乎越来越安静了。他不知道自己在这里坐了多久，最后他像是清醒过来，然后慢慢站立在苔藓绿茵地上，深深、长长、轻缓地吸了一口气，他感觉他的内心轻轻动了动，仿佛有什么东西被释放出来，变得自由了。

“这是怎么回事?”他抚摸着额头低语，“我觉得自己仿佛——活过来了!”

我对于有待探索的奇妙事物认知不够，因此无法将这件发生在他身上的事向读者解释清楚。恐怕没有人能解释得清。他一点儿也不了解自己——不过几个月后，当他又回到密塞威特时，他记起了这个奇妙的时刻，而且非常意外地发现，就在这一天，柯林在秘密花园里曾大声喊叫着:“我会永远活下去!”

那天晚上，这份奇异的宁静一直保存在他心里，他安详地睡了一觉。但是，这样的宁静并未维持很久。第二天晚上，阴郁的想法又成群地涌现了。于是，他离开山谷，继续踏上他的漫游之路。慢慢的——慢慢的——没有理由的，那灰暗沉重的负荷又消失了，他觉得他的全身充满了生机与活力，他知道他已经和秘密花园一起“苏醒”过来了。

当明亮的夏天转变成金黄的秋天时，他来到了科木湖。他在水晶般澄蓝的湖畔度过了好几天，在柔软茂密的绿草木中做徒步旅行，直到走累了才停下来，然后安然入睡。

“也许是，”他想，“我的身体变强壮了。”

不仅是身体强壮了，他的内心也复苏了。于是他开始想到密塞威特庄园，还想到他的小孩儿，他想再次站在四柱雕刻床旁，俯瞰那沉睡中轮廓极为鲜明的象牙白脸庞，合拢的睡眼周围的是令人心悸的黑色睫毛……想到这里，他又有点儿畏缩了。

在一个天气好得出奇的日子，他走出去很远。当他回来时，月亮已圆圆高高地挂在天上了，整个世界蒙上一片银白。宁静的湖泊、海岸和森林是如此美妙，他都不愿回到他住的别墅了。他走到湖边一块有圆亭的小平台上，坐在椅子上，呼吸着夜晚美妙的空气。他感到奇异的宁静悄悄地向他袭来，越来越沉静，然后就睡着了。

他不知道自己何时睡着的，何时开始做的梦。他的梦是如此真实，他不觉得自己是在做梦。他坐着呼吸夜晚的玫瑰香气，听着湖水在他脚边拍击，他忽然听到一个呼唤声。那甜美、清脆、快乐的呼唤声，似乎来自很遥远的地方，不过，他却听得清清楚楚，仿佛那声音就在他旁边。

“阿齐！阿齐！阿齐！”那声音唤着他的名字，甜美、清脆，“阿齐！阿齐！”

“莉莉亚！莉莉亚！”他回答，“莉莉亚！你在哪里？”

“在花园里，”传回来的像是从金笛子里吹出来的声音，“在花园里！”

这个美好的夜晚，他睡得酣畅又甜蜜。他醒来时，已是阳光灿烂的早晨了，仆人站在旁边看着他。他是一个意大利人，像所有别墅里的仆人一样，从不会质疑主人的吩咐。

这个仆人手中捧着一个托盘，盘子上摆了几封信，静候克雷文先生拿取。仆人离开后，那种奇异的宁静和轻盈的感觉仍在。他记起那个梦——那个真实的梦。

“在花园里！”他感到不解地说，“在花园里！但花园已经锁起来了，钥匙也已深埋了。”

过了一会儿，他瞥了一眼信件，最上面是一封来自约克郡的英文信，很明显是女人的笔迹。他立即打开，读起信来。

亲爱的先生：

我是有一回在荒野上大胆和您说话的苏珊·索尔比。那次我跟您谈到玛莉小姐。我要再次大胆地向您提起这件事。先生，如果我是您，我一定会回家。我想您一定会很高兴回来，而且——恕我冒昧，先生——我想您的夫人若是还在，一定也会请您回来的。

您顺从的仆人

苏珊·索尔比

克雷文先生看了两遍才将信放回信封里。他继续想着那个梦。

“我要回密塞威特，”他说，“我要立刻动身。”

他走过花园回到别墅，然后吩咐皮彻准备行李回英国。

几天之后，他又回到了约克郡，在漫长的路途中，他一直在想着他的小孩儿，而过去十年的岁月里，他只希望将他遗忘。现在，虽然他并不刻意去想柯林，但对柯林的回忆却不断涌进他心里。他想起那些灰暗的日子，他像疯子般生活，他拒绝去看那个小孩儿，大家都觉得瘦弱的柯林活不了多久。

他也想做个好爸爸，他请来医生和保姆看护这个小孩儿，并且给他提供各种精美的生活用品。他不愿去想他，任凭自己陷在个人的悲伤中。接着他离开了家，一年后回到密塞威特时，他怎么都无法忍受再次看见那双长着黑睫毛的、似曾相识的灰色大眼睛，所以，他几乎很少去看柯林。他对柯林的了解，就是柯林长期生病，经常歇斯底里、几近疯狂地发脾气。大家只能凡事顺着他的意思，避免让他发怒。

这些回忆并不愉快，不过，当火车载着他经过高山、越过金色的平原，这个“复苏”的人开始以崭新的方式思考，他想了很久，也很深入。

“或许十年来我都错了。”他对自己说，“十年是相当长的一段时间，要补救可能太迟了——太迟了。我以前在想些什么？”

当然，这是错的魔法——一开始就说“太迟了”。他想知道索尔比鼓起勇气写信给他，是不是因为这个慈爱的女人，知道了柯林的什么坏消息。

“也许她会给我一些好的建议。”他想着，“我要在回密塞威特时顺路去看她。”

不过，当他越过荒野，将马车停在索尔比家的小屋舍前时，七八个小孩儿正聚在一起玩耍，一个个依次友善有礼地向他行鞠躬礼，然后告诉他，他们的妈妈今天清晨去了荒野的另一边，去帮助一个妇人生产了。“我们家迪肯，”他们接着说，“到庄园的花园去干活儿了，他每星期要去好几次呢。”

克雷文先生看着这一群硕健的小身体，他们红润的圆脸绽放着开心的笑容，他觉得这群小孩儿既健康又讨人喜欢。他对他们友善的笑靥微笑着，然后从口袋里拿出一个金镑，将它给了最大的伊丽莎白·艾伦。

“如果你把它分成八等份，每个人就可以得到两个半先令。”

他说。

然后在小孩儿咯咯的笑声和频频鞠躬行礼中，克雷文先生驾车离开了，身后留下了这群你推我搡、欢喜雀跃的小孩儿。

驾车越过美妙奇异的荒野，他的心情得到抚慰。为什么有了一种回家的感觉？这种感觉他原以为再也不可能有了——眼前美丽的原野和天空，远处美丽的紫色花朵，逐渐接近那栋具有六百年家族历史的古老大宅，心里就越发温暖。柯林有没有好转一点儿呢？他能不再害怕去看他吗？他的梦是那么真实——那个回应他的声音“在花园里——在花园里”是那么美妙清脆！

“我一定会想办法把钥匙找出来，”他说，“我一定会想办法把花园的门打开，我一定会做到的。”

当他抵达庄园时，依照平常礼仪迎接他的仆人们注意到，他的心情很好，而且并没有如往常那样，一下子就钻到他住的那个角落，只由皮彻陪同服侍。他走进图书室，将梅拉克太太唤了来。她看到克雷文先生时，有点儿兴奋、好奇，又有点儿紧张。

“柯林小主人情况如何，梅拉克太太？”他问。

“先生，”梅拉克太太回答，“他——他说话的态度和以往不太一样。”

“更糟糕了吗？”他说。

梅拉克太太脸红了起来。

“先生，事情是这样的，”她试着解释说，“克雷文医生、保姆和我都弄不懂他到底是怎么回事。”

“怎么说？”

“说实在的，先生，柯林小主人好像好转了，可是也可能又变坏了。先生，他的胃口令人摸不透——而且他的行为举止——”

“他变得比以前更——更古怪吗？”她的主人皱着眉头忧虑地问道。

“是啊！先生，他变得非常古怪——如果和过去相比的话。他以往几乎都不吃东西，可是突然又吃得很多——然后又突然全都不吃，餐点原封不动地送回来，就像以前那样。先生，或许您不知道，以前他从不愿让人把自己带到户外，我们要带他外出活动，那可是件令人心惊胆跳的事。可是现在他却突然坚持每天要让玛莉小姐和苏珊·索尔比的儿子迪肯推着他的轮椅到外面去活动。他非常喜欢玛莉小姐和迪肯，迪肯还带来了他的那些温驯的小动物。还有，先生，不知您信不信，现在他从早到晚都待在外面。”

“他看起来怎么样？”他接着问。

“如果他三餐吃得正常，先生，您一定会认为他变胖了——可是我们担心那可能只是虚胖而已。有时，他和玛莉小姐在一起的时候，会笑得很奇怪。他以前完全都不笑。如果您允许，克雷文医生会立即来见您。他有生以来从没这么困惑过呢。”

“柯林小主人现在在哪里？”克雷文先生问。

“在花园里，先生，他常待在花园里，而且没有人可以靠近那里，因为他不愿别人看到他。”

克雷文先生几乎没听到她最后说的这些话。

“在花园里，”他说，在他遣走梅拉克太太后，他站着一遍又一遍地重复说着，“在花园里！”

他转身走出房间。他像玛莉一样，穿越灌木丛中的门，来到月桂树丛里，最后到了喷泉花床。喷泉正在喷着水，周围的花床盛开着灿烂的秋花。他越过草坪，转进常春藤墙旁的长步道。他的眼睛盯着步道，觉得似乎有一股神秘的力量将他拉回到这个曾经废置的地方。越靠近，他的脚步放得越慢。虽然厚厚的常春藤帘幕覆盖着门，他还是找到了门的位置——不过，他不知道埋那把钥匙的确切地点。

他伫立在那里，环顾四周，他被眼前的一幕震惊了，他问自己是否行走在梦中。

厚厚的常春藤帘幕覆盖着门，钥匙也埋在灌木丛底下，这孤寂的十年岁月里，没有人走过那扇门——然而现在，花园里却传出了声响。似乎是彼此追逐、跑来跑去的脚步声，还有故意压低的欢叫声。难道这就是那个遥远清晰的声音所指的事情吗？

脚步声越来越快——越来越接近花园门口——然后又传来小孩儿克制不住的大笑声——墙上的门猛然打开，一个男孩儿全速冲了出来，他没注意到站在外面的人，因此几乎和他撞了个满怀。

克雷文先生及时伸出手臂，男孩儿才没有跌倒。当他看清男孩儿的相貌时，他惊讶得几乎喘不过气来。

他是一个高大英俊的男孩儿，容光焕发，跑步使得红润的光彩跃然显现在他的脸上。他把额头前的浓密鬈发向后拨，抬起一双奇异的灰色眼睛——眼中满是孩子气的笑意，眼睛周围是一圈黑色的睫毛。就是那双眼睛，有点儿让克雷文先生喘不过气来。

“谁——是谁？”他结巴地说着，这并不是柯林所期盼的——也并不在他的计划中。他从没想到会这样和他爸爸碰面。不过，他这样冲出来——像赛跑冠军一样——或许更好。

“爸爸，”他说，“我是柯林，你一定不相信吧！我自己也难以相信，我是柯林。”

“在花园里！在花园里！”克雷文先生急促地说着。此时的柯林跟刚才的梅拉克太太一样，也不了解他爸爸突然冒出的这几个字是什么意思。

“是啊！”柯林接过话头说，“都是花园所成就的——还有玛莉和迪肯和小动物们——以及魔法。没有人知道这件事，我们要保密直到你回来才告诉你。我好了，我可以在赛跑比赛中击败玛莉。我想当运动员。”

柯林热切地对爸爸说着自己的愿望，而克雷文先生的心，因为不可置信的快乐而颤动。

柯林把手放在他爸爸的手臂上。

“难道你不高兴吗，爸爸？”他说，“难道你不高兴吗？我会永远活下去！”

克雷文先生将双手放在柯林的肩上，紧紧地拥住他。有好一会儿，他一句话都说不出来。

“带我到花园里，孩子，”他终于说，“把所有的事都告诉我。”

花园里到处都是秋天的植物，金黄、紫色、蓝紫和火红，色彩斑斓，还有一簇簇的百合花——白色的或红白相间的百合花。晚生的玫瑰到处攀爬、密聚垂挂着。金黄树丛被阳光加深了色泽，让人觉得好像置身于一座金色寺庙之中。这个新来者静静站着，他一遍又一遍地环顾四周。

“我以为花园的植物都死了。”他说。

“玛莉最初也这么想，”柯林说，“不过它们活过来了。”

然后，他们全都坐在那棵树下——除了柯林，因为他要站着叙述所有的事情。

柯林孩子般急切地讲述这个故事时，阿齐保·克雷文在想，这真是他听过最奇异的事情了。秘密、魔法和野生小动物，还有奇异的午夜会面——春天的来到——然后是柯林受辱，强烈的自尊让他像个小王爷般站了起来，向老班挑战。结成伙伴、假装厌食的演戏，还有小心保守的大秘密，让这个聆听者笑到流出了眼泪。这位“运动员”、“演说家”兼“科学发明家”真是个有趣、可爱、健康的小孩儿啊。

“现在，”柯林说，“这不再是个秘密了，我敢说每个人看到我都会极为震惊的——而我再也不会去坐轮椅了。爸爸，我要和你一起走回屋里。”

老班的工作使他没有空离开花园，不过，借着这个特殊的机会，他借口要拿些蔬菜到厨房，结果还受到梅拉克太太的邀请，到仆人厅去喝啤酒。当密塞威特庄园里最戏剧化的事件在花园里发生时，他也如愿地在现场看到了。

“你有没有看到主人或者小主人，威瑟塔？”她问。

老班将啤酒杯从嘴边挪开，然后用手背擦擦嘴唇：“是啊！我看见了。”他故作诡异地回答。

“两个都看见了吗？”梅拉克太太说。

“两个都看见了。”老班回答，“谢谢你的好意，太太，我还可以再喝一杯！”

“他们两个在一起吗？”梅拉克太太问道。

“在一起，太太。”老班一口气喝下半杯啤酒。

“柯林小主人在哪里？他看起来怎么样？他们彼此说了什

么话？”

“他们说些什么我没听到，”老班说，“不过我可以告诉你一件事，你们待在屋里的人，都不知道外面发生了多少事情，不过不久你们就会知道了。”

“你看那边，”他说，“要是你好奇的话，看看是谁从草坪那边走来了。”

梅拉克太太看了一下，突然发出一声惊呼。仆人厅的男女仆人听到后，也赶紧跑到窗边，望向窗外，他们看得眼珠子都要掉下来了。

草坪那边走来了密塞威特庄园的主人，他那副神情是他们从来不曾见过的。他的身旁有一位男孩儿，高高扬着头，眼里充满欢笑，走起路来强壮稳健，不输给任何一个约克郡少年——那正是柯林小主人。

弗朗西丝生平年谱

一八四九年

十一月二十四日出生于英国的曼彻斯特（Manchester）。父亲为银匠与铸铁匠。弗朗西丝有一妹二弟，均在英国托儿所中长大。

一八五四年　五岁

父亲去世，家境陷入困窘。

一八五七年　八岁

开始尝试写作。

一八六五年　十六岁

举家移民美国，定居田纳西州的诺克斯维尔（Knoxville），靠母亲的亲戚资助维生。

一八六八年　十九岁

尝试将一个爱情故事送至当时受欢迎的杂志《古德仕女书》（Godey's Lady's Book）的编辑手中，获得赏识。此后定期在数家杂志刊载作品。

一八七二年　二十三岁

在杂志连载《欧罗立小姑娘》（That Lass O'Lowrie's）。

一八七三年　二十四岁

与 Swan Moses Burnett 结婚。

一八七七年　二十八岁

《欧罗立小姑娘》出版，这部小说奠定了她小说家的地位。该书描写兰开夏（Lancashire）煤矿工人的故事，也是弗朗西丝出版的第一部小说。

一八七九年　三十岁

小说《Haworth's》出版。

一八八〇年　三十一岁

小说《Louisiana》出版。

一八八一年　三十二岁

小说《A Fair Barbarian》出版。

一八八三年　三十四岁

出版《Through One Administration》，该书以华盛顿的贪污腐败为题材。

一八八五年　三十六岁

十一月，在《St. Nicholas》杂志刊载《小公子方特洛伊》(Little Lord Fauntleroy)。

一八八六年　三十七岁

《小公子方特洛伊》出版，该书以弗朗西丝的小儿子纬安(Vivian Burnett)为范本。这本书让伯内特成为当时最畅销、最富有的流行作家之一。

一八八八年　三十九岁

出版小说《莎拉·克瑞维》(Sara Crewe)，为剧作《小公主》的前身。弗朗西丝在英国的诉讼获胜，赢得《小公子方特洛伊》的戏剧权。

一八九三年　四十四岁

出版年少时期的自传《我最了解的事物》(The One I Knew Best of All)。

一八九六年　四十七岁

出版《良好的仕女》(The Lady of Quality)，被公认为弗朗西丝的剧作中最好的一部。

一八九八年　四十九岁

与丈夫离婚。

一九〇〇年　五十一岁

与 Stephen Townsend 结婚。

一九〇二年　五十三岁

着手将《莎拉·克瑞维》的故事改编为剧本。

一九〇五年　五十六岁

出版剧作《小公主》(A Little Princess)。

一九〇九年　六十岁

在纽约州长岛的 Plandome 筑屋而居。出版《秘密花园》(The Secret Garden)。

一九一九年　七十岁

《秘密花园》搬上银幕。

一九二四年　七十五岁

十月二十九日，逝世于 Plandome，葬于该地。其子纬安于一九二七年撰写传记定名为“The Romantick Lady”来纪念母亲。

著作权合同登记号：06-2014 第 160 号

图书在版编目（CIP）数据

秘密花园 /（美）弗朗西丝·霍吉森·伯内特著；柔之译．— 沈阳：万卷出版公司，2017.8

ISBN 978-7-5470-4594-7

Ⅰ．①秘… Ⅱ．①弗… ②柔… Ⅲ．①儿童小说－长篇小说－美国－现代 Ⅳ．①I712.84

中国版本图书馆 CIP 数据核字（2017）第 173728 号

本书译文由厦门墨客知识产权代理有限公司代理，经立村文化有限公司授权使用。

出版发行：北方联合出版传媒（集团）股份有限公司
　　　　　万卷出版公司
　　　　　（地址：沈阳市和平区十一纬路 25 号　邮编：110003）
印 刷 者：辽宁泰阳广告彩色印刷有限公司
经 销 者：全国新华书店
幅面尺寸：145mm × 210mm
字　　数：230 千字
印　　张：8.75
出版时间：2017 年 8 月第 1 版
印刷时间：2017 年 8 月第 1 次印刷
责任编辑：胡　利
版式设计：展　志
封面设计：展　志
责任校对：刘志坚
ISBN 978-7-5470-4594-7
定　　价：32.00 元

联系电话：024-23284090
邮购热线：024-23284050
传　　真：024-23284521
E-mail：wanrongbook@163.com